Særkland

ursula janssen

SÆRKLAND

Historischer Roman

© 2022 Ursula Janßen
Trullo Cicerone, Martina Franca
ISBN: 9783755776611
Imprint: BoD
Umschlaggestaltung: Franco Chiarpei
Titelfoto: Lewis Chessman, © National Museums Scotland / CC-
BY-SA 4.0, mit freundlicher Genehmigung des Schottischen
Nationalmuseums

„Ich habe die Rus gesehen, wie sie auf ihren Handelsreisen kamen und am Itil lagerten. Ich habe nie vollkommenere körperliche Exemplare gesehen, groß wie Dattelpalmen, blond und rötlich; sie tragen weder Tuniken noch Kaftane, sondern die Männer tragen ein Gewand, das eine Seite des Körpers bedeckt und eine Hand frei lässt. Jeder Mann hat eine Axt, ein Schwert und ein Messer, die er immer bei sich trägt."
- Ibn Fadlan, über die Rus-Kaufleute in Itil, 922.

ᛑᚱᚯᛘᛑᚽ:ᛘᛁᚴ:ᚽᚿ:ᛑᚱᚯᛘ:ᛁ:ᚿᛆᛐ:
ᚢᛘ:ᛋᛁᛚᚴᛁ:ᚮᚴ:ᛆᚱᛚᛁᚴ:ᛕᛆᛚ:
„Drømde mik en drøm i nat *um silki ok ærlik pæl.*"
(„Ich träumte einen Traum des Nachts, von Seide und edlem Pelz.")
- Ältestes mit Musiknoten festgehaltene skandinavische Lied, aus dem in Runen geschriebenen Manuskript *Codex Runicus*, um 1300.

پرستنده باشی و جوینده راه به ژرفی به فرمانش کردن نگاه

„Suche den rechten Weg und erforsche gründlich das Wesen der Welt!"
- Firdausi, Schahnameh, Prolog

„Reisen – es macht dich sprachlos und verwandelt dich dann in einen Geschichtenerzähler."
- Ibn Battuta (berberischer Reiseschriftsteller, 1304 - ca. 1368)

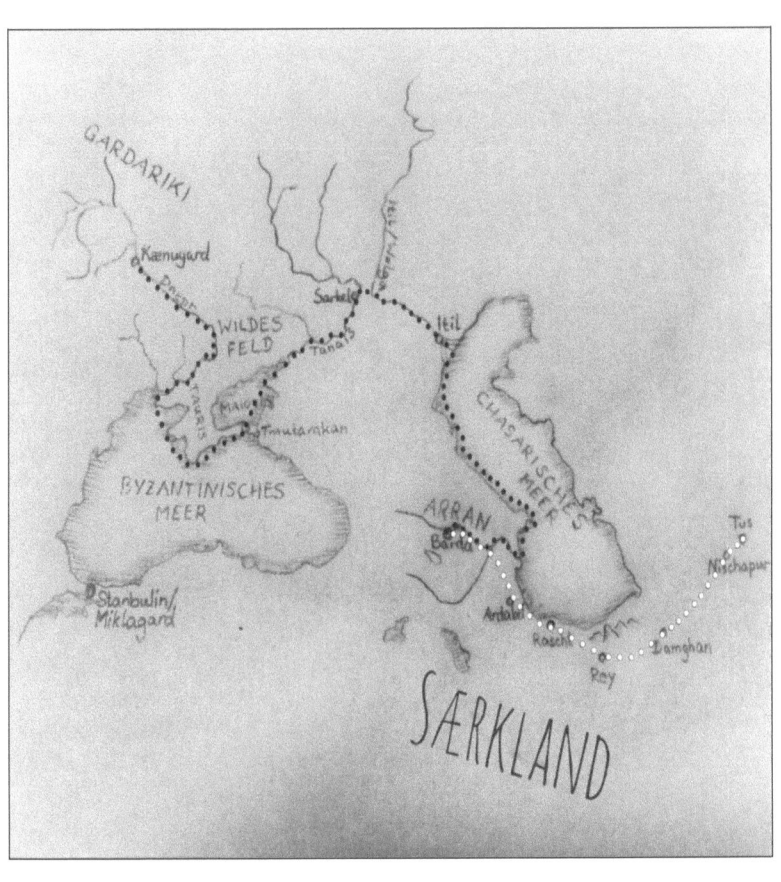

١

Tus, Chorasan, im Nordosten des Iran, im Jahr 331 nach dem Islamischen Kalender, kurz vor Nouruz (Neujahr) 332

„Dann sind wir uns also handelseinig?" Der Hausherr sah sein Gegenüber, einen wettergegerbten und leicht untersetzten Mann in mittleren Jahren, dessen Gewänder aus feinstem Tuch gar nicht richtig zu ihm passen wollten, fragend an.

„Das sind wir, Hassan Beg. Zehn Lastkamele in Richtung Westen bis nach Rey, zum vereinbarten Preis; die erste Hälfte zahlbar in Dirham am Tag des Aufbruchs. Die zweite Rate ist bei Ankunft in Rey fällig und geht direkt an den Karawanenführer. In sieben Tagen geht es los." Der Fremde sprach mit lauter, fester Stimme.

Die beiden Männer reichten sich die Hände und schlugen mit einem vernehmbaren Klatschen ein. Damit war der Vertrag besiegelt. Feridun sah unauffällig von seinem Buch hoch, das er gerade las. So leise und unscheinbar, wie er die letzte Stunde dort auf dem bestickten Kissen in der Ecke gehockt und gelesen hatte, hatte sein Vater seine Anwesenheit wahrscheinlich vergessen. Feridun hatte nicht auf sich aufmerksam machen wollen, um sich das Gespräch zwischen seinem Vater und diesem offenbar weitgereisten Händler nicht entgehen zu lassen. Ganz offensichtlich verhandelten sie über wichtige Dinge. „Aufbruch" und „Karawanenführer", das klang spannend, nach Abenteuer. Der zehnjährige Feridun schaffte es kaum noch, sich auf den Text zu konzentrieren, der aufgeschlagen vor ihm auf einem niedrigen Tischchen aus geschnitztem Holz lag. So leise wie möglich blätterte er eine Seite um. Es handelte sich um einen Band der *Pandsch Ketab*, der fünf Bücher, von Rudaki. Sein Vater hatte ihm die Lektüre einiger Seiten als Hausaufgabe für den heutigen Nachmittag aufgetragen. Eigentlich mochte er Rudakis heitere Verse und Fabeln sehr, aber heute war er nicht ganz bei der Sache. Gerade noch schaffte er es, die Zeilen in einem Gedicht über die Freundschaft wahrzunehmen, bevor seine Aufmerksamkeit wieder auf den unbekannten Fremden gelenkt wurde.

„Kein' größ're Freud kennt diese Welt,
Wenn Aug' auf Freundes Antlitz fällt."

Der unbekannte Mann trank schlürfend seinen nach Gewürzen duftenden Tee aus – eine rare Spezialität aus dem Osten –, erhob sich mit höflichen Dankesworten und verabschiedete sich von Feriduns Vater: „Wir sehen uns dann in einer Woche. Ich wünsche der ganzen Familie ein frohes Neujahrsfest, Hassan Beg."

Hassan Beg?, dachte Feridun. Kein Mensch nannte seinen Vater Hassan. Das war zwar sein offizieller, sein muslimischer Name, aber er wurde, wie viele Iraner, im Alltag mit einem persischen Namen gerufen. Feridun, zum Beispiel, hieß offiziell Mansur. Aber niemand rief ihn bei diesem Namen, außer wenn er etwas angestellt hatte. Feriduns Vater wurde normalerweise von allen Babak genannt. Dieser Mann, der

10

seinen Vater Hassan Beg nannte, war nicht aus Tus; es musste sich also um eine Angelegenheit von großer Bedeutung handeln.

Der Fremde verließ den großzügig mit weichen Teppichen und Kissen ausgelegten Raum durch die Tür, an der er von einem Bediensteten empfangen wurde, der ihn aus dem Haus geleiten würde. Feridun beobachtete seinen Vater, der nun an der Fensteröffnung stand und versonnen nach draußen auf den begrünten und zu dieser Jahreszeit in voller Blüte stehenden Innenhof mit seinem zentralen Brunnen sah. Er war nicht groß, nicht klein, von durchschnittlichem Wuchs. Seine Haare waren noch ganz dunkel, obwohl sein Bart an den Seiten bereits grau zu werden begann. Auch wenn der Stoff seiner Kleidung von bester Qualität war, machte er sich nichts aus grellbunten Farben und aufwändigen Verzierungen. Man hätte sein Äußeres unauffällig nennen können, wenn er nicht so viel Autorität ausgestrahlt hätte, die diesen oberflächlichen Eindruck Lügen straften.

„*Agha dschun*?", wagte Feridun es endlich, seinen Vater anzusprechen. Aber dieser hatte ihn offenbar nicht gehört. „*Agha dschun*? Vater?", wiederholte er daher etwas lauter.

Endlich drehte sich der Angesprochene um. „Oh, Feridun! Ich hatte ganz vergessen, dass du hier bist." Ganz wie der Junge vermutet hatte.

„Was wollte der Mann? Und was soll das heißen: ‚In sieben Tagen geht es los'?"

„Du bist neugierig, Feridun."

„Natürlich, *Agha*. Ich konnte euch beide ja wohl kaum überhören, oder?"

„Da hast du wohl recht. Hast du die Kapitel von Rudaki, die ich dir aufgegeben habe, gelesen?" Offensichtlich wollte sein Vater ihn vom Thema ablenken.

„So gut wie", flunkerte Feridun. Er ließ nicht locker: „Wozu brauchen wir Lastkamele, die bis nach Rey gehen?"

Sein Vater, Babak, seufzte und setzte sich zu ihm auf eines der Kissen. „Eine Handelskarawane, nichts weiter. Wir sollten beizeiten unsere Schatullen etwas auffüllen; das ist alles."

„Wirst du verreisen?"

„Wollen wir Schach spielen? Es ist Zeit für unser tägliches Spiel."

„Vater, bitte!"

„Na gut. Du baust das Schachbrett auf und ich erkläre dir, worum es geht, in Ordnung?"

„In Ordnung, *Agha*."

„Ich bin gleich wieder zurück."

Während Feridun das Schachbrett und die aus farbigem Stein geschnittenen Spielfiguren hervorholte, die in einer Truhe im gleichen Raum aufbewahrt wurden, ging sein Vater hinaus, offensichtlich, um etwas zu erledigen oder zu holen. Der Junge baute das Schachspiel vor sich auf dem niedrigen Tisch auf. Die Figuren aus weißem Marmor stellte er vor sich hin; sein Vater würde mit den leuchtend blauen Lapis-Lazuli-Figuren spielen, die aus Badachschan stammten, dem einzigen Ort, an dem dieser wunderschöne Stein zu finden war. Kurz darauf kam auch sein Vater zurück. Er nahm auf dem gegenüberliegenden Kissen Platz und stellte einen matt schimmernden, grauen Kegel auf das Brett zwischen sie. „Weißt du, was das ist?", fragte er seinen Sohn.

Feridun nahm den Gegenstand in die Hand. Der Kegel füllte seine ganze, noch jungenhafte Hand aus. Er fühlte sich glatt und kalt an und war für seine Größe erstaunlich schwer. „Metall", sagte er. „Eisen, würde ich sagen, oder?"

„Genau. Aber es ist nicht irgendein Eisen. Es handelt sich um Tiegelstahl. Es ist besonders fest und hat andere Eigenschaften, die besonders Waffenschmiede daran schätzen."

„Und was hast du damit vor?"

„Du weißt, dass ich nicht nur die Landwirtschaft, sondern auch die Schmelzöfen von Tus als einer der örtlichen Dehqane verwalte, nicht wahr?" Ein Dehqan war ein Gutsbesitzer, der sich gleichzeitig um Aspekte der lokalen Verwaltung und Wirtschaft kümmerte.

Feridun nickte vage. Sein Vater hatte so viele Geschäfte zu beaufsichtigen, dass ihm Einzelheiten wie diese immer mal wieder entgingen. Aber schon sprach sein Vater weiter: „Der Stahl von Chorasan gilt als besonders hochwertig; er ist in den Ländern des Westens begehrt. Wir haben ihn immer an die Händler verkauft, die von Osten, aus Afghanistan oder sogar aus Tschin, dem Herkunftsland der Seide, kommen, um ihn auf ihrer Weiterreise in den Westen weiter zu verkaufen. Die Schmiede im Westen wissen nicht, wie man guten Stahl herstellt und sind bereit, gute Preise in Silber dafür zu bezahlen."

Feridun nickte. Davon hatte er gehört. Die große Handelsstraße, die Tschin mit Tacht-e Rum verband, der Thronstadt der Römer, die die Römer Konstantinopel und die Griechen Stanbulin nannten, führte durch Tus. Manchmal ging Feridun mit seinen Freunden auf den Marktplatz, um all die fremden Händler zu beobachten, die dort ihre exotischen Waren eintauschten. Seide war natürlich darunter, ebenso wie andere Stoffe und Teppiche, aber auch Gewürze, kostbare Steine, Felle, Pferde, Sklaven und eben Metall.

Feridun dachte nach. Der erhöhte Aufwand machte für ihn immer noch keinen Sinn. „Und warum verkaufst du das Eisen dann nicht einfach auf dem Markt wie sonst auch?"

„Weil wir im Westen einen viel höheren Preis erzielen können. Einen Preis, von dem die Zwischenhändler den größten Teil einstecken; außer, ich reise selber dorthin."

„Du willst selber verreisen?" Endlich, das war die Frage, die Feridun eigentlich die ganze Zeit hatte stellen wollen.

„Nun ja, ich denke, das wird das Beste sein."

„Weiß Mutter Bescheid?"

„Natürlich!"

„Und warum sollte ich davon nichts erfahren?"

„Nun ja, wir wollten es dir und deiner Schwester Schirin erst nach Nouruz sagen, damit ihr noch unbeschwert feiern könnt. Wir dachten, ihr wärt wahrscheinlich traurig, wenn ich so lange verreise."

„Wie lange wird die Reise denn dauern?"

„Etwa ein halbes Jahr, vielleicht auch etwas mehr. An Jalda, zur Wintersonnenwende, bin ich spätestens zurück. Sei nicht traurig, Feridun…"

Aber das war nicht das, woran der Junge dachte. „Nimm mich mit, *Agha*, bitte!", sagte er bestimmt.

Sein Vater sah ihn an und schien dabei nachzudenken. Dann schüttelte er den Kopf. „Mein Junge, das ist nicht möglich", erwiderte er. „So eine Reise ist kein Zuckerschlecken. Du bist noch zu jung. Und was soll deine Mutter sagen? Sie würde sich unendliche Sorgen machen."

„Bitte, *Agha*! Ich bin gar nicht mehr so jung. Mein Freund Navid arbeitet schon bei seinem Vater in der Werkstatt. Außerdem verstehe ich gar nicht, weshalb die Reise nach Rey und zurück über ein halbes Jahr dauern sollte. Das müsste doch in kürzerer Zeit zu machen sein, oder, Vater? Komm schon, wir gehen zusammen nach Rey, verkaufen das Metall und kommen im Sommer wieder zurück." Feriduns Augen leuchteten vor Aufregung an den Gedanken und seine Hände gestikulierten wild in der Luft.

Aber dessen Vater schüttelte nur erneut den Kopf. „Es geht nicht nur nach Rey", sagte er. „Aber lass uns erst einmal spielen. Du fängst an."

Der Junge senkte den Kopf über das Spielbrett und setzte einen Bauern ein Feld weiter. Er und sein Vater spielten täglich und jeden Tag aufs Neue lernte er von seinem Vater hinzu. *Schahtrandsch*, das „Spiel der Könige" zu beherrschen, galt als unverzichtbarer Teil einer guten Erziehung. „Wohin geht es dann, wenn Rey nicht das Ziel ist?", fragte er.

Der Vater setzte eine seiner Figuren, bevor er mit seiner ruhigen Stimme antwortete: „Von Rey aus will ich nach Norden reisen, nach Ardabil und von dort aus weiter nach Barda im Land Arran. Beides sind wichtige Handelsstädte für die Chasaren und die Länder des Nordens und des Westens. Je näher ich unseren Endabnehmern komme, desto höher ist der Preis."

Das klang ja immer aufregender. Feridun sah vor seinem inneren Auge ausgedehnte Landschaften, dichte Wälder, hohe Berge, sprudelnde Flüsse und nicht zuletzt das Meer, von dem er bis jetzt nur gelesen hatte. Er stellte sich prachtvolle Städte mit ausgedehnten Palästen und wundervollen Gärten vor, aber auch kleine Bergdörfer, wilde Tiere und große Schiffe. Er hatte noch nie ein großes Schiff gesehen. „Bitte, *Agha*, nimm mich mit!", bettelte er.

„Lass gut sein, Junge. Eigentlich solltest du noch gar nichts davon wissen, vergiss das nicht! Ich werde euch allen schöne Geschenke von der Reise mitbringen. Und nun lass uns spielen; du bist ja gar nicht bei der Sache!"

Feridun war tatsächlich nicht bei der Sache. Er verlor eine Figur nach der anderen und verlor nach viel zu wenigen Zügen haushoch gegen seinen Vater. Zugegebenermaßen unterlag er zwar noch meistens, aber er machte es seinem Vater seit einiger Zeit schwerer und schwerer, ihn zu besiegen. Nur heute eben nicht.

Am Abend, nach dem gemeinsamen Abendessen mit der Familie, das sie wie immer auf niedrigen Kissen sitzend eingenommen hatten, nachdem der Vater sich schon wieder zu Geschäften zurückgezogen hatte und seine kleine Schwester Schirin eingeschlafen war, versuchte es Feridun bei seiner Mutter: „*Maman dschun*, kann ich dich einen Augenblick sprechen?"

„Natürlich, mein Sohn, was gibt es?" Rudabeh, so war ihr Name, war gerade damit beschäftigt, die Feuchtigkeit der am Vortag eingeweichten Weizenkörner zu überprüfen, die bereits zu keimen begannen. Die Weizenkeimlinge würden für die aufwändige Zubereitung der süßen Neujahrsspeise Samanu verwendet werden. Offenbar zufrieden mit dem Zustand der Weizenkörner, drehte sie zu ihm sich um und lächelte ihren Sohn an.

„Weißt du, dass Vater verreisen wird?", fragte Feridun.

„Natürlich weiß ich das. Und er hat mir auch erzählt, dass du es schon mitbekommen hast. Wir wollten es euch eigentlich erst nach Nouruz erzählen."

„Ich weiß, *Maman*. Aber ich will mitkommen."

„Ach, Feridun", seufzte sie. „Du bist noch nicht soweit. Das nächste Mal, ganz bestimmt."

„Aber wann wird das nächste Mal sein? Ich kann mich nicht erinnern, dass Vater jemals so lange weg war. Also wird er es wohl auch bald nicht mehr tun."

„Das letzte Mal war vor deiner Geburt, das stimmt. Danach hat dein Vater beschlossen, erst einmal bei seiner Familie zu bleiben. Aber dass er irgendeinmal wieder nicht widerstehen können würde, noch einmal mit einer Karawane aufzubrechen, war mir schon lange klar."

„Dann lass mich mitgehen, bitte!"

„Willst du mich ganz allein lassen?"

„Du hast doch Schirin!"

„Sieh mich an, Feridun! Komm her und lass dich umarmen!" Sie nahm ihn in eine mütterliche Umarmung. „Sieh mal, du bist immer noch einen guten halben Kopf kleiner als ich, obwohl ich nicht sehr groß bin. Wenn du mich an Größe übertroffen hast, dann darfst du mit deinem Vater reisen, in Ordnung? Bis dahin bist du noch ein Kind."

„Und ab wann werde ich für Vater erwachsen sein?"

Sie lachte. „Das weiß ich nicht. Ich glaube, das müssen alle Eltern der Welt mit sich selber ausmachen. Das ist die große Frage: Wann ist mein Kind kein Kind mehr? Aber du hast noch so viel Zeit!"

Feridun machte sich von seiner Mutter frei. „Ich möchte die Berge sehen und die Wüste, das Meer, und all die schönen Städte."

„Du kannst sie sehen, mein Sohn", sagte seine Mutter lächelnd. „Aber erstmal nur in deiner Fantasie. Ich werde dir vor dem Schlafengehen eine Geschichte erzählen, eine Geschichte von Helden und Königen in fernen Ländern."

Am folgenden Tag nach dem Unterricht versuchte Feridun beim Schachspiel erneut, das Gespräch mit seinem Vater auf die bevorstehende Reise zu lenken: „Sag mal, wie funktioniert das eigentlich mit den Karawanen? Kommt der Mann, der gestern bei dir war, mit und überlässt dir seine Kamele?"

„Nicht ganz. Der Händler von gestern ist nur der Vermittler. Er ist lange Jahre selber hin- und her gereist und hat sich nun zur Ruhe gesetzt, während seine Söhne die eigentliche Karawanenführung übernommen haben. Sie bereisen jedes Jahr dieselbe Route, in diesem Fall von Merw bis Baghdad und rasten und handeln dabei in immer denselben Karawansereien. Auf dem Weg kennen sie jedes Dorf und jeden Brunnen. Eigentlich gibt es zwei Möglichkeiten: entweder man hat seine eigenen Maultiere oder Kamele und schließt sich einfach einer bestehenden Karawane an oder aber man mietet sich Kamele für einen bestimmten Routenabschnitt. Hauptsache man ist mit genügend Menschen zusammen unterwegs, die sich im Zweifelsfall auch verteidigen können, wegen der Räuber."

„Räuber? Gibt es davon viele?"

„Keine Sorge. Eine große Karawane werden sie nicht angreifen. Aber kleine Reisegruppen sind schon in Gefahr."

„Reist du eigentlich ganz alleine? Nur mit Fremden?"

„Nein, ich nehme natürlich Rutbil mit." Rutbil war ein Diener, der schon als Kind in Babaks Familie gekommen war und dessen völliges Vertrauen genoss. Ursprünglich stammte er aus der im Osten gelegenen Gegend um Kabul. Obgleich ziemlich schmächtig, entfaltete Rutbil, wenn es nötig war, eine ungeahnte Kraft. Außerdem war er geschickt, wenn es darum ging, auf die Schnelle Dinge zu reparieren oder praktische Lösungen zu finden.

„Und warum mietest du Kamele? Wir haben doch Maultiere?"

„Kamele können viel mehr Gewicht tragen. Ich transportiere schließlich Stahlbarren, keine Vogelfedern." Sie sahen wieder auf das Spielbrett herab. „Warum hast du den Elefanten dorthin bewegt? Jetzt kann ich ihn ganz leicht mit meinem Minister schlagen."

Mist, dachte Feridun, *wieder nicht aufgepasst. Ich muss mich besser konzentrieren.* Da kam ihm eine Idee: „Wer wird mich eigentlich im Schach unterrichten, wenn du weg bist? Ich kann doch mein Spiel nicht ein halbes Jahr lang unterbrechen?"

„Du solltest deine Mutter nicht unterschätzen, Feridun! Sie ist eine hervorragende Schachspielerin."

„Aber nicht so gut wie du!", versuchte der Junge seinem Vater zu schmeicheln.

„Auf jeden Fall besser als du!", gab dieser zurück. „Du könntest auch hervorragend sein, wenn du nur nicht immer mit den Gedanken woanders wärst."

„Wenn ich dich im Schach besiege, bin ich dann kein Kind mehr?"

„Wenn du im Schach gegen mich gewinnst, könnte ich in der Tat gewillt sein, dich einen jungen Mann zu nennen. Aber bis dahin musst du noch viel üben."

Feridun nickte und konzentrierte sich wieder auf sein Spiel. Aber er hatte schon zu viele Figuren verloren, um noch eine Chance gegen einen geübten Spieler zu haben. Wieder verlor er klar gegen seinen Vater.

Es waren noch zwei Tage bis zum Nouruzfest, der Frühlingstagundnachtgleiche, einem der beliebtesten Festtage des

Jahres. Da an jenem Tag der letzte Dienstag des Jahres war, wurden bei Einbruch der Dunkelheit auf allen Plätzen und in den Gärten Feuer entzündet, um die Krankheiten und bösen Einflüsse des vergangenen Jahres zu verbrennen und das neue Jahr gereinigt zu beginnen. Zu diesem Zweck sprangen alle, Frauen, Männer und Kinder, über das Feuer und riefen dabei den Flammen zu: „Nehmt meine Bleichheit und gebt mir dafür eure gesunde Röte!" Auch alle Häuser waren in den letzten Tagen von Grund auf gereinigt worden, die Wände neu getüncht, die Teppiche herausgebracht und gewaschen. Jede freie Fläche, Dächer, Höfe, ja sogar Bäume und Sträucher, waren in diesen Tagen mit frisch gewaschenen farbenfrohen Teppichen bedeckt, die in der Sonne trockneten. Alles war bunt, nicht nur die Teppiche, sondern auch die Pflanzen und Blumen unter dem leuchtend blauen Himmel. Das Nouruzfest war wie eine Explosion von Farben in der meistens heißen und trockenen Stadt Tus, in der hellbraun den überwiegenden Farbton bildete. Dazu zwitscherten die Vögel und die erwartungsfrohen Kinder gleichermaßen und fügten dem optischen Eindruck einen farbenfrohen Klangteppich hinzu. Und dann die Gerüche… An allen Ecken und Enden der Stadt wurde in Vorbereitung auf das Fest gemälzt, gebacken, gekocht.

Die wenigen strenggläubigen Muslime in der Stadt sahen das jährlichen Neujahrstreiben mit Ärger, stellte es für sie doch einen antiken heidnischen Brauch dar, den es auszumerzen galt. Doch die meisten Menschen kümmerte das nicht. Ob sie zu Allah, zu Ahura Mazda, dem Gott der Juden oder dem der Christen beteten, Nouruz war ein Fest für alle. Schließlich war es schon in den Zeiten des antiken Königs Dschamschid gefeiert worden.

Als er an diesem Abend über das Feuer sprang, wünschte sich Feridun nichts sehnlicher, als das neue Jahr mit einem großen, einem wirklichen Abenteuer zu beginnen. Und dazu würde er sich am kommenden Tag wirklich konzentrieren müssen.

„Agha dschun, wenn ich dich heute im Schach besiege, darf ich dann mit dir kommen?"

„Warum solltest du mich ausgerechnet heute besiegen?"

„Weil ich es mir fest vorgenommen habe. Du hast gesagt, ich sei für dich ein junger Mann, wenn ich es schaffe, gegen dich zu gewinnen. Also: Darf ich dann mit dir kommen?"

Babak musste über die Entschlossenheit seines Sohnes schmunzeln. „Also gut, einverstanden."

„Gibst du mir deinen Handschlag darauf?"

Feridun hielt ihm die Hand hin. Dieser schlug ein.

„Weiß beginnt."

Feridun konzentrierte sich mit aller Kraft. In Wahrheit hatte er den ganzen Tag, seit den frühen Morgenstunden, damit verbracht, sich einen Plan zurechtzulegen und alle möglichen Kombinationen durchzugehen. Er wusste schließlich ungefähr, wie sein Vater normalerweise spielte. Aber er durfte sich nicht den kleinsten Fehler leisten.

„Du spielst gut heute", lobte ihn sein Vater. „Nicht, dass du mich doch noch besiegst!"

„Mhm", machte Feridun nur. Er war voll auf die möglichen nächsten Züge konzentriert. Aber auch sein Vater war voll bei der Sache. Vielleicht müsste er ihn ablenken. „Wirst du uns eigentlich vermissen, wenn du weg bist? *Maman* und Schirin, werden sie dir nicht fehlen?", fragte er daher. „Ein ganzes halbes Jahr lang? Wir werden dich schrecklich vermissen, *Agha dschun*!"

Sein Vater sah vom Schachbrett auf: „Aber natürlich werde ich euch vermissen. Und wie!" Er blinzelte sogar ein paar Mal mit den Augen, so als würde er schnell ein paar ungewollte Tränen unterdrücken. Tatsächlich: die Konzentration seines Vaters hatte nachgelassen; er war offenbar nicht ganz bei der Sache und machte einen Fehler. Feridun dagegen blieb weiter bei der Sache. Und das Unglaubliche geschah: Er setzte seinen Vater schachmatt. Das erste Mal in seinem Leben hatte er seinen Vater im Schach besiegt.

Der sah ihn ungläubig an: „Du hast mich tatsächlich geschlagen. Herzlichen Glückwunsch!"

„Danke, *Agha dschun*!"

„Das, das hätte ich nie gedacht, ganz ehrlich. Noch nicht, meine ich."

„Ich weiß. Darf ich jetzt mit dir kommen?"

Babak zögerte. „Ich muss zugeben, dass ich es dir versprochen habe. Ich habe dir sogar die Hand darauf gegeben."

„Ja?"

„Und du hast bewiesen, dass du Durchsetzungskraft hast, wenn du willst. Ehrlich gesagt, ich freue mich, dich auf der Reise bei mir zu haben."

Feridun strahlte.

„Aber ich sage dir noch einmal: So eine Reise ist kein Zuckerschlecken. Es wird anstrengend werden. Du wirst wunde Füße bekommen. Und es wird heiß werden."

„Das macht mir gar nichts, *Agha*!"

„Sicher?"

„Ganz sicher, versprochen!"

„Dann ist ja gut. Mein größtes Problem ist allerdings, dass ich es irgendwie deiner Mutter beibringen muss."

An Nouruz gab es Süßigkeiten, gefärbte Eier und kleine Geschenke für die Kinder. Alle trugen neue Kleidung. Feridun hatte überdies neue Sandalen für die Reise geschenkt bekommen. Nicht so gern mochte er den Fisch, der nur an diesem Tag zubereitet wurde. Außer zu Nouruz gab es bei ihnen zuhause fast niemals Fisch. Der süße, gemälzte Weizenbrei Samanu dagegen, den die Frauen seit Tagen vorbereitet und über Stunden hinweg gekocht und ständig gerührt hatten, bevor sie ihn erkalten ließen und mit grünen Pistazien, weißen Mandeln und rosenfarbenen Blütenknospen dekorierten, schmeckte ihm hervorragend. Freunde, Familie und Nachbarn feierten zusammen und statteten sich in einem wohldurchdachten System permanent Besuche und Gegenbesuche ab. Alle waren in frühlingshafter Feierlaune. Aber niemand war so glücklich wie Feridun, der wusste, dass in wenigen Tagen das große Abenteuer beginnen würde. Er würde sich nicht nur von seiner Mutter und Schwester, sondern auch von seinen Freunden verabschieden müssen, von Navid und von Mohammed, der trotz seines Namens eigentlich Zoroastrier war und der von seinen Freunden immer nur Daqiqi – „der Genaue" – genannt wurde, weil er so penibel war. Feridun würde auch sie vermissen. Er malte sich bereits in Gedanken aus, wie er nach seiner Rückkehr von seinen Erlebnissen erzählen würde. Vielleicht könnte er sie eines Tages auch aufschreiben, so wie Rudaki seine Gedanken in Verse fasste.

Rudabeh war in der Tat wenig begeistert gewesen, als ihr Mann ihr eröffnet hatte, dass er Feridun nun doch mit auf die

Reise nehmen wolle. Sie war zwar traurig darüber, nun sowohl ihren Mann als auch ihren Sohn monatelang nicht zu sehen, konnte aber nur darin zustimmen, dass es der moralischen Bildung ihres Sohnes nicht zuträglich sei, wenn der Vater sein gegebenes Versprechen nun bräche.

„Und sieh es doch mal so, Rudabeh", sagte Babak seiner Frau. „Feridun wird an Erfahrung wachsen. Er ist bei mir; es wird ihm gut gehen. Und auch ich werde auf dem Weg nicht alleine sein."

Kænugard (Kiew), Hauptstadt der Kiewer Rus, am Ende des Monats Goi im 31. Regierungsjahr Ingvars von Kiew, im März des Jahres 943 der christlichen Zeitrechnung

Wigbjorg eilte den zum Versammlungshaus aufsteigenden Weg hinauf. Der frisch gefallene Schnee knirschte unter jedem ihrer energischen Schritte. Es wurde gerade dunkel; zumindest waren die Tage endlich wieder länger. Nur noch wenige Wochen, dann würde auch dieser Winter vorüber sein. Sie zog sich die Kapuze tiefer in die Stirn und zog den dicken Wollmantel fester um sich, damit sie sich und das fest in Wachstuch eingewickelte Päckchen in ihrer Hand vor den wirbelnden Schneeflocken und dem eiskalten Wind zu schützen. Gerade erst hatte sie die Nachricht erhalten, umgehend mit dem besagten Gegenstand im Versammlungshaus zu erscheinen, also machte sie besser, dass sie schnell ging. Der große Holzbau mit seinen mit geschnitzten Pferde- und Drachenköpfen verzierten Giebeln war als zentraler Bau, als Herzstück der neuen Hauptstadt nicht zu übersehen. Die steilen Giebeldächer sorgten dafür, dass der Schnee im Winter nicht auf dem Gebäude liegenblieb und die Holzkonstruktion eindrückte. Weitere Anbauten, ebenfalls aus Holz, mit Außentreppen, die in ein Obergeschoss führten, waren noch im Bau begriffen. Sie ging an den einfachen, pfahlförmigen Holzstatuen vorbei, die die Anwesenheit der Götter markierten. Ein Rabe stelzte zwischen ihnen im Schnee umher und krächzte zeternd. Auch die Tierwelt sehnte sich freilich nach dem Frühling. Wenige Stufen führten zur Tür hinauf, durch die Wigbjorg direkt in den großen Versammlungssaal eintrat. Es roch nach Rauch. Die Halle wurde durch ein zentrales Feuer beheizt und spärlich beleuchtet. Schalenlampen, in denen ein in Tierfett getränkter Docht brannte, spendeten zusätzliches Licht, aber leider auch Rauchschwaden, am Ende der Halle, wo König Ingvar jetzt mit seinen engsten Vertrauten und ranghöchsten Jarls beriet. Die teuren Bienenwachskerzen wurden selbst hier nur zu besonderen Gelegenheiten verwendet. Sie zog die Kapuze vom Kopf.

„Wigbjorg!", rief der Herrscher aus, als er sie eintreten sah. „Komm und setz dich zu uns!"

Dutzende bärtige Gesichter wandten sich ihr entgegen. Die Männer – denn Wigbjorg sah mit einer einzigen Ausnahme keine Frauen – saßen an einem langen, massiven Holztisch, an dessen Ende König Ingvar in eine magentafarbene Tunika und einen reich bestickten blauen Mantel gehüllt auf seinem mit Armlehnen ausgestatteten breitem Sitz den Vorsitz führte. An seiner Seite, am oberen Ende der Tafel, saß Helga, Ingvars junge Ehefrau. Wenn sie sich nicht verrechnet hatte, musste Helga fast 40 Jahre jünger als der ergraute König sein, noch ein wenig jünger als sie selber. Sie war die letzte Gelegenheit Ingvars, nach dem vorzeitigen Tod all seiner Söhne jetzt noch einen Thronfolger in die Welt zu setzen. So rund wie Helga jetzt aussah, standen die Erfolgsaussichten allerdings gut. Ingvar betete seine Frau an und ließ sie kaum noch aus den Augen. Angeblich konnte sie in Visionen in die Zukunft blicken. Die Königin war die einzige andere Frau, die in dieser Runde anwesend war. Die entlang der Wand stehenden Dienerinnen und Diener, die stumm auf die Befehle des Königs warteten, zählten für sie nicht. Wigbjorg nickte dem König und den Jarls – Edelmännern – wortlos zu, durchquerte die Halle und legte ihren vom Schneegestöber feuchten Mantel ab, unter dem sie an diesem Abend das für Frauen übliche wollene Kleid mit einem für ihre gesellschaftliche Stellung nur dezent verzierten grünem Überkleid mit gewebten, gemusterten Borten trug, das an der Vorderseite von zwei großen, ovalen Spangen aus Silber gehalten wurde, die durch eine Kette mit bunten Glas- und Silberperlen miteinander verbunden waren. Sie setzte sich an das untere Ende des Tisches auf einen freien Platz und legte das Päckchen auf die Tischplatte. Unumwunden musterte sie die im flackernden Dämmerlicht sitzende Runde. Neben König Ingvar und seiner Frau Helga kannte sie alle Anwesenden zumindest dem Gesicht und zumeist auch dem Namen nach, darunter Haraldr, ihren Onkel, der den Sitz ihres verstorbenen Vaters im Rat eingenommen hatte, Asmud, einen engen Vertrauten König Ingvars, und schließlich den Kommandeur Sveneld, in dessen Gefolge Wigbjorg als Kriegerin diente. Mit ihren zahlreichen Schwestern, aber ohne Brüder, die das Kleinkindalter überlebt hätten, hatte sie sich vor Jahren gegen das Leben als Hausfrau und Mutter und für die Existenz als Schildmaid entschieden, um die Familientradition fortzu-

27

führen und hoffentlich eines Tages als Ringkvinna, als unverheiratete, erbberechtigte Frau, das Erbe ihres Vaters anzutreten. Nichtsdestotrotz fragte sie sich, warum sie hierher bestellt worden war, schließlich gehörte sie dem Rat nicht an. Zumindest noch nicht, denn das war ihr ehrgeiziges Ziel. Als Haraldrs einzige Nichte wäre sie zumindest theoretisch die logische Nachfolgerin. Doch erst würde sie sich beweisen und gegen festgefahrene Traditionen ankämpfen müssen.

„Wir haben uns gerade erste zusammengefunden, um über den diesjährigen Wiking, den nächsten Raubzug zu entscheiden", informierte sie Sveneld vom anderen Ende des langen Tischs. „Wir sind uns einig, dass ein erneuter Aufbruch nach Miklagard[1] voreilig wäre. Auch wenn wir im vergangenen Jahr traumhaft reiche Beute gemacht haben." Sveneld war noch jung, hatte jedoch durch seine Herkunft, verbunden mit strategischem Geschick, schon eine hohe Position am Hof inne. Dabei war seine physische Erscheinung auf den ersten Blick eher unscheinbar; er war sogar einige Handbreit kleiner als Wigbjorg. Umso mehr liebte er es, sich in möglichst bunte Gewänder zu hüllen, um die Blicke auf sich zu lenken. Überhaupt liebten diese Kaufleute und Krieger bunte und kostbare Stoffe aus aller Herren Länder.

„Ja, gebt ihnen Zeit, ihre Stadt erst einmal wieder aufzubauen!", warf Haraldr mit lauter Stimme ein, der schon immer zu Großspurigkeit geneigt hatte. Er lachte heiser. Haraldr war ein untersetzter, etwas zum Bauch neigender Mann mittleren Alters mit einem etwas zu dünnen, braun-grauem Bart, dessen Äußeres manche Menschen dazu verleitete, ihn

---

1   Konstantinopel

zu unterschätzen. Diesen Fehler machten sie jedoch für gewöhnlich nur einmal.

„Naja, unsere Flotte hat am Ende auch ziemlich gelitten, sei ehrlich!"

„Ich bin auch nicht scharf darauf, so schnell wieder Bekanntschaft mit dem griechischen Feuer zu schließen", fügte ein älterer Krieger hinzu, dessen Wange, Ohr und Schläfe großflächig von Brandnarben verunziert waren. Seine linke Gesichtshälfte war praktisch haarlos. Ein paar der Anwesenden nickten und murmelten zustimmend.

„Vielleicht fahren wir im nächsten Jahr wieder nach Miklagard", setzte Svenold ungerührt fort, ohne auf die Zwischenrufe einzugehen. „Für dieses Jahr jedoch hat Ingvar einen besonderes Vorschlag." Er sah den Tisch hinauf zum alten König und blickte ihn erwartungsvoll an.

„Drømde mik en drøm i nat, um silki ok ærlik pæl", zitierte der König ein bekanntes Lied und malte mit der Hand einen imaginären Zirkel in die Luft, um seinen Vortrag zu unterstreichen. „Ich träumte einen Traum des Nachts, von Seide und edlem Tuch. Eben diesen Traum habe ich wirklich geträumt, und zwar vor zwei Nächten. Es war einer von den Träumen, die man ernst nehmen sollte. Und ich habe vor, diesen Traum wahr werden zu lassen. Daher sage ich euch: Nach Særkland soll es in diesem Jahr gehen, in das Seidenland, so wie schon vor dreißig Jahren, im Jahr nach dem Tod meines Vaters. Die Älteren werden sich erinnern. Ein weiter Weg, ja, anstrengend auch, aber lohnenswert. Seide und Tuch sind nicht die einzigen Güter, für die der Einsatz lohnt. Ich rede von Eisen, von Stahl für unsere Schwerter, dem besten Stahl, den es gibt, für unsere besten Schmiede."

„Den wir bis jetzt von den Chasaren für teures Geld kaufen", wagte es Haraldr zu unterbrechen.

Der König war von ihm nichts anderes gewohnt und nahm es hin. „Die Preise steigen von Jahr zu Jahr. Im Gegenzug bekommen wir immer weniger Silberdirhams für unsere Waren. Warum also bezahlen, was wir uns auch nehmen können?"

Einhellige Zustimmung erfüllte den Raum.

„Nicht viele von uns erinnern sich noch an den damaligen Raubzug. Helge hier", er wies auf den weißbärtigen Mann neben ihm, auf der seiner Frau gegenüberliegenden Tischseite, „kann uns alles über die Wegstrecke und das Særkland berichten. Aus dem gleichen Grund habe ich auch unsere tapfere Wigbjorg hierher kommen lassen. Wigbjorg, wie ich gehört habe, hast du eine Thrallfrau aus dem Land der Chasaren." Es war keine Frage, es war eine Feststellung.

Sie nickte. „Ja. Zizak ist meine Dienerin. Sie ist die Tochter eines chasarischen Kaufmanns. Ich habe sie vor vier Jahren von einem petschenegischen Sklavenhändler erbeutet. Ihre Familie stammt direkt vom Chasarischen Meer."

„Und zusammen mit jener Sklavin kam auch der Gegenstand zu dir, um den ich dich gebeten habe, nicht wahr? Hast du ihn dabei?"

Wigbjorg wies auf das auf dem Tisch liegende Päckchen.

„Zeige ihn uns!"

Vorsichtig wickelte sie das Wachtuch aus und förderte ein mehrfach zusammengefaltetes Pergament zutage. Behutsam begann sie, es auf dem Tisch zu entfalten. Die Männer am Tisch beugten sich vor, um einen Blick darauf zu werfen. Es waren Linien und bunte Flächen darauf zu erkennen, Zeichnungen und kleine Kreise neben Schriftzeichen, die keiner von ihnen entziffern konnte, auch wenn das Licht in der Halle besser gewesen wäre. Hier und da war die Oberfläche fleckig, als wäre Flüssigkeit darauf gespritzt, Meer- oder Regenwasser vielleicht, möglicherweise auch Bier. „Eine Landkarte", bemerkte jemand. Landkarten waren selten und teuer. Nur die allerwenigsten Menschen konnten sie lesen oder besaßen gar eine.

„Wer braucht schon so einen Firlefanz!" war denn auch einer der deutlich vernehmbaren Kommentare. Er stammte von einem breit gebauten Mann, der Wigbjorg spöttisch musterte.

„Halt den Mund, Farulf", fuhr Sveneld ihn an.

„Lass mich sehen!", befahl Ingvar, alle Einwürfe weiterhin ignorierend.

Wigbjorg brachte die Karte an das obere Tischende, legte sie zwischen den grauhaarigen König und den weißhaarigen Veteranen und blieb hinter ihren Stühlen stehen.

„Kannst du etwas darauf wiedererkennen, Helge?", fragte Ingvar.

Der Angesprochene runzelte die Stirn und drehte die Karte auf dem Tisch hin und her, murmelte dabei etwas, schüttelte den Kopf und drehte sie erneut. Er schürzte seine dünnen Lippen zu einer knittrigen Falte, wie jemand, der scharf nachdenkt, aber nur mit Mühe zu einem Ergebnis kommt.

„Die grünen Linien sind Flüsse", half ihm Wigbjorg. „Die braunen Kreise sind kleinere Städte, die sternenförmigen Dinger sind große Städte und die roten Halbkreise Berge."

Helge tat, als habe er sie nicht gehört. Eine Karte zu lesen war eine Kunst und die meisten Menschen hatten in ihrem

Leben noch nie eine zu Gesicht bekommen. Andererseits war den meisten Kaufleuten im Laufe ihres Lebens schon eine mehr oder weniger schematische geographische Skizze in die Hände gefallen. Ein Krieger, der auf Raubzüge in weit entfernte, fremde Länder zog, musste ein gutes räumliches Vorstellungsvermögen haben. Und Helge war beides, Händler und Krieger. Schließlich entspannten sich seine Gesichtszüge, er nickte und zeigte auf einen der braunen Kreise und die Darstellung einiger Häuser und Schiffe daneben. „Das hier muss Itil mit seinem Hafen sein", sagte er. „Ich erinnere mich noch gut. Wir sind damals bis nach Baku und sogar in das südliche Seidenland, nach Persien, gefahren."

„Kannst du die Schrift lesen?", fragte der König ihn. Der alte Mann verneinte. „Diese Gekritzel?", fragte er zurück, als ob es die Schrift sei, die an seiner Unkenntnis Schuld trug.

„Und du?", fragte Ingvar nun Wigbjorg.

„Nein. Es ist Arabisch. Die Karte stammt aus Baghdad. Aber Zizak kann die Beschriftung lesen, sagt sie. Und sie hat mir ein paar der Namen erklärt."

„Dann erläutere sie uns! Hat Helge Recht? Ist dies die Stadt Itil?"

„Das muss sie sein. Sie liegt direkt am Chasarischen Meer. Hier." Sie zeigte auf eine blau schraffierte Fläche, die von einer geschwungenen Linie eingerahmt war, außerhalb deren lauter Kreise mit derselben für sie unleserlichen Beschriftung gemalt waren.

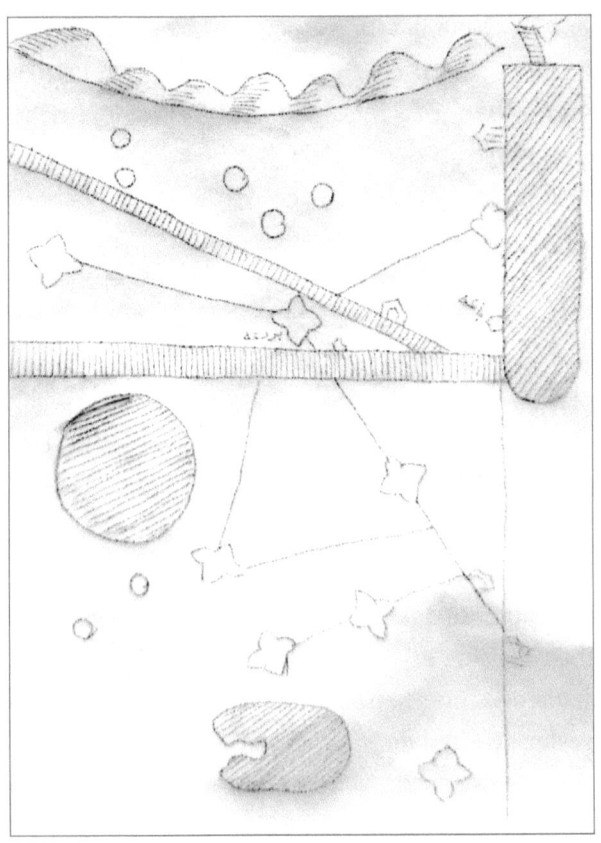

Der König nickte und fuhr fort: „Meine Frage lautet: Wie schicken wir am einfachsten eine Flotte von hier in das Chasarische Meer und weiter in das Særkland? Asmud!" Er sah zu seinem Vertrauten. „Du warst schon in Itil, um dort Waren zu verkaufen. Wie seid Ihr dorthin gekommen? Wigbjorg, du zeigst mir gleichzeitig die entsprechenden Orte auf der Karte! Wo ist Kænugard[2]?"

2   Kiew

„Hier." Sie wies auf einen kleinen Fleck neben einer langen grünen Linie. „Das ist der Fluss Dnepr."

Asmud begann: „Zuerst ruderten wir den Dnepr hinab zum Skythischen Meer, die gleiche Strecke, als ob wir nach Miklagard fahren würden, wobei wir, wie ihr euch alle vom letzten Jahr sicherlich noch gut erinnern könnt, die Schiffe immer wieder an den Stromschnellen vorbei über Land tragen mussten."

Einige Männer stöhnten bei der Erinnerung. Wigbjorg folgte der Route mit dem Finger auf der Karte. Die Flusslinie kam ihr unnatürlich gerade vor. So verlief kein Fluss und erst recht nicht der Dnepr. „Ich glaube nicht, dass die Karte sonderlich genau ist, besonders nicht im Wilden Feld", sagte sie. Wildes Feld, so nannten die Rus die Region südlich und östlich ihres Einflussgebietes. Dort herrschten die Petschenegen, mit denen die Rus seit Generationen auf Kriegsfuß standen. Immer wieder überfiel dieses kriegerische Nomadenvolk Händler der Rus und der Chasaren.

„Eben, seit wann brauchen wir Landkarten?", ertönte es erneut.

„Wir haben Miklagard schließlich auch so gefunden."

Asmud ignorierte die Zwischenrufer und fuhr unbeirrt fort: „Im Skythischen Meer angelangt, sind wir dann nicht westwärts nach Miklagard gesegelt, wie etwa im vergangenen Jahr, sondern nach Osten, wo eine Meerenge in ein viel kleineres Meer führt, das Maiotis genannt wird."

„Hier ist keine Meerenge eingezeichnet", sagte Wigbjorg.

Asmud beugte sich über die Karte. „Vielleicht die Passage zwischen diesen beiden Inseln, sieh mal."

Einige der Männer, darunter Helge, nickten. Sie hatten davon gehört.

„Dort mündet ein breiter Fluss namens Tanais[3]. Hast du ihn gefunden?"

„Das müsste der hier sein", bestätigte Wigbjorg und wies auf eine grüne Linie, die aus dem Nordosten kommend im Osten des Meeres mündete. Sie zeichnete die Linie mit dem Zeigefinger nach.

Asmud fuhr fort: „Den Tanais müssen wir dann hinauf rudern, bis zu einer Festung, die Sarkel heißt. Sie gehört schon zum Chasarenreich."

Wigbjorgs Finger kreisten unentschlossen über den verschiedenen Punkten entlang des Flusses. Die Zeichnung war aber auch wirklich nicht sehr klar.

„Von Sarkel aus sind wir gezwungen, die Schiffe über Land bis zur Wolga zu ziehen. Das ist der Fluss, den die Chasaren Itil nennen, genau wie ihre Hauptstadt."

„Wie lange werden wir für den Weg zwischen den Flüssen brauchen?", fragte Ingvar.

„Zehn Tage etwa, wenn alle sich anstrengen."

Den Geräuschen, die die übrigen Teilnehmer machten, war erneut zu entnehmen, wie beliebt die mühsamen Überlandrouten waren. Immerhin wusste Wigbjorg jetzt wieder, wohin sie zeigen musste. Die Stadt Itil mit ihrer Flussmündung hatten sie ja bereits gefunden.

„Und von dort aus?"

„Weiter bin ich nie gereist", antwortete Asmud. „Jetzt muss Helge uns weiterhelfen."

---

3   Don

„Ach", sagte der alte Krieger, „von Itil aus segeln wir einfach an der Westküste des Chasarischen Meeres hinab. Dort gibt es ein Dorf und eine Stadt nach der anderen. Und wenn man in eine der Flussmündungen hineinfährt, findet man fast immer eine reiche Handelsstadt, die es zu plündern lohnt."

Wigbjorg zeigte auf die Küstenlinie.

„Sehr gut", stellte Ingvar fest. „Aber ich habe einen Vorschlag: Dieses Mal plündern wir nicht nur und fahren sogleich wieder fort. Wir bleiben dort. Wir nehmen eine Stadt ein und machen sie zu unserem Stützpunkt. So sparen wir uns die Zwischenhändler auch in Zukunft!"

Er klatschte in die Hände, woraufhin die Bediensteten Krüge mit Met und Becher auf den Tisch stellten. Jetzt, da sein Plan dargelegt war und er auf die Zustimmung des Rats hoffte, konnte eine aufgelockerte Stimmung nicht schaden.

Drei Tage nach Nouruz brachen sie im Morgengrauen auf.
Wie der Kopf eines flammenden Riesen stieg die Sonne als
orangeroter Ball auf den Schultern des Horizonts auf und
tauchte die lehmfarbenen Häuser von Tus in ein goldgelbes
Licht. Mit Hilfe einiger Diener hatten sie in der vergangenen
Woche alles gepackt, was sie unterwegs benötigten. Für ihren
persönlichen Bedarf brauchten sie nicht viel Gepäck: ein paar
praktische Reisekleider zum Wechseln, jeweils eine warme
Decke, ein Messer und wenig mehr, die auf ihre drei Maultiere geladen wurden, auf denen sie auch reiten würden. Babak
trug einen Beutel mit silbernen Dirhams am Körper, mit denen sie unterwegs alles, was sie überdies brauchten, würden
bezahlen können. Dirhams wurden in der ganzen ihm be-
kannten Welt als Währung akzeptiert. Die meisten Güter des
täglichen Gebrauchs, Trinkwasser und Nahrung, würde ihnen die Karawane stellen, das war Teil der getroffenen
Vereinbarung. Übernachten würden sie in Karawansereien,
die ihnen neben Handelskontakten Schutz, Essen und
sanitäre Anlagen boten. Dennoch bestand Rudabeh darauf,
dass jeder von ihnen einen gut gefüllten Sack mit Nüssen
und getrockneten Früchten als Wegzehrung mitnahm, sowie
einen kleinen Wasserschlauch für den Durst zwischendurch.
Den treuen Diener Rutbil, der sie begleiten würde, hatte sie

kurz vor der Abreise noch beiseite genommen: „Pass ganz besonders auf Feridun auf! Ich weiß, dass du ihn liebst. Aber ich bitte dich, sei besonders wachsam. Er ist noch so jung. Ich mache dich persönlich für seine Sicherheit verantwortlich. Wehe, ihm stößt etwas zu!"

„Ich werde ihn hüten wie meinen Augapfel", versprach er.

Als Babak, Feridun und Rutbil sich schließlich verabschiedeten, hatte Feridun doch einen dicken Kloß im Hals. Er umarmte seine Mutter und seine kleine Schwester, die beim Abschied weinte. Feridun roch den Duft seiner Mutter, fühlte ihre warmen Hände und blinzelte einige Tränen weg. Doch dann, als er an das bevorstehende Abenteuer mit seinem Vater dachte, hob sich seine Stimmung wieder. Er würde den spannendsten Sommer erleben, den er sich vorstellen konnte.

Noch war es kühl. Feridun fröstelte, versuchte aber, es sich nicht anmerken zu lassen. Zunächst ritten sie auf ihren Maultieren zur nahe gelegenen Karawanserei von Tus, die nur einen Kilometer außerhalb des Zentrums, nahe beim Markt lag. Dort trafen sie die übrigen Mitglieder ihrer Karawane. Mindestens hundert Kamele, wenn nicht mehr, knieten geduldig im weitläufigen Innenhof des Gebäudes. Diener hatten bereits im Morgengrauen begonnen, die von Babak angemieteten zehn Kamele mit den Stahlbarren zu beladen, die sie aus einem Lagerhaus in der Nähe hergebracht hatten. Der Stahl hatte die Form der Tiegel, in denen er hergestellt wurde: konische Kegel, von denen jeder etwa soviel wog wie ein Neugeborenes. Jedes Kamel konnte achtzig davon in seinen Satteltaschen tragen. Die Tiere, die im Innenhof der Karawanserei knieten und träge ihr Frühstück wiederkäuten, während sie beladen wurden, blökten und grummelten während der Prozedur, bis die Ladung gleichmäßig auf ihrem Rücken verteilt war. Von nun an ließen sie sich nicht aus der Ruhe bringen, bis die Kamelführer ihnen befahlen aufzustehen. Die Tiere waren schon früh gefüttert und gewässert worden und somit bereit für den Aufbruch.

Babak sprach mit dem Kaufmann, der ihm die Karawane in der vergangenen Woche vermittelt hatte, und zahlte ihm die erste Hälfte der vereinbarten Summe aus, während Rutbil die Last ihrer Kamele inspizierte und Feridun sich mit großen Augen umsah. Sie waren die einzigen, die sich der Karawane in Tus anschlossen. Die anderen Teilnehmer waren schon mindestens seit Merw dabei und einige Händler kamen offensichtlich weit aus dem Osten. Gelegentlich sah man derart exotisch gekleidete Menschen auch auf dem Markt in Tus, nun aber hatte Feridun die Gelegenheit, ganze Gruppen von ihnen näher zu betrachten. Als einer von ihnen ihm zulächelte, sah der Junge schnell beiseite, so als fühle er sich ertappt. Er schlenderte zu Rutbil, der bei den Kamelen stand und fragte ihn: „Womit handeln diese Leute, mit Seide?"

„Wahrscheinlich, aber bestimmt nicht nur. Gewürze sind auch unter ihren Waren, denke ich. Warum fragst du sie nicht?"

„Sprechen sie denn unsere Sprache?"

„Als Kaufleute? Bestimmt! Probier es doch einfach!"

Schüchtern trat Feridun an einen der ihm fremdartigen Männer heran. Wie die anderen auch trug er einen in kräftige Rot- und dunkle Blautöne gefärbten Mantel über langen Hosen. Seine schwarzgelockten Haare trug er halblang und er hatte einen Ziegenbart. Das Auffälligste an ihm waren jedoch die schweren Goldringe, die seine Ohrläppchen zierten. „Sprichst du Persisch?", fragte er ihn.

Der Mann lächelte etwas lückenhaft. „Sicher doch!"

„Wirklich?", fragte Feridun erstaunt zurück.

„Aber ja doch! Wer hier Handel treibt, sollte die Sprache sprechen, oder?"

„Stimmt. Wo kommt ihr her?"

„Aus Turfan. Hast du davon schon einmal gehört?"

„Ich glaube, mein Vater hat den Namen mal erwähnt. Ist es schön dort?"

„Aber ja doch!"

„So schön wie hier?"

Der Mann lachte. „Auf jeden Fall! Ein bisschen ähnlich ist es schon. Turfan ist eine Oase, die auf der einen Seite an eine heiße Wüste und auf der anderen Seite an noch heißere, rote Berge grenzt. Aber in der Oase haben wir Weintrauben. Hier, probier mal unsere Rosinen!" Er hielt ihm eine Handvoll der dunklen Trockenfrüchte hin.

Feridun griff zu. „Hm, die sind gut. Rosinen haben wir auch hier. Besonders aus Nischapur", sagte er mit vollem Mund.

„Ich weiß."

„Handelt ihr mit Rosinen?"

„Nur ein bisschen, eben weil es sie auch hier gibt. Wir haben auch viele Dinge dabei, die weiter im Osten produziert wurden, in Tschin, wie etwa Seide und Jade, oder getrocknete Kräuter für Heilmittel. Wir transportieren sie von Turfan bis nach Nischapur und kehren dann mit Pferden und Wolle zurück."

„Ihr kommt nur bis nach Nischapur mit?"

„Ja, wir sind schon fast am Ziel unserer Reise."

„Schade. Wir gehen bis nach Rey und von dort aus nach Ardabil und Barda!"

„Das ist aber weit. Ich hoffe, dass ihr eine sichere und angenehme Reise haben werdet!"

„Das wünsche ich euch auch. Wie heißt du?"

„Ich bin Alp. Und du?"

„Feridun."

„Freut mich, dich kennen zu lernen, Feridun! Jetzt muss ich mich aber um die Tiere kümmern, wir werden bald aufbrechen. Unterwegs werden wir bestimmt noch Zeit finden, um uns zu unterhalten. Bis Nischapur reisen wir ja noch gemeinsam."

„Das sind drei Tagesreisen, nicht wahr?"

„Ganz genau. Bis später dann, Feridun!"

„Bis später!"

Jetzt, wo er sich mit dem Mann aus Turfan unterhalten hatte, kam er ihm gar nicht mehr so fremd vor. Eigentlich sah er, abgesehen von der Kleidung und den Ohrringen, auch nicht viel anders aus als Rutbil. Und Rutbil wiederum unterschied sich nicht sehr von den Menschen in Tus. Er kehrte zu seinem Vater zurück, der jetzt bei seinem treuen Diener und den mittlerweile fertig beladenen Kamelen stand.

„Da bist du ja, Feridun", rief sein Vater ihm entgegen. „Mach dich bereit für den großen Aufbruch! Steig auf dein Maultier, es geht los!"

Langsam setzte sich die Karawane in Bewegung. Beim Aufstehen blökten die Tiere wieder. Jeweils etwa ein Dutzend Kamele waren in einer langen Reihe wie Perlen auf einer Schnur hintereinander gebunden. Jede dieser Gruppen wurde von jeweils einem Kamelführer geleitet. Feridun zählte sie; es waren elf Gruppen. Ganz vorne, auf dem vordersten Kamel der gesamten Karawane, ritt der Karawanenführer, ein kräftiger Mann um die Vierzig, dessen Befehl zum Aufbruch wie Donnergrollen bis zum Schlusslicht der Karawane schallte. Das letzte Kamel der hintersten Gruppe hingegen trug eine Glocke um den Hals, die unablässig bimmelte, wenn es sich bewegte, damit der Karawanenführer bemerkte, falls Kamele unterwegs hinter ihm zurückfielen. Feridun bemerkte, dass sein Vater und Rutbil nicht ritten, sondern ihre Maultiere an den Zügeln führten. „Warum reitet ihr nicht?", fragte er.

„Noch sind unsere Beine frisch und ausgeruht. Wenn sie später müde werden, sind unsere Reittiere noch frisch und haben Kraft, uns zu tragen."

„Soll ich auch zu Fuß gehen?", erkundete sich Feridun.

„Wenn du möchtest. Du bist aber noch so leicht, dass du keine große Last für dein Tier darstellst."

Sie ließen die Häuser von Tus hinter sich. Feridun, der mittlerweile doch abgestiegen war, um neben seinem Vater gehen zu können, sah sich immer wieder um, ein wenig wehmütiger als er sich eingestehen wollte.

„Kennst du die Erzählung davon, wie unsere Heimatstadt gegründet wurde?"

„Von einem Prinzen, der ebenfalls Tus hieß, nicht wahr?"

„Ganz genau! Und kennst du seine Geschichte?"

„Nicht so richtig", gestand Feridun.

„Dann werde ich sie dir erzählen. Hör gut zu! Es war einmal, oder auch nicht, in den längst vergangenen Tagen, als der Weizen sich noch selber drosch, als Geister im alten Badehaus spielten, Flöhe Barbiere und Kamele Stadtschreier waren und als ich meine kleine Großmutter in ihrer knarrenden Wiege sanft in den Schlaf schaukelte, in jenen Tagen lebte ein alter König namens Nozar. Er hatte einen Sohn, dem er den Namen Tus gegeben hatte. Tus wuchs heran, wurde groß und stark, aber es stellte sich heraus, dass er auch sehr stolz und streitbar war. Eines Tages starb sein Vater Nozar, ohne seinen Nachfolger bestimmt zu haben. Die Adligen mussten einen neuen König benennen. Wen meinst du, wählten sie aus?"

„Wahrscheinlich Tus, oder? Er war schließlich sein Sohn."

„Eben nicht. Die Adligen entschieden sich wegen Tus' ausgeprägter Streitlust nicht für ihn, sondern wählten statt seiner dessen Cousin Zaav. Tus war zunächst außer sich, fand sich dann aber mit der Situation ab und wurde stattdessen ein berühmter Krieger und Heerführer in den Diensten des Königs."

„Das war weise."

„Da bin ich ganz deiner Meinung. Aber auch König Zaav starb bald. Tus lebte so lange, dass er auch den beiden nachfolgenden Königen Kai Kobad und später Kai Kawus, dem Bruder des sagenhaften Bogenschützen Arasch, treu als Heerführer diente. Zusammen mit ihnen zog er immer wieder auf Feldzüge gegen die unsteten Reiterkrieger aus Turan, schreckliche Krieger aus den Steppen des Nordens, die regelmäßig das iranische Königreich bedrohten."

„Turan hat aber nichts mit Turfan zu tun, oder?", fragte Ferdiun und sah sich dabei nach den Händlern um, mit denen er vorhin noch geplaudert hatte.

„Überhaupt nicht: Turan liegt weit im Norden, Turfan im Osten."

„Dann ist ja gut. Erzähl bitte weiter."

„Prächtig muss Tus als Heerführer ausgesehen haben, ein leuchtendes Vorbild für die eigenen Soldaten und schrecklich für seine Feinde. Tus' Schild wurde von einem goldenen Elefanten geziert und als Königssohn trug er goldene Schuhe."

„War das nicht schrecklich unbequem?"

„Ich kann mir nicht vorstellen, dass sie aus massivem Gold waren. Wahrscheinlich waren seine Schuhe aus Brokat mit eingewebten Goldfäden, glaubst du nicht auch?"

„Ja, das ist logischer."

„Im letzten Feldzug machten die Turaner, die schon weit in iranisches Gebiet vorgedrungen waren, dem König das Angebot, seinen besten Bogenschützen einen Pfeil abschießen zu lassen, an dessen Landepunkt fortan die Grenze zwischen dem Iran und Turan verlaufen sollte. Es war mitten im Sommer, am 13. Tag des Monats Tir, die Sonne brannte vom Himmel und die Soldaten hofften, nicht weiter in der Gluthitze kämpfen zu müssen. Der König willigte ein und bat seinen Bruder Arasch, einen seiner berühmten Pfeile weit nach Norden zu schießen."

„Die Geschichte von Arasch kenne ich, *Agha*."

„Das will ich meinen! Möchtest du sie mir erzählen?"

„Nein, *Agha*, bitte erzähl du weiter. Ich höre sie gerne noch einmal."

„Wie du also weißt, nahm Arasch all seine Kraft zusammen und schoss den Pfeil viele hundert Farsang weit, weiter als je ein Mensch geschossen hat, weiter als irgendjemand je wieder schließen wird oder auch nur blicken kann. Die Turaner waren stumm vor Staunen und trauten ihren Augen kaum, zogen sich aber wie versprochen wieder in ihre Steppe zurück. Arasch aber brach noch am selben Tag vor Erschöpfung zusammen und starb an der schier übermenschlichen Anstrengung. Von da an war die Grenze zum Land Tu-ran sicher, zunächst jedenfalls. Jetzt könnte alles gut sein, nicht wahr, Feridun?"

„Ist es aber nicht, oder?"

„Die Geschichte geht noch weiter. Jede Geschichte geht immer noch weiter. Vielleicht gehören sogar alle Geschichten zusammen, sind Teil einer einzigen, großen Geschichte. Nur hört manchmal der Erzähler mit dem Erzählen auf."

„Dann hör bitte nicht auf und erzähl weiter!"

Babak schmunzelte. „In Ordnung. Der Sohn des Königs Kai Kawus, Siyawasch war sein Name, musste indes wegen falscher Anschuldigungen seiner Stiefmutter aus dem Palast, ja sogar aus dem Land, fliehen. Er ging ausgerechnet nach Turan, wo er sich verliebte, heiratete und zwei Söhne bekam. Doch dann befiel ihn eine schwere Krankheit und er starb. Ei-ner von ihnen, Kai Chosrau, kam nach dem frühen Tod seines Vaters in Turan zurück an den Hof seines Großvaters Kai Kawus.

Die Jahre vergingen und Tus schien nicht zu altern. Als schließlich auch König Kai Kawus alt wurde und seinen En-kel Kai Chosrau zu seinem Nachfolger bestimmte, protes-tierte Tus dagegen, da Chosrau eine Mutter aus Turan hatte und beim alten Erzfeind aufgewachsen war. Er erinnerte daran, dass er doch selber der Sohn eines Königs sei und An-recht auf den Thron habe. Ein blutiger Krieg brach zwischen den Anhängern der verschiedenen Thronanwärter aus. Der alte König musste dem ein Ende bereiten! Er ließ einen Wett-streit zwischen seinem Enkel Kai Chosrau und seinem Heer-führer Tus ausrichten."

„Was für einen Wettkampf?"

„Einen Zweikampf mit dem Schwert, Mann gegen Mann. Und obwohl Tus sein Bestes gab, gewann der jüngere und stärkere Chosrau. Und wieder fügte sich Tus weise. Er schwor dem neuen Thronfolger Gehorsam und diente auch unter ihm dem Schutz seines Landes. Er besiegte Drachen und Dämonen, die die Bevölkerung in Angst und Schrecken versetzten. Und wieder fielen Truppen aus Turan in das Land ein. Tus konnte sie mit seinem Heer in einer großen Schlacht besiegen. Er hatte nun alle Feinde abgewehrt und musste nicht mehr kämpfen. Jetzt konnte Tus endlich alt werden. Er gründete die Stadt, die seine Einwohner zu seiner Ehre nach ihm benannten, unsere Stadt, und ließ einen Tempel für Ahura Mazda errichten. Eines Wintertages, während er zusammen mit König Chosrau im Gebirge jagte, verschwand Tus spurlos im Schneetreiben und wurde nie wieder gesehen. Man erzählt sich, dass er nicht gestorben sei, sondern im Verborgenen darauf warte, am Ende der Zeiten gegen das Böse zu kämpfen. Und nach diesem großen Mann ist unsere Stadt benannt."

„Dann wird er auch bestimmt in Tus wieder erscheinen, nicht wahr, *Agha*?"

„Wer weiß?"

„Ist dieser Teil der Geschichte damit zu Ende?"

„Dieser Teil ja, für heute zumindest. Was sagt dir die Erzählung von Tus, Feridun?"

Der Junge überlegte. „Ich denke, dass man nicht immer um jeden Preis Recht behalten muss. Dass es sich lohnen kann, nachzugeben und anderen Menschen die Treue zu halten."

„Gut gesagt, mein Junge! Und unser guter Rutbil ist dafür das beste Beispiel, nicht wahr?"

Der Afghane, der die ganze Zeit in ihrer Nähe gegangen war und ebenfalls zugehört hatte, grinste und zwinkerte Feridun zu.

Derart Geschichten erzählend verging die Zeit wie im Flug. Sie hatten die Stadt Tus und ihre Ebene schon lange hinter sich gelassen. Stattdessen ging es auf- und abwärts durch eine stetig ansteigende Hügel- und bald schon Berglandschaft. Der Weg wurde anstrengender und nach einigen Stunden taten Feridun die Füße weh, so dass er sich auf sein Reittier setzte. Schließlich stand die Sonne im Zenit, es war warm geworden und – Feriduns knurrender Magen ließ daran keinen Zweifel – es war Zeit für die Mittagspause. Auf einer kleinen, flachen Ebene ließen die Karawanenführer die Kamele anhalten und hießen sie, sich hinzusetzen. Die Trampeltiere falteten ihre Beine unter sich zusammen und käuten gleichmütig ihr Frühstück wieder. Ihre gutmütigen Gesichter wirkten, als lächelten sie ständig. Babak, Feridun und Rutbil erhielten von den Kamelführern ihre Mittagsration an Brot, Käse, Joghurt und eingelegtem Gemüse. Rutbil breitete eine Decke auf dem Boden aus, auf die sie sich zum Essen setzten. Die Reisenden neben ihnen taten es ihnen gleich. Feridun sah sich um. Alp und die anderen Leute aus Turfan versorgten sich selber. Sie hatten gerade ein kleines Feuer entzündet, über das sie eine Art flachen Kessel hängten. Fasziniert beobachtete er, wie sie einen Korb mit ungewöhnlich geformtem, trockenem Gebäck herumreichten. Ihre anderen Mitreisenden erhielten teils, wie sie selber, Essen von der Karawane, andere holten Vorräte aus ihrem eigenen Gepäck hervor. Zu trinken gab es klares Wasser, das sie mit Joghurt und etwas Salz zu einem erfrischenden Getränk mischten.

Nach dem langen morgendlichen Marsch hatten sie Durst. Zum Nachtisch gab es getrocknete Früchte.

Gut gesättigt legte sich Feridun auf der Decke zurück und schützte seine Augen mit dem Arm vor der blendend hellen Frühlingssonne, die von einem strahlend blauen Himmel hinab schien. Er genoss die wärmenden Sonnenstrahlen, denn jetzt im Frühjahr waren die Morgen noch recht kühl. Dann stand er wieder auf, streckte den linken Arm aus, so als hielte er einen Bogen, und tat mit dem anderen Arm so, als spannte er den Bogen mit einem imaginären Pfeil. Er zielte hoch in die Luft, in Richtung einer markanten Bergspitze, die hinter dem nächstgelegenen Tal in der Ferne aufragte.

„So weit triffst du nie!", kommentierte Rutbil.

„Arasch hat es doch auch geschafft. Ich will es genauso lernen."

„Arasch war ein legendärer Held", erwiderte der Afghane.

„Und überlebt hat er es auch nicht", fügte Babak hinzu. „Komm her, mein Sohn, setz dich wieder zu mir. Ich bringe dir lieber etwas Sinnvolles bei." Aus der Tasche an seiner Seite holte er einen kleinen Holzrahmen mit Stäben darin, auf denen bunte Kugeln befestigt waren: ein Rechenschieber, Abakus genannt. Feridun verdrehte die Augen.

„Wer nicht mit dem Abakus umgehen kann, wird leicht übers Ohr gehauen werden. Und jetzt hör zu!"

Feridun ließ die Mathematikstunde über sich ergehen. Die Grundrechenarten kannte er natürlich, aber mit dem Abakus ließen sich auch komplizierte Rechnungen durchführen. So gerne er den Geschichts- und Literaturunterricht sowie die Schachstunden seines Vaters schätzte, so wenig mochte er die Rechenübungen.

„Das sollten wir von nun an jeden Tag nach dem Mittagessen machen", entschied sein Vater, der von Feriduns Leistung im Rechnen nicht begeistert war. Er schlug den Abakus wieder in ein Tuch ein und verstaute ihn in seiner Tasche, während Rutbil damit begann, ihre übrigen Habseligkeiten einzusammeln, denn die Karawane machte sich wieder zum Aufbruch bereit.

„Können wir nicht stattdessen Schach üben?", fragte Feridun hoffnungsvoll.

„Schach können wir immer noch am Abend vor dem Schlafengehen spielen. Außerdem hast du mich doch schon besiegt."

Bis zum Aufbruch in das Særkland warteten die Rus einen weiteren Monat ab, bis der Schnee in der Ebene endgültig geschmolzen war. Gleich nach der Feier des Frühlingsblòt, der die sommerlichen Aktivitäten wie Schiffsreisen, Handelsfahrten und Raubzüge einleitete, würden sie ihre Reise beginnen. Natürlich hatten letzten Endes alle Ratsmitglieder für den Vorschlag Ingvars gestimmt. Seine Argumente hatten sie alle überzeugt. In den Wochen vor dem Blòt waren die Ratsmitglieder damit beschäftigt, die Teilnehmer der Expedition zusammenzustellen und dafür zu sorgen, dass ausreichend Schiffe zur Verfügung standen und dass sie instand gesetzt wurden. Sveneld würde den Raubzug anführen, Wigbjorg würde in seinem unmittelbaren Gefolge dabei sein, zusammen mit ihrer Dienerin Zizak, die in den Ländern des Südens als Übersetzerin würde fungieren können. Auch Wigbjorgs Onkel Haraldr war unter den Kriegern. Er würde einen Teil der Flotte kommandieren. Insgesamt planten sie, mit zwanzig Schiffen und fast tausend Kriegern auf Wiking nach Südosten zu ziehen.

Das alljährliche Frühlingsblòt war eine wichtige Angelegenheit. Zu seiner Feier versammelten sich in diesem Jahr all diejenigen Krieger und auch Kriegerinnen, die am Beutezug in den Süden teilnehmen würden, in Kænugard. Die meisten von ihnen lebten hier, in der neuen Hauptstadt von Gardariki, oder in ihrer Umgebung, einige waren jedoch aus Nygard[4], das die Alten Holmgard nannten, angereist, um im Seidenland ihr Glück zu finden.

Eine große Menschenmenge hatte sich vor dem Versammlungshaus im Zentrum Kænugards, bei den Pfahlstatuen der Götter, versammelt, um dem Ritual beizuwohnen. Es war später Morgen und die Sonne stand schon seit ein paar Stunden am Himmel. Mehrere Feuer, in denen Steine erhitzt wurden, gaben ein wenig Wärme ab, um die herum sich die Edelleute stellten, denn es war noch immer recht kühl. Das schon leicht zerzauste dreieckige Rabenbanner, das an einem Pfosten vor dem Versammlungssaal gehisst worden war, flatterte im kalten Wind neben einer weiteren Fahne, die mit dem Bild eines Falken im Sturzflug bestickt war, dem Emblem Ruriks, Ingvars Vater und Gründer der Dynastie. Zunächst schlachtete einer der Ältesten mehrere Schweine mit einem großen Messer. Das Ganze verlief bis jetzt ziemlich unzeremoniell. Die Menge wartete schwatzend, während die Schweine laut quiekend ihr Leben beendeten und umgehend zerteilt wurden. Gehilfen fingen das noch warm dampfende Blut der Tiere in Gefäßen auf und gaben diese an eine Völve, eine „Frau mit Stab“, eine Priesterin und Seherin, weiter. Wigbjorg kannte sie; ihr Name war Drifa, was „Schneegestöber“ bedeutete und sich wohl auf ihr Haar bezog, das schon von klein auf fast weiß gewesen war. Doch auch ihre Haut war von einer unnatürlichen Blässe. Wigbjorg fragte sich, ob sie sich weiß schminkte oder anderweitig nachhalf, um geheimnisvoller zu wirken. Sie

---

4 Nowgorod

vermochte auch nicht zu sagen, wie alt die Seherin war. Die extrem hochgewachsene Drifa umgab sich stets mit einer Aura der Erhabenheit, die Wigbjorg als überheblich, ja als unangenehm empfand. Trotzdem hatte sie wie alle anderen einen gewissen Respekt vor ihr und ihren Weissagungen, die nur allzu oft negativ ausfielen. Manchmal hatte sie prophetische Träume, manchmal fiel sie in Trance, jedoch nie vor Publikum, auf jeden Fall war die Rede von Visionen, in denen sie einen Blick in die Zukunft erheischen konnte. Immerhin, dachte sie sich, gab es keinen Grund, weswegen sie allzu viel Zeit mit der Seherin hätte verbringen müssen.

Drifa war für den heutigen Festtag außergewöhnlich hergerichtet: Sie trug einen prächtig bestickten blauen Mantel, der dem des Königs erstaunlich ähnlich war, mit silbernen Spangen, dazu eine Kette mit bunten Glasperlen. Ihren Kopf zierte eine Mütze aus schwarzem Lammfell, die mit ihrem offenen, weißen Haar kontrastierte. In der Hand hielt sie einen Stab mit einem Knauf aus Kupfer, in den ein goldbraun glänzender Bernstein eingelassen war; ihre Hände steckten in Handschuhen aus weißem Katzenfell und ihre Füße in Schuhen aus feinstem Kalbsleder mit Kupferschließen. Drifa nahm nun einen Birkenzweig, tauchte ihn in das Blut der geschlachteten Schweine und besprengte damit das Versammlungshaus und die davor aufgestellten Götterbilder: Odin, Thor, Freyr, Freya und Njördr, der Vater der beiden Letzteren, aber auch die lokalen Götter Perun und Volos, die schon vor der Ankunft der Rus hier verehrt wurden. Die Bewohner Kænugards verehrten alle Götter – nur um ganz sicher zu gehen. Anschließend drehte Drifa sich um und bespritzte die Anwesenden ebenfalls mit dem Blut, ganz besonders König

Ingvar und seine Jarle, deren kostbare Festtagskleidung aus Seide und anderen teuren Stoffen nun mit rostroten Spritzern besudelt war. Es würde ihnen Kraft für das kommende Jahr geben. Wem mehr an seiner Sauberkeit als am Ritual gelegen war, bedeckte sich und seine Kleider mit einem alten Mantel. Die Helfer zerlegten die Schweine und legten die Teile in große, vorbereitete Kochgruben, die mit Leder ausgekleidet und mit heißen Steinen und Wasser gefüllt waren. Dazu gaben sie getrocknete Kräuter, Zwiebeln und Wurzelgemüse. Sie nahmen zusätzliche heiße Steine aus den Feuern und legten sie ebenfalls in die Gruben. Auf diese Weise würde das Schweinefleisch langsam vor sich hin garen und bis zum Mittag fertig gekocht sein.

Anschließend wurden Fässer mit eigens zu diesem Anlass gebrautem Bier von mehreren Männern über die Flammen gewuchtet. Der König trat vor und machte das Zeichen des Hammers über den Fässern. Damit weihte er es den Göttern und machte es zu einem heiligen Getränk, das noch an diesem Tag getrunken werden musste. Er öffnete das erste Fass, entnahm einen Krug Bier und goss dessen Inhalt auf den Boden vor den Statuen.

„Wenn du Bier trinkst, wünsch dir die Kraft der Erde, denn auch die Erde nimmt diesen Trank entgegen", sprach er dabei. Und weiter: „Odin wird uns zum Sieg verhelfen, Njördr wird uns den rechten Wind und reichen Gewinn bescheren, Freyr gibt uns dazu Kraft und eine gute Ernte und Freya Fruchtbarkeit."

Daraufhin gab Ingvar das restliche Bier zum allgemeinen Genuss frei. Der König, die Jarle, reiche Kaufleute und ihre Familien, also die ganze Oberschicht Kænugards, zogen sich zum Feiern in die Versammlungshalle zurück, in der lange Tische und Bänke aufgestellt waren. Sveneld war natürlich darunter, auch Wigbjorg und ihr Onkel Haraldr sowie Asmud, Helge und die übrigen Männer, die der Versammlung vor vier Wochen beigewohnt hatten. Die einfachen Männer, Frauen und Kinder feierten draußen. Auch hier waren einfache Tische und Sitzgelegenheiten aufgestellt, wenn auch bei Weitem nicht genug für all die Menschen. Aber das machte nichts, denn wer wollte bei so einem Fest schon sitzen, besonders wenn die Temperaturen die Feiernden noch frösteln ließen? Es wurde gesungen, getanzt, gerauft und mit zunehmend schärferen und spitzeren Gegenständen jongliert. Bierkrüge wurden herumgereicht und füllten wieder und wieder dieselben Becher. Auf jeden getrunkenen Becher kam ein Trinkspruch, ein Gelübde, ein Segenswunsch oder die Erinnerung an einen Verstorbenen. Insbesondere trank man auf den Erfolg des bevorstehenden Raubzugs. Bis alle Sprüche gesagt, alle Gelöbnisse gemacht, alle Wünsche ausgesprochen und aller Toten gedacht war, befand sich die ganze Stadt bereits im von den Göttern gesegneten Zustand der Trunkenheit. Umso mehr wurde das gekochte Fleisch der Opfertiere begrüßt, dessen Duft sich auf dem Festplatz verteilt und alle Menschen dort hungrig gemacht hatte und das nun endlich ausgeteilt wurde.

Die Edelleute in der großen Halle vollzogen indes ein weiteres Ritual. Zwei Diener brachten einen stattlichen Eber herein, den sie kaum zu bändigen vermochten. Ein Jarl nach dem anderen trat vor, legte seine Hand auf das schnaufende Tier und gelobte feierlich, Ingvar treu zu dienen und Tapferkeit im Kampf zu zeigen. Manche der Edelleute fügten noch die Ankündigung einer besonderen Heldentat hinzu, die sie in diesem Jahr zu begehen bedachten. Haraldr, der sich für den heutigen Feiertag mit einem pelzbesetzten und bestickten Mantel herausgeputzt hatte, konnte sich natürlich nicht zurückhalten: „Ich werde in diesem Jahr mindestens einhundert Feinde eigenhändig erschlagen", kündigte er lautstark an. „Sollte ich das nicht erreichen, will ich gar nicht erst zurückkehren!" Haraldr war, nachdem er mehrere der mit silbernen Verzierungen beschlagenen Trinkhörner, die von Hand zu Hand gingen, geleert hatte, auch nicht mehr ganz nüchtern, aber das galt für alle Anwesenden in ähnlichem Maße.

„Unsere Nachfahren werden Sagas über uns singen", ergänzte er.

Schließlich wurde auch der Eber geschlachtet, allerdings im Hinterhof und nicht in der Halle, und sein Fleisch an großen Spießen über dem Feuer gebraten. Das Fest endete so, wie es sollte: in einem großen Gelage, untermalt von den Tönen von Lauten, Leiern und Fiedeln.

Nachdem sie ihren geheiligten Rausch ausgeschlafen und ihren wahrscheinlich weniger sakralen Kater kuriert hatten, waren die Krieger durch das Ritual des Blòt gerüstet und bereiteten ihren Aufbruch vor. Alle hatten ihre eigene Ausrüstung mitgebracht: Schild, Schwert, Dolch und Streitaxt, manchmal auch einen Speer, auf jeden Fall aber einen Helm und in den meisten Fällen auch ein Kettenhemd oder zumindest ein lederbesetztes Polsterwams. Sveneld als Anführer besaß, ebenso wie einige der anderen Jarls und Flottenkommandeure, einen Vendelhelm, der auch den oberen Teil seines Gesichts bedeckte und die Augen aus mandelförmigen Öffnungen unter grimmig geschwungenen, eisernen Augenbrauen hervorblickten und ihm so ein für seine Feinde erschreckendes, geradezu übernatürliches Aussehen verlieh.

Für die Reise hatte Wigbjorg ihre Frauenkleider durch praktischere Männerkleidung ersetzt: Hosen, ein Polsterwams über einem weiten Hemd und einen wollenen Mantel mit Kapuze, der des Nachts gleichzeitig als Decke diente, dazu praktische Stiefel aus Leder. Um den Hals trug sie ein silbernes Hammer-Amulett. Die Haare hatte sie im Nacken zu einem Zopf geflochten. Nur durch den fehlenden Bart war sie auf Anhieb als Frau zu erkennen. Sie war eine von einem halben Dutzend anderer Frauen, die dem Aufruf zum Raubzug in das Særkland zusammen mit den männlichen Kriegern gefolgt waren. Sie würden, genau wie die anderen Krieger, rudern, Bäume fällen und kämpfen. Nur das Verrichten der Notdurft auf einem offenen Schiff bedurfte etwas mehr Geschick und Aufwand als bei den Männern. Wigbjorg setzte alles daran so wenig wie möglich als Frau aufzufallen. Sie wollte sich ihren Status notfalls erkämpfen. Darum hatte sie sich auch fest vorgenommen, auf der Reise – egal, wie lange sie dauern mochte – auf gar keinen Fall eine körperliche Beziehung zu einem ihrer Mitreisenden einzugehen; das könnte ihrem Ansehen schaden. Nicht, weil die Nordmänner es etwa unmoralisch fänden, ihre körperlichen Bedürfnisse zu befriedigen, ganz im Gegenteil. Nein, in dem Moment, in dem die Männer sie wahrhaft als Frau wahrnähmen, würde sich der betreffende Krieger als ihr Beschützer aufspielen und ihre Unabhängigkeit und Kampfkraft wären in

Frage gestellt. Das konnte sie sich zu diesem Zeitpunkt nicht leisten.

Wie die anderen Rus auch, trug Wigbjorg ihre eigenen Waffen sowie ein gutes Jagdmesser, einen Rundschild, einen Helm und ihr Ringpanzerhemd. Ihre Ausrüstung machte beinahe ihr gesamtes Reisegepäck aus. Viel mehr brauchte sie nicht. Was auch immer sie in Særkland benötigte, würde sie dort vorfinden. Ihre chasarische Dienerin Zizak trug den Rest ihres privaten Gepäcks bei sich: ein Hemd zum Wechseln, die wieder in Wachstuch eingeschlagene Landkarte, einen Wetzstein, einen Kamm, etwas Seife und Wundsalbe, das war alles. Zizak selber trug das einfache, ungefärbte Wollkleid einer Dienerin und einen langen Kapuzenmantel. Ihr schwarzes Haar hatte sie wie immer zu einem Knoten gebunden.

Der Proviant – Brot, Zwiebeln, Trockenfleisch, Nüsse und sogar ein paar Fässer Bier – für die erste Etappe wurde nun von Sklaven auf die Schiffe am Flusshafen von Kænugard geladen. Das Essen für den Rest der Fahrt würden sie jagen, fischen, rauben und dort, wo es opportun schien, auch gegen die Biber-, Zobel-, Bären- und Fuchspelze eintauschen, die sie mitbrachten. Bei den Schiffen, die sie manchmal liebevoll als Wellenrösser bezeichneten, handelte es sich um Schniggen: wendige, einmastige Segelboote mit geringem Tiefgang, die hervorragend für die Flussschifffahrt geeignet waren und zusätzlich zum Segel gerudert werden konnten. Am Bug war jedes von ihnen mit dem geschnitzten Kopf eines Drachen geschmückt, am Heck mit dessen aufgerolltem Schwanz. Jedes Schiff war mindestens so lang wie ein Dutzend Männer und konnte, falls nötig, fast achtzig von ihnen aufnehmen. Sie würden jedoch nur mit halb so vielen Kriegern an Bord gehen, gerade so viele, wie es zum Rudern der Schiffe bedurfte, da sie auf der Rückreise reiche Beute und Sklaven mitzubringen gedachten. Die Hälfte der Rus, hieß es, sollte mit ihren Schiffen vorerst im Særkland bleiben, um dort einen neuen Handelsposten zu errichten und zu verteidigen.

Sveneld überprüfte gerade die Zuteilung der Krieger auf die einzelnen Schiffe und kratzte sich gedankenvoll den Bart. „Zizak und du, ihr bleibt bei mir und Asmud", sagte er zu Wigbjorg gewandt. Mehr noch als die Karte wollte er die Übersetzerin in seiner Nähe wissen.

Wigbjorg nickte knapp. Auf dem Schiff des Anführers zu reisen wurde ihren Ambitionen nur gerecht. Sie sah auf und erblickte eine hohe, dünne und blasse Gestalt mit langen, weißen Haaren und einem Stab mit Kupferknauf in der Hand. Sie trug einen großen Lederbeutel an ihrem Gürtel, in dem sie wer weiß welche Substanzen aufbewahrte, ansonsten war ihre Aufmachung anders, aber genauso extravagant wie am Tag des Blòt. Anstelle des reich verzierten blauen Mantels und der Handschuhe trug sie einen Umhang aus seltenem Marderhundpelz, das irgendwo aus dem entfernten Osten stammen musste. Hinter ihr ging ein Diener, der ein großes Reisebündel und einen Holzkäfig mit zwei Hähnen darin trug.

„Oh nein", murmelte Wigbjorg verdrossen.

Sveneld sah ebenfalls auf und erkannte Drifa, die Seherin. „Da ist ja unsere Zauberin. Hatte ich das nicht erwähnt?", fragte er kokett.

„Was erwähnt?", schnappte Wigbjorg zurück. „Kommt sie etwas mit uns?"

„Allerdings. Man kann nie wissen."

„Kann was nie wissen? Wessen Idee war das?"

„Helgas. Warum?"

„Sie muss ja nicht den ganzen Sommer mit ihr auf einem Schiff verbringen!"

„Was hast du bloß? Ihre Gabe und ihr Wissen können uns unterwegs behilflich sein. Wir werden weit vordringen in diesem Jahr. Und nicht nur durch das Wilde Feld. Wer weiß, was uns in der Ferne erwartet?"

„Drifa ist mir irgendwie unheimlich. Sie hält sich für etwas Besseres."

„Was denn jetzt, Angst oder Neid?", neckte sie Sveneld.

Wigbjorg schnaubte verärgert.

„Na komm schon! Eigentlich wollte ich sie auf unserer Schnigge mitfahren lassen, aber ich kann sie auch bei Haraldr unterbringen, was meinst du? Ich zumindest habe keine Lust auf Streitereien auf meinem Schiff."

„Ich bitte darum!"

Am frühen Morgen des nächsten Tages war es endlich Zeit zum Aufbruch. Der Flusshafen war voller Menschen, die entweder aufbrachen oder aber die Aufbrechenden verabschiedeten. Drifa opferte einen Hahn, indem sie ihm mit einer Axt den Kopf abhackte, ging von Schiff zu Schiff und besprengte die Schniggen mit dessen Blut. Wigbjorg stellte mit Erleichterung fest, dass die Seherin sich anschließend tatsächlich zum Schiff ihres Onkels begab, zusammen mit ihrem Diener und dem verbliebenen Hahn im Käfig. Sie beobachtete, wie Sveneld seine offensichtlich schwangere Frau und seinen kleinen Sohn Lyut zum Abschied umarmte. Wigbjorg hatte niemandem, von dem sie sich tränenreich verabschieden konnte oder wollte. Der Aufbruch zu neuen Möglichkeiten und in eine hoffentlich wohlhabende Zukunft war ihr nur recht. Die Aussicht auf harte Arbeit und Mühen störte sie nicht.

Schließlich hängten die Krieger ihre Schilde außen an die Reling ihrer Wellenrösser, wo sie ihnen zusätzlichen Schutz vor Wind, Wasser und Angriffen boten, und fuhren den Dnepr hinaus nach Süden. Das Schiff des Anführers glitt der Flotte voraus. Sveneld saß am Steuerruder auf dem Lypting, dem erhöhten Heck des Schiffs, auf der Steuerbordseite und lenkte das Wellenross. Wigbjorg stand ebenfalls am Heck, blickte zurück auf Kænugard mit seinem Hafen, seinen Holzhäusern, den beiden großen Baustellen für das neue Versammlungshauses und das Große Tor zurück, wandte sich dann um und sah den silbernen, schlangengleichen Windungen des Flusses und der bevorstehenden Reise entgegen.

Für den Weg nach Nischapur brauchte die Karawane drei Tage. Sie mussten die Berge von Binalud umgehen, aber dennoch war das Gelände hügelig und mühsam. Am Tag legten sie, je nach Beschaffenheit der Landschaft, drei bis sechs Farsang zurück. Das Reisen war anstrengender als es sich Feridun – trotz der vorangegangenen Mahnungen seines Vaters – vorgestellt hatte. Seine Füße schmerzten und warfen Blasen an den Fußsohlen, dann ermüdeten seine Beine und schließlich plagte ihn auch sein Hinterteil vom Reiten, so dass der Junge häufig zwischen Sattel und Fußmarsch wechselte. Aber er biss die Zähne zusammen und ließ sich so wenig wie möglich anmerken. Was würde denn sein Vater bloß von ihm denken, wenn er jetzt, gleich zu Beginn der Reise, anfinge zu jammern? Dankbar ließ er sich jedoch des Abends von Rutbil die Blasen an den Füßen mit einer Nadel aufstechen, aus denen Wundflüssigkeit, manchmal mit Blut vermischt, quoll, und anschließend mit einer Heilsalbe einreiben, damit sie sich nicht entzündeten.

Nachts übernachteten sie in kleineren Karawansereien, befestigten und bewachten Gehöften eigentlich nur, die außerhalb kleiner Dörfer lagen, denn zwischen Tus und Nischapur lagen keine Städte. In ihnen roch es nach den Lasttieren der Karawanen, aber sie waren dennoch annehmlich genug, boten den Reisenden, ihren Tieren und ihren Waren Schutz vor Wind, Wetter und Diebstahl, hatten einfache, aber saubere sanitäre Anlagen, einen Brunnen mit kühlem, klarem Wasser und servierten sättigende Mahlzeiten und auch den einen oder anderem Schluck Wein. Am vorherigen Abend zum Beispiel hatten sie einen Eintopf aus Gerstenkörnern, Spinat und Mandeln erhalten. Dann hatten sie sich für die Nacht in ihre Decken gehüllt und waren, ermüdet von der ungewohnten Anstrengung, sofort eingeschlafen. Im Morgengrauen nach dem Aufwachen beobachtete Feridun die Bediensteten der Karawanserei, wie sie penibel allen Mist der Kamele, Esel, Pferde und Maulesel aufsammelten und nach Spezies getrennt in große Körbe füllten. Er wühlte sich unter seinen Decken hervor und stand ächzend auf. Er konnte jeden Muskel in seinen Beinen spüren. Das würde ein langer Tag werden.

„Wozu tun sie das?", fragte er Rutbil, der bereits dabei war, ihre Habseligkeiten einzupacken, nachdem er ihm einen guten Morgen gewünscht hatte.

„Was meinst du?"

„Den Dung. Warum sammeln sie ihn?"

„Um ihn zu trocknen und zu verkaufen. Das ist der beste Brennstoff, den es gibt, und eine kleine Nebeneinkunft für die Besitzer."

Jeden Tag erzählte Babak seinem Sohn Geschichten, zumeist Legenden von vergangenen Königen und Helden, die alle endlos ineinander verwoben waren, oder, so wie heute, am dritten Tag der Reise, eine Fabel. In der vergangenen Nacht hatten sie nämlich das hohe, klagende Heulen der Schakale gehört. Feridun hatte das Geräusch beunruhigend gefunden, da die Tiere sehr nah geklungen hatten. In die Städte trauten sich Schakale niemals, da sie von den Menschen und ihren Hunden verjagt wurden. Auf dem Land dagegen sah die Sache anders aus.

„Vor Schakalen brauchst du dich nicht zu fürchten", sagte sein Vater daher am nächsten Morgen. „Sie sind vielmehr bemitleidenswerte Geschöpfe, die von niemandem gemocht werden, noch nicht einmal von anderen Tieren. Ich will dir die Geschichte vom blauen Schakal erzählen. Möchtest du sie hören?"

„Ja, bitte!"

„Es war einmal, oder auch nicht, in längst vergangenen Tagen, da lief eines Abends, nach Einbruch der Dunkelheit, ein hungriger Schakal, der schon seit Tagen nicht mehr gegessen hatte, auf der Suche nach Nahrung in ein Dorf. Ängstlich sah er sich um, aber sein knurrender Magen trieb ihn weiter in die Mitte des Dorfs. Die Dorfhunde aber bemerkten ihn. Sie mochten keine Schakale und jagten ihn davon, knurrend, kläffend und bellend, so dass der Schakal es mit der Angst zu tun bekam und blindlings darauf los rannte, ohne darauf zu achten, wohin er lief. Er lief durch das ganze Dorf bis zu den Hütten, die ganz am Rande standen, dort, wo die Handwerker ihre Arbeit verrichten, deren Gestank man nicht in seiner Nachbarschaft haben möchte. So kam es, dass der Schakal in den Bottich vor dem Haus eines Tuchfärbers fiel. Darin war Indigo enthalten. Weißt du, was Indigo ist?"

„Klar, blaue Farbe für Stoffe."

„Genau. Sehr blaue Farbe, so blau wie Lapis Lazuli, und genauso kostbar noch dazu. Der Schakal kletterte also völlig durchnässt wieder aus dem Eimer und setzte seine Flucht vor den Hunden fort, bis er tief im Wald war und sich in Sicherheit wähnte. Im Wald verlangsamte er seine Schritte und sah sich um. Im Schatten eines besonders großen Baums traf er auf einen Löwen, der ihm erklärte, er sei der König des Waldes. Er fragte den Schakal, wer dieser sei. Der Schakal sah verlegen an sich herab und erkannte, dass er nun blau geworden war. *Ich könnte nun jemand ganz anderes sein*, dachte er, traf eine Entscheidung und erklärte sich kurzerhand zum blauen Biest, dem Beschützer aller Tiere des Waldes. Der Schakal sagte dem Löwen, dass er seine Aufgabe allerdings nur dann würde ausüben können, wenn alle Tiere des Waldes ihm Nahrung brächten. Der Löwe glaubte dem ungewöhnlich aussehenden Tier und die Anwesenheit des Beschützers des Waldes sprach sich unter dessen Bewohnern herum. Bald wurde das blaue Biest von allen Tieren um Rat gebeten. Sie saßen ihm zu Füßen und brachten ihm das beste Futter. Es ging ihm gut und er hatte endlich genug zu Essen. Eines Nachts jedoch heulten einige Schakale in der Nähe. Der blaue Schakal konnte dem Ruf seiner Artgenossen nicht widerstehen und heulte ebenfalls. In diesem Moment erkannten die anderen Tiere, dass er nichts als ein gewöhnlicher Schakal war und jagten ihn aus dem Wald."

„Der Arme!", kommentierte Feridun.

„Ja, aber er hatte sich seine besondere Stellung nur ergaunert, oder?"

„Nicht wirklich, denn er hatte sich ja nicht mit Absicht blau gefärbt."

„Dennoch hatte er keine besonderen Fähigkeiten, die ihn dazu befähigt hätten, sich als Beschützer des Waldes auszugeben."

„Vielleicht doch. Ansonsten wären die anderen Tiere nicht immer wieder zu ihm gekommen, um ihn um Rat zu fragen. Die blaue Farbe hat sie nur dazu gebracht, in ihm nicht mehr nur den von ihnen verachteten Schakal zu sehen."

„Wieder einmal gut gesprochen, mein Sohn! Es können also auch in allen Menschen Fähigkeiten stecken, die ihnen niemand zugetraut hätte, nicht wahr?"

„Genau das meine ich."

Mittlerweile hatte sich Feridun einen Überblick über ihre Mitreisenden verschafft. Neben ihnen selber und den Männern aus Turfan gab es eine Händlergemeinschaft aus Rey, die auf dem Rückweg nach Hause war, ein paar Händler aus Tabris, arabische Kaufleute aus Baghdad, die den ganzen weiten Weg bis nach Merw zurückgelegt hatten, sowie eine kleine Gruppe von vier Männern, die er zunächst gar nicht einordnen konnte. Sie trugen flache Kappen auf den Köpfen. Ihre Mäntel aus bunt bedrucktem Stoff wurden mit einer Spange über der rechten Schulter gehalten, wodurch sie zwar den rechten Arm frei hatten, die linke Hand aber stets in ihrer Bewegungsfreiheit behindert wurde, außer wenn sie ihre Mäntel weit zurückschlugen, was Feridun äußerst unpraktisch fand.

„Das sind Rum, Römer aus Stanbulin. Sie sind wahrscheinlich schon ein ganzes Jahr unterwegs", erklärte sein Vater.

„So lange schon?"

„Das ist gut möglich."

„So lange möchte ich aber nicht auf Reisen sein!"

„Das musst du ja auch nicht. Für sie ist es eine lange Strecke. Stanbulin, die Hauptstadt der Römer, ist weit entfernt."

„Dann sprechen sie Römisch? Ich habe mich schon die ganze Zeit gefragt, was das für eine Sprache ist."

„Nein, das ist Griechisch."

„Die Römer sprechen Griechisch?"

„Genau so ist es."

Am Nachmittag des dritten Tages erreichte die Karawane Nischapur. Schon von Weitem war die von kahlen Bergen eingerahmte Stadt zu erkennen. Neben ihnen ragte der langgestreckte Gipfel des Bergs Binalud auf, das Dach von Chorasan, auf dessen Gipfel noch letzte Reste von Schnee zu sehen waren. Feridun hatte sich ein bisschen zurückfallen lassen und ritt nun neben Alp.

„Warst du schon einmal in Nischapur?", fragte der den Jungen.

„Nein, noch nie."

„Es ist eine der größten Städte der Welt, fast so groß wie Baghdad."

„Warst du denn schon mal in Baghdad?"

„Einmal nur. Aber glaub mir, Nischapur ist beinahe so großartig. Wir werden ein paar Tage dort bleiben, unsere Geschäfte tätigen, uns ein bisschen im Hammam durchkneten lassen und dann mit einer anderen Karawane wieder zurück nach Turfan reisen."

Mittlerweile konnten sie die Einzelheiten der Stadt ausmachen. Sie bestand offenbar aus einer zentralen Festung und einer sie umgebenden Vorstadt. Die meisten Gebäude waren, so wie auch in Tus, aus Lehm. So blieb das Innere der Häuser im Sommer angenehm kühl. Eine große türkise Kuppel stach wie eine Blume in der Wüste aus der Farbmonotonie der hellbraunen Mauern und Dächer heraus.

„Nischapur ist bekannt für seine Türkissteine", erklärte Alp. „Auf dem Basar wirst du davon noch viel mehr sehen. Sie werden hier in der Gegend geschürft und von hier aus in alle Richtungen gehandelt. Auch wir werden ein paar Säcke davon mit zurückbringen."

„Was gibt es sonst noch Besonderes in Nischapur?"

„Schalen, Krüge und Teller aus Ton, die in kräftigen Farben glasiert sind."

„Die kenne ich auch von zuhause!"

„Ein großer Teil davon stammt bestimmt von hier. Und dann gibt es natürlich den berühmten Wein, aber dafür bist du noch zu jung."

Eine Stunde später ritten sie durch eines der vier Stadttore. Mit einem Mal war alle Müdigkeit vergessen. Die Häuser sahen nicht anders aus als die in Tus, aber es gab mehr davon. Die Karawane ritt nicht weit in die Stadt hinein, sondern begab sich auf kürzestem Weg in die große Karawanserei.

„Diese Karawanserei ist ja riesig!", rief Feridun aus, als sie sie durch das schmale Portal betraten.

„Khan, nicht Karawanserei!", berichtigte Babak seinen Sohn. „Die großen Karawanenstationen in den bedeutenden Handelsstätten werden Khan genannt. Auch wenn es sich eigentlich um dieselbe Sache handelt, nur eben größer."

Dieser Handelsposten war in der Tat größer als derjenige in Tus, von dem aus sie aufgebrochen waren. Der Khan war ebenso quadratisch, wirkte aber mit seinen hohen, fensterlosen Mauern und seinen Ecktürmen wie eine Festung. Das Tor mit seiner schwer beschlagenen, hölzernen Tür war gerade groß genug, um ein beladenes Kamel auf einmal hindurchzulassen. Dadurch staute sich die Karawane auf dem

Vorplatz. Feridun zappelte ungeduldig neben seinem Reittier, während er darauf wartete, bis alle Tiere und Menschen, die in der Karawane vor ihm liefen, ihren Weg in den großen Innenhof gefunden hatten. Endlich war auch Feridun an der Reihe. Er sah sich staunend um. Die Mauern aus gebrannten Lehmziegeln waren kunstvoll so aufgeschichtet, dass sie die gesamte Höhe und Breite entlang hübsche Muster bildeten. Um den umfassten, großzügig angelegten Innenhof herum befanden sich Lagerräume und Ställe sowie, in einem zweiten Stockwerk darüber, versetzt hinter einer umlaufenden Veranda, Zimmer für die Reisenden. Im Hof selber gab es genügend Platz für mindestens fünfhundert Trampeltiere und ihr Gepäck. In der Mitte befand sich ein Brunnen, von dem aus unter anderem die Tränken der Tiere befüllt wurden. Die Reisenden brachten ihre persönlichen Habseligkeiten in einem der kleinen Gästezimmer unter. Feridun sah von der Veranda in den Hof hinab. Dort kochten einige Männer in einem Kessel, der an einem Dreifuß über einem kleinen Feuer hing, einen Eintopf. Jetzt erst merkte Feridun, wie hungrig er war. Unmittelbar vor dem Khan waren sie an Essens- und Marktständen vorbeigeritten, die den Reisenden frische oder getrocknete Früchte, gekochte Speisen, Brennholz und Getränke verkauften. Aber er wartete lieber darauf, dass sie zusammen in die Stadt aufbrachen, denn er brannte darauf, den Basar zu erkunden. Sein Vater bremste seinen Enthusiasmus: „Es wird schon dunkel. Wir können uns heute Abend in diesem Viertel umsehen und uns an einem der Stände etwas zum Essen kaufen. Ich schlage vor, dass wir uns vorher im Hammam vom Staub der Reise befreien. Den großen Basar besuchen wir dann morgen in aller Frische!"

„Hier im Khan gibt es ein eigenes Hammam?"

„Aber sicher doch. Wer hätte ein Bad nötiger als Reisende?"

Bis zum Alter von sechs Jahren hatte Feridun das Hammam immer mit seiner Mutter und anderen weiblichen Verwandten besucht, aber seit einigen Jahren schon ging er regelmäßig mit seinem Vater dorthin. Das öffentliche Dampfbad war mehr als nur ein Ort, an dem man sich wusch. Es war ein Ort der Geselligkeit, der Muße, aber auch ein mystischer Ort, fernab vom staubigen Alltag. Einmal hatte sein Vater ihm eine Geschichte aus dessen Jugend erzählt, die er niemals vergessen würde; zuerst hatte sie ihm Angst gemacht, dann aber die Faszination für das Badehaus nur vermehrt:

„Ich war noch ein junger Mann, als ich das Folgende erlebte. Aber ich schwöre, dass es sich genauso zugetragen hat. Ich erwachte damals früh, hatte viel vor an jenem Tag, und beschloss daher, früh ins Hammam zu gehen, um für den Tag frisch und ausgeruht zu sein. Ich betrat voller Vorfreude auf das heiße Dampfbad den Vorraum, legte die erforderlichen Münzen auf den Tisch und ging in den Umkleideraum, wo ich meine Kleidung ablegte und mir ein Handtuch umwickelte. Dann betrat ich das eigentliche Bad. Es war ein schönes Hammam, mit bunten Glassteinen in der großen Kuppel über dem zentralen Baderaum und mit bunten Fliesen aus Nischapur. Es waren noch nicht viele Leute im Bad, ein halbes Dutzend vielleicht, aber wie erschrak ich, als ich durch den dichten Wasserdampf hindurch ihre Füße sah: sie hatten keine menschlichen Füße, sondern Hufe! Das mussten Dschinns sein! Einer von ihnen drehte sich zu mir um und sah mir direkt ins Gesicht. Es war ein schönes Gesicht, beinahe wie das eines Menschen, aber die Augen waren anders, durchdringender, stechend. Ich war wie erstarrt vor Schreck und wusste nicht, was ich sagen sollte. ‚Wie spät ist es?', fragte ich aus unerfindlichen Gründen; mir war wohl nichts Besseres eingefallen. Der Dschinn wuchs mit einem Mal in die Höhe, streckte sich, wurde länger und länger und steckte seinen Kopf durch die mehrere Meter über uns in der Kuppel befindliche Dachluke. Dann sank er wieder in sich zusammen, wie eine Raupe, die sich dehnen und stauchen kann, sah mich an und sagte: ‚Es ist noch dunkel draußen; es ist zu früh, das Bad hat noch nicht geöffnet.' In diesem Augenblick, ich muss es gestehen, wurde mir schwarz vor Augen und ich sank in eine tiefe Ohnmacht. Am Morgen fanden mich die Angestellten des Hammams so auf dem Boden liegend. Und was soll ich sagen? Nicht alle von ihnen waren überrascht, als ich ihnen von meinen Erlebnissen erzählte. Selbst die Dschinns sind einem entspannenden Dampfbad offenbar nicht abgeneigt.“

Seit jenem Tag achtete Babak darauf, dass er das Hammam nicht vor Sonnenaufgang betrat und vor Sonnenuntergang wieder verließ. „Lass uns jetzt baden; es wird in einer Stunde dunkel“, sagte er daher auch jetzt.

Frisch gewaschen, gut durchgeknetet und ohne die Spur einer übersinnlichen Begegnung beendeten sie ihren Tag mit einem köstlichen Mahl aus gegrilltem Fleisch, Gemüse und frischem Fladenbrot. Babak hatte dazu eine Karaffe Wein gekauft, die er sich mit Rutbil teilte. Er hatte bei einem Händler vor den Toren des Khans von mehreren Weinen gekostet, ehe er sich für einen schweren Rotwein entschieden hatte. Jetzt genossen die beiden Männer den tiefroten Rebensaft offensichtlich sehr, allerdings nicht so sehr, dass sein Vater Feridun nicht doch im Schach besiegt hätte. Der hatte seinen einzigen Sieg bisher nicht wiederholen können. Wahrscheinlich war er einfach nicht genug bei der Sache. Wie denn auch, bei all den interessanten Dingen, die ihn umgaben?

„Der Wein von Nischapur", erklärte Babak seinem Sohn, nachdem er seinem Diener erneut zugeprostet hatte, „ist berühmt, einer der besten!" Zu Rutbil gewandt fügte er hinzu: „Du solltest unbedingt morgen auf dem Markt ein paar Schläuche davon zum Mitnehmen kaufen."

Sie blieben mit ihrer Karawane drei Tage und Nächte in Nischapur. Die Pause tat Feridun gut und gab ihm neue Kraft. Der überdachte Basar war geschäftig wie ein Bienenstock. Die Gewölbe der langen Gänge wurden immer wieder durch Öffnungen unterbrochen, durch die das Tageslicht hineinstrahlen konnte. Das Innere des Basars war dadurch wie ein Spiel aus Licht und Schatten, das sich im Laufe des Tages stetig veränderte. Die Ladenbesitzer saßen vor ihren von Waren überquellenden Geschäften, hielten ein Schwätzchen, handelten oder waren damit beschäftigt, ihre Auslage neu zu ordnen. Jungen, wohl die Boten oder Assistenten der Ladenbesitzer, vielleicht auch deren Söhne, liefen von Stand zu Stand, brachten ihnen Erfrischungen, lieferten Waren, per Hand oder mit Karren, die die Besucher immer wieder umgehen mussten, oder tauschten Neuigkeiten aus. Die Kacheln der Kuppeln, Brunnen und Nischen der Stadt leuchteten im Türkis der hier abgebauten und auf dem Basar verkauften gleichnamigen Steine. Sie zierten gleichermaßen Moscheen, Kirchen, Synagogen, manichäische Tempel und die Feuertempel der Zoroastrier. Feridun saugte all die Eindrücke in sich auf wie ein Schwamm. Besonderen Gefallen fand er jedoch an den Gärten, sorgfältig angelegten grünen Oasen in der Stadt, die Pardis – Paradiesgärten – genannt wurden. Ihre Brunnen und der Schatten ihrer Bäume versprachen Abkühlung bereits im Diesseits. Hier setzten sie sich zu ihrer täglichen Mathematikstunde in den Schatten, denn Babak hatte sich nicht erweichen lassen, den Unterricht zumindest in der Stadt ausfallen zu lassen.

In Nischapur verabschiedeten sie sich schließlich von den Händlern aus Turfan, die die Heimreise antraten, und setzten ihren Weg nach Westen fort. Sie durchquerten viele Dörfer, in denen die Reisenden Essen kauften und Neuigkeiten austauschten, übernachteten in größeren und kleineren Karawansereien und verarzteten dort ihre wunden Füße. Feridun stellte fest, dass sein Vater kaum noch ritt und lieber die ganze Strecke neben seinem Reittier herging. Offenbar waren es bei ihm weniger die Füße, die schmerzten, als andere Körperteile. Auch er klagte nicht, ebensowenig Rutbil, dem die Anstrengung überhaupt nicht anzumerken war. Feridun nahm sich entschlossen ein Beispiel an den Erwachsenen und verdrängte die Strapazen.

Unterwegs passierten sie viele Türme des Schweigens, die auf den Hügelkuppen entlang des Wegs thronten. Über einigen von ihnen kreisten die Geier und andere Raubvögel. Feridun wusste, was es mit ihnen auf sich hatte, weil sein Freund Daqiqi auch Zoroastrier war und ihm die Bedeutung erklärt hatte: das waren die Türme, auf denen die Körper von Verstorbenen kürzlich abgelegt worden waren und an denen sich jetzt die Vögel gütlich taten. Dem zoroastrischen Glauben gemäß durften Leichen weder Erde noch Wasser noch das als heilig verehrte Feuer verschmutzen. Sie konnten also weder begraben noch verbrannt werden. Stattdessen legten die Zoroastrier ihre Verstorbenen auf die Türme des Schweigens und überließen sie Wind, Wetter und wilden Tieren, bis nur noch die blanken Knochen übrig blieben, die dann eingesammelt und bestattet wurden. Feridun schauderte ein bisschen bei dem Gedanken, aber sein Vater hatte ihm erklärt, dass die Toten so wieder in den Kreislauf der Natur eingingen. „Unsere Familie ist schon vor mehreren Generationen zum Islam übergetreten", erklärte er. „Aber auch unsere Vorfahren glaubten einst an die Lehren Zarathustras. Sie sind dem Islam gar nicht so unähnlich, musst du wissen, ebenso wie der Glaube der Christen, Juden und Manichäer. Sie alle sind Flammen, die demselben Funken entstammen."

„In Tus habe ich auf dem Markt einmal einen arabischen Prediger gehört, der das Gegenteil behauptete", erzählte Feridun. „Er sagte, dass nur ein wahrer Muslim, der streng nach den Gesetzen des Koran lebe, rechtgläubig sei."

„Und, hatte er viele Zuhörer?", fragte Babak ihn.

„Nicht wirklich. Nur ein paar Leute, wahrscheinlich nur Muslime, sind stehengeblieben, aber dann sind die meisten auch weitergegangen, als der Mann anfing aufzuzählen, was wir in Chorasan angeblich alles falsch machten und was wir alles zu unterlassen hätten. Besonders aufgebracht sprach er", Feridun wagte einen Seitenblick auf den Maulesel, der die kürzlich gekauften Weinschläuche aus Nischapur trug, „über den Wein, der seiner Meinung nach noch von viel zu vielen Menschen getrunken würde. Die Ungläubigen, die nicht den Gesetzen folgten, hätten, so sagte er, den Tod verdient und wenn es nach ihm ginge, würde er dafür sorgen, dass sie ihn erhielten." Schon seit Monaten hatte Feridun die Erinnerungen an diesen Prediger mit sich herum getragen und es nie gewagt, seinen Vater darauf anzusprechen, besonders auf den Wein, den Babak so schätzte. Seit jenem Tag hatte er die Angst mit sich herumgetragen, an den Worten des Mannes könne etwas Wahres und sein Vater ein Sünder sein.

„Ein Mensch, der nach Blut dürstet, sollte nicht über Wein schimpfen. Ich ziehe das Blut der Reben dem meiner andersgläubigen Mitmenschen vor. Höre nicht auf Menschen, die Gewalt gegen andere predigen, niemals, hörst du?"

„Ja, *Agha dschun*", sagte Feridun folgsam, aber mit einer gewissen Erleichterung.

Die Flotte der Rus segelte mit ihren zwanzig Wellenrössern in Wind auf den silbergrauen, schlangenähnlichen Windungen des Dnepr hinab. Bis zum Skythischen Meer brauchten sie nur der Strömung zu folgen und würden kaum rudern müssen. Sie vertrieben sich die Zeit mit Fischen und dem Erzählen von Geschichten über Götter, Ungeheuer und glorreiche Heldentaten. Nachts vertäuten sie ihre Wellenrösser am Flussufer, verbrachten die Nacht entweder auf den Schiffen oder in hastig improvisierten Schlafstätten an Land oder auf den vielen Flussinseln. Morgens bei Sonnenaufgang brachen sie wieder auf. Es hatte unablässig zu regnen begonnen, so dass sie und ihre Schiffe schließlich vollständig durchnässt waren. Sie nahmen es mit einem stoischen Humor, der Zizak immer wieder auf Neue überraschte. Sie hasste dieses Wetter, die Kälte, die ewige Feuchtigkeit. Nach drei nassen, aber ansonsten ereignislosen Tagen durch das Gebiet der von ihnen unterworfenen Ulitschen, das sie noch zu ihrem eigenen Territorium *Gardariki* zählten, und während derer sie gut vorangekommen waren, erreichten sie gegen Mittag die erste Stromschnelle. Weiß schäumendes Wasser brodelte lautstark um graue Steinblöcke herum, floss in Strudeln zusammen, wurde in die Tiefe gesogen, nur um vor dem nächsten Hindernis erneut aufzuwirbeln. Tückische Felsen und Untiefen machten eine Durchfahrt mit Schiffen, selbst für die flachen Schniggen, vollständig unmöglich. Notgedrungen legte die Flotte am Flussufer in einer langen Reihe von halb ans schlammige Ufer gezogenen Schiffen an. Immerhin hatte es endlich aufgehört zu regnen. Sveneld gab den Mannschaften den Befehl, möglichst gerade Bäume zu fällen, zu entasten, entrinden und zu glätten. Anschließend wurden sie von Hand mit altem, ranzigen und ziemlich übel stinkendem Schmalz, den sie eigens zu diesem Zweck mitgeführt hatten, eingerieben. Als sie genug Baumstämme vorbereitet hatten, legte die eine Hälfte der Krieger die Stämme vor den Rumpf der Schiffe, die andere Hälfte schob die Schiffe, eines nach dem anderen, an den Rudern und vom Heck her über das Holz, immer am Ufer entlang. War das entsprechende Boot über die Stämme gerollt, wurden sie wieder vor den Rumpf gelegt. Das Ganze war eine mühsame und kräftezehrende Arbeit, von der niemand ausgenommen war, weder Mann noch Frau, egal ob Dienerin, Krieger oder Anführer. Niemand, außer Drifa, der Seherin, die sich nach dem Anlegen umgehend in den Wald zurückgezogen hatte, vermutlich, um irgendwelche Kräuter zu sammeln oder – wie immer sie das anstellte – einen Einblick in die Zukunft zu erhalten oder aber, wie Wigbjorg insgeheim vermutete, um sich schlicht vor der Arbeit zu drücken.

Mit Gesang, unterbrochen durch gelegentliche Flüche, wenn wieder ein Stamm zerbrochen war oder das Schiff seitlich abzurutschen drohte, versuchten die Nordmänner, die Arbeitsmoral aufrecht zu erhalten. Die Plackerei dauerte bis zum Sonnenuntergang. Dann endlich, als sie kaum noch die Hand vor Augen erkennen konnten, hatten sie die unschiffbare Passage überwunden. Sie beließen die Schiffe über

Nacht zunächst an Land, um sie erst am Morgen wieder zu Wasser zu lassen, und schlugen stattdessen ihr Lager am Waldrand auf und wuschen sich im kalten Fluss die Mischung aus ranzigem Schmalz und Schweiß vom Körper. An diesem Abend würden sie ihre Vorräte schonen und über dem Feuer gegrillten Fisch essen und dazu das eine oder andere Fässchen Bier anschlagen.

„Und das war erst die erste Stromschnelle", stöhnte einer der Männer, Olaf, der zusammen mit Wigbjorg auf Svenelds Schiff fuhr.

„Wieviele waren es nochmal bis zum Skythischen Meer?", fragte Wigbjorg, die sich gerade eine Fischgräte aus den Zähnen pulte.

„Ich habe im letzten Jahr neun gezählt. Das stimmt doch, oder?"

„Es waren sieben", widersprach Sveneld und schüttelte dabei den Kopf. „Diese hier, die erste, wird Sof-eigi genannt, ‚Verschlaf-sie-nicht'. Uns stehen noch der Holmfors-Wasserfall und die Stromschnellen von Gellandi, Eyforr, Barufors, Hlæjandi und Strukun bevor."

„Jedenfalls kam es mir letztes Jahr wie neun vor", sagte Olaf. „Mindestens. In den nächsten beiden Wochen werden wir gut beschäftigt sein."

Bevor sie sich erschöpft und gesättigt zur Ruhe legten, teilten die Kommandeure Krieger für die Nachtwache ein. „Vergesst nicht, wir sind im Land der Petschenegen, mitten im Wilden Feld!"

„Sollen sie nur kommen!", rief Haraldr. „Ich kann es gar nicht abwarten, sie zu treffen."

Er und seine Leute hatten sich zu ihnen ans Feuer gesellt. Nur Drifa saß abseits und stocherte aufmerksam in ihrem Fisch. Wigbjorg beobachtete sie aus den Augenwinkeln. Die Völve hatte eine eigenartige Art und Weise, ihre Mahlzeiten zu sich zu nehmen. Sie fasste ihr Essen nicht mit den Fingern an. Stattdessen hatte sie einen Löffel aus Messing und ein Messer mit einem Schaft aus Knochen, dessen beide Hälften mit Bronzebändern umklammert waren und dessen Spitze abgebrochen war. Das gleiche Messer benutzte Drifa für ihre Kräuterzubereitungen und, so vermutete Wigbjorg, ebenso bei ihren Tieropfern.

Die Nacht verlief ohne Zwischenfälle. Am frühen Morgen bei Sonnenaufgang, als der Morgentau auf den Wiesen in den ersten morgendlichen Sonnenstrahlen glitzerte, ließen sie die Schiffe wieder zu Wasser und setzten ihre Fahrt fort, nur um sie am späten Nachmittag wegen der nächsten Stromschnellen wieder an Land zu ziehen. Dieses Vorgehen wiederholten sie bei jeder der gefährlichen Kaskaden und Untiefen, deren Namen „Inselfall", „der Brüllende", „die stets Gewaltsamen", „lachender Hohn" und schlicht „bei den Stromschnellen" bedeutete. In jeder Nacht, die sie am Ufer verbringen mussten, stellten sie Wachen rund um ihr Lager auf. Während die Schiffe an Land lagen, waren die Rus schwerfällig und angreifbar. Doch die Nächte waren bisher ruhig geblieben.

„Die Petschenegen werden sich wohl hüten, uns anzugreifen", tönte Haraldr selbstbewusst.

Zehn Tage nachdem sie die ersten Kaskaden überwunden hatten, erreichten die ersten drei Schiffe die Stromschnellen von Barufors, „die stets Gewaltsamen". Der Rest der Flotte war während des letzten Überlandtransports ein paar Stunden zurückgefallen. Sveneld wollte die Zeit nutzen, um schon die Bäume für die nächste Etappe zu fällen und keinen zusätzlichen Tag zu verlieren. Hier tobte das Wasser heftiger und lauter als an den vorherigen Hindernissen. Während die Männer und Frauen die Schiffe an Land zogen, wurde ihr Gesang von den tosenden Fluten beinahe völlig übertönt. Dann machten sie sich daran, passende Baumstämme auszusuchen. Hoch und gerade gewachsen mussten sie sein. Der Wald war dicht und die Auswahl an geeigneten Bäumen entsprechend groß.

„Nehmt einfach die am nächsten Gelegenen, los!" Alle außer Drifa machten sich erneut an die Arbeit.

Auf einmal übertönte ein Schrei das tosende Wasser. Olaf stolperte rückwärts über einen Felsen und fiel hin. Seine Hände hielten einen Schaft umklammert, der aus seinem Oberkörper ragte. Im gleichen Augenblick flogen weitere Pfeile aus dem Waldrand auf die Gruppe der Rus. Die Bogenschützen wussten wohl, was sie taten und so fanden viele Pfeile ihr Ziel. Sveneld wurde an der Brust getroffen; sein Kettenhemd hielt aber glücklicherweise das Schlimmste ab. Eine oberflächliche Schramme und eine böse Prellung würde er dennoch davontragen.

„In Deckung!" brüllte er, während er sich vor Schmerzen krümmte und gleichzeitig sein Schwert zu ziehen versuchte. Nach einer Sekunde des Atemholens gelang es ihm schließlich.

„Die Petschenegen! Sie greifen an!"

Wer konnte, ging hinter einem der Schiffe in Deckung, auf denen sich noch immer die Schilde befanden. Gleichzeitig stürmten die ersten Angreifer aus dem Wald und stürzten sich auf die Rus. Die Petschenegen waren mit Pfeil und Bogen sowie mit Speeren oder Säbeln bewaffnet. Auf dem Kopf über den bartlosen Gesichtern, denn die Männer der Petschenegen pflegten sich das den Bart abzurasieren, trugen sie spitze Filzkappen. Auf offenem Feld pflegten sie wie aus dem Nichts auf ihren kleinen, schnellen Pferden anzugreifen, hier im Wald hatten sie sich jedoch zu Fuß in den Hinterhalt gelegt, die Bäume als Deckung nutzend. Im dichten Wald waren ihre Pferde lange nicht so wendig wie in der Ebene und wären schon von Weitem zu hören gewesen. Diejenigen unter den Rus, die den Angreifern am nächsten waren, hielten allerdings ihre Äxte schon in Händen, da sie gerade begonnen hatten, die Bäume zu fällen. Schnell war daher der Waldrand von Zweikämpfen erfüllt. Aus dem dunklen Dickicht dahinter flogen jedoch immer noch Pfeile.

Die Schilde, dachte Wigbjorg. *Wir brauchen unsere Schilde.* Sie schwang sich auf das am Nächsten gelegene Schiff und begann in geduckter Stellung, die Schilde von der Reling zu lösen und sie zu ihren Gefährten hinabzuwerfen. Sie hatte ungefähr ein halbes Dutzend Schilde gelöst und weitergegeben, als sie von einem der Angreifer entdeckt wurde. Sofort gingen Pfeile in ihrer Richtung nieder. Wigbjorg duckte sich hinter der Reling und hielt das Schild, das sie gerade eben erst gelöst hatte, über ihren Kopf. Mehrere Pfeile schlugen darin ein.

Haraldr, von einem der Speere am Oberschenkel verwundet, zog mit zusammengebissenen Zähnen die Spitze heraus, hob eines der Schilde auf und stürzte sich mit erhobenem Schwert auf die Angreifer. Auch Sveneld hatte sich inzwischen von dem Pfeiltreffer erholt und eilte gerade Asmud zu Hilfe, dessen Streitaxt nach einem missglückten Schwung in einem Baum feststeckte. Er brauchte ein paar Momente, um die Axt aus dem Holz zu ziehen. Sveneld schenkte ihm diesen überlebenswichtigen Augenblick, indem er sein Schwert durch das Lederwams des Angreifers stieß. Dann drehte er sich um, um sich nach neuen Gegnern umzusehen. Es waren viele.

Wigbjorg robbte indes weiter an der Reling entlang von Schild zu Schild und warf diese zusammen mit anderen Waffen ihren Kameraden zu. Der Pfeilhagel war abgeebbt. Schließlich griff sie sich ihre eigenen Waffen – Schwert, Helm und Schild – und glitt auf der dem Wald abgewandten Seite wieder auf den Boden. Nur eine Handvoll Krieger hielten sich noch hier in Deckung: Olaf, der gleich beim ersten Pfeilhagel schwer verwundet worden war, und ein Junge, der in diesem Jahr das erste Mal mitgefahren war. Zwei Männer lugten gerade um den Bug herum auf das Schlachtfeld. Die Dienerin Zizak kümmerte sich derweil um den verwundeten Olaf.

„Kommt, zögert nicht!", forderte sie sie auf und warf sich selber ins Getümmel. Zu ihrer Überraschung sah sie, dass selbst Drifa sich mit ihrem Stab und einem Dolch am Kampf beteiligte. Sie überragte die angreifenden Petschenegen um Hauptteslänge und stach mit ihrer Gestalt und ihrem fast weißen Haar aus der Menge hervor. Geschickt wich die Völve einem Schwerthieb aus, wehrte einen weiteren mit ihrem Schild ab und stach im Gegenzug zu. Sie hatte keine Zeit zu prüfen, ob sie ihre Gegner nur leicht verletzt, unschädlich gemacht oder getötet hatte. Sie wandte sich dem nächsten Angreifer zu, während ihr letzter Gegner noch im Fallen begriffen war.

Die Petschenegen waren in der Überzahl und hatten die Rus mit ihren Pfeilen und Speeren zunächst überrascht. Doch Schuss- und Wurfwaffen gehen irgendwann zur Neige. Zuerst schien es, als ob es einen Patt geben würde. Im Nahkampf waren die nordischen Krieger mit ihren schweren Äxten und Langschwertern den Petschenegen mit ihren leichteren Säbeln überlegen. Das machte ihre Unterzahl wett. Aber als endlich auf dem Dnepr die restlichen Schiffe der Flotte erschienen, zogen die Petschenegen sich wieder so schnell in den Wald zurück wie sie daraus hervorgekommen waren. Jetzt hatten die Rus Zeit, ihre Wunden zu begutachten. Die meisten von ihnen hatten nur ein paar Kratzer oder Prellungen abbekommen, die sie auf ihrer Liste glorreicher Narben einreihen konnten. Ihre dicken Polsterwämser und schweren Kettenhemden hatten einen guten Dienst geleistet. Größere Pfeil- und Speerwunden wie Haraldrs Bein mussten versorgt werden, aber Wigbjorgs Onkel war schon wieder guter Dinge. Drifa, die selber keinen Kratzer abbekommen hatte, kümmerte sich um die schweren Fälle, verabreichte Aufgüsse, bestrich tiefe Pfeil-, Stich- und Hiebwunden mit Salben, kauterisierte oder nähte sie, falls nötig, und verband sie, wie immer jedoch mit einem völlig unbeteiligten Gesichtsausdruck, ihre hellgrauen Augen starr auf ihre Hände gerichtet, als würde sie selber kaum wahrnehmen, was sie tat, als würde sie durch die Menschen, die sie behandelte, hindurchsehen. Vielleicht hatte sie auch von ihren Pilzen gekostet. Wigbjorg kam der Gedanke, dass die Seherin ihren Namen, „Schneegestöber" nicht nur wegen ihres Äußeren trug, sondern dass er gleichermaßen eine Beschreibung ihrer inneren Kälte darstellte. Sie beobachtete Drifa aus den Augenwinkeln bei der Arbeit: immerhin schien sie zu wissen, was sie tat. Das versöhnte die Kriegerin ein bisschen mit der Völve. Wigbjorg selber hatte einen Schnitt am Oberarm, der gerade von Zizak verbunden wurde. Sie versuchte den Gestank von verbranntem Fleisch zu ignorieren, der vom Ausbrennen der schwereren Wunden stammte, ebenso das Brüllen der Männer, die sich dieser Prozedur unterziehen mussten. Olaf allerdings hatte seine Pfeilwunden nicht überlebt, ebenso zwei andere Männer, Ingvald und Rafn. Sie würden sie hier am Ufer begraben, zusammen mit ihren Waffen, und eine in Holz geschnitzte, kurze Inschrift anstelle eines Runensteins zu ihrem Gedenken aufstellen.

Dutzende Petschenegen waren gefallen, viel mehr noch geflohen, ungefähr zwanzig von ihnen aber auch gefangen genommen worden. Drifa schritt die Reihen der gefesselten Petschenegen ab. Wen sie als zu schwer verletzt betrachtete, um noch als Sklave verkauft werden zu können, dem schnitt sie gnadenlos und ohne mit der Wimper zu zucken mit ihrem Opfermesser die Kehle durch, ungeachtet ihres Flehens um Gnade, das auch ohne die Kenntnis ihrer Sprache unmissverständlich war. Die überlebenden Gefangenen würden sie an die Chasaren verkaufen. Um die Körper der getöteten Feinde kümmerten sich die Nordmänner nicht: entweder würden ihre Angehörigen kommen und die Körper bergen oder die Vögel und die Tiere des Waldes würden die Arbeit erledigen.

Wigbjorg trat zu Sveneld, der sein Schwert reinigte. „Es war ein Fehler, die Flotte zu trennen."

„Das habe ich auch gemerkt, vielen Dank!", entgegnete er mürrisch und rieb sich die schmerzende Brust. „Ich hätte den Petschenegen allerdings nicht zugetraut, uns bei helllichtem Tag anzugreifen. Bei Nacht, in Ordnung. Aber jetzt?"

Wigbjorg sah auf Svenelds Langschwert herab. Es war eine hervorragende Klinge, eine der besten, die es gab, über das ganze Frankenreich, in den Länder des Nordens und darüber hinaus wurde sie gehandelt; weit im Westen geschmiedet mit dem erstklassigen Tiegelstahl aus dem fernen Seidenland. Sie konnte darauf die Zeichen +VLFBERHT+ erkennen. Auch wenn sie die einzelnen fränkischen Buchstaben nicht lesen konnte, wusste sie doch, dass es sich um ein Schwert aus einer berühmten Schmiede handelte. Nur wenige, sehr wenige, konnten sich eine solche Waffe leisten. Angeblich waren sie fast so gut wie das Schwert Mimung des legendären Schmieds Wieland. Wer immer dieser Ulfberht war, seine Arbeit war erstklassig. „Wo hast du das Schwert eigentlich her?", fragte sie ihn.

„Erbeutet. Vergangenes Jahr, in Miklagard."

Sie nickte anerkennend. „Das würde eine Menge Zobelpelze kosten."

„Mehr als das. Warte ab! Im Særkland wirst auch du eine ausgezeichnete Waffe finden, da bin ich sicher."

Die letzten beiden Stromschnellen des Dnepr, Hlæjandi und Strukun, passierten die Rus über Land ohne zusätzliche Schwierigkeiten, auch wenn die lästigen und mühsamen Umwege eine immer nervenaufreibendere Tortur waren, auch weil es erneut zu regnen begonnen hatte und der ranzige Schmalz auf den Stämmen sich mit Schlamm vermischte und die Schiffe immer wieder im Morast auszurutschen drohten. Die Wunden zweier der Verwundeten hatten sich derart entzündet, dass die Männer mit Fieber danieder lagen und Drifa versuchte, sie mit Kräuteraufgüssen am Leben zu erhalten. Dennoch waren die Nordmänner nach getaner Arbeit guten Muts. Die Petschenegen würden wohl kaum einen zweiten Angriff wagen und niemand anderes traute sich, eine Wikingerflotte anzugreifen. Dennoch legten sie größten Wert darauf, einzelne Schiffe nicht aus den Augen zu verlieren. Eine Woche nach dem Kampf mit den Petschenegen, unterhalb des letzten Hindernisses auf dem Dnepr, erreichten sie eine kleine Flussinsel, auf der ein gigantischer Eichenbaum wuchs, dessen Äste und Zweige sich wie die langgliedrigen Finger eines vielarmigen Wesens in den bewölkten Himmel reckten. Junge, hellgrüne Blätter ließen ihn weniger alt und knorrig, sondern trotz seines hohen Alters frisch und lebensspendend wirken. Auf Anweisung der Seherin Drifa und den darauf folgenden Befehl Svenelds zogen sie die Schiffe auf der Insel an Land und versammelten sich rings um die Eiche. Im Schatten des Baums standen hohe Holzpfähle mit menschlichen Gesichtern, Götterstatuen, die von kleineren Figuren umgeben waren. Sie waren eindeutig nicht die ersten Nordmänner, die diese Insel besuchten. Drifa hatte ihren Stab in der einen und ihr abgebrochenes Messer mit dem Knochengriff in der anderen Hand. Ein Diener brachte den Käfig mit dem verbliebenen Hahn, nahm das Tier mit geübtem Griff heraus und hielt es der Seherin hin. Mit einem gezielten Schnitt schlug sie dem Hahn den Kopf ab und verspritzte sein Blut über die Holzpfähle mit ihren stoisch dreinblickenden Gesichtern. Dann legte sie den Körper des Hahns zu Füßen der höchsten Statue, drehte sich um und nickte Sveneld wortlos zu. Der trat vor und ergriff das Wort: „Der Angriff der Petschenegen vor einer Woche hat die ersten Opfer dieser Expedition gefordert. Sie sind als tapfere Krieger im Kampf gestorben und werden dafür von den Göttern belohnt werden. Wir Überlebenden aber begehen den Sjaund für unsere Toten und trinken das Sjaund-Bier in ihrem Andenken. Holt die Fässer hervor und lasst uns auf die Toten anstoßen. Auf Olaf, Ingjald und Rafn!"

∨

Die kleine Reisegruppe hatte sich mittlerweile völlig an den Rhythmus der Karawane gewöhnt; sie standen im Morgengrauen auf, wenn die Sonne gerade begann, die nächtliche Kälte zu vertreiben, rasteten zu Mittag, übten – zu Feriduns Verdruss – mit dem Abakus und spielten abends am Feuer oder im letzten, fahlen Licht des Tages Schach, bevor sie sich früh zum Schlafen niederlegten. Feriduns Beine waren stark geworden und an seinen Füßen beobachtete er, wie sich eine feste Hornhaut an den Sohlen bildete, die ihn nach und nach vor Blasen schützte.

Jeden Tag erzählte Babak seinem Sohn Geschichten, oftmals von alten Königen und Weisen, Legenden aus fernen Zeiten, oder über die Historie der Städte und Landschaften, die sie gerade durchquerten. Beim Anblick der Bergketten, die im Norden, zu ihrer Rechten, stetig höher wurden, kamen ihm die Erzählungen rund um den Zaubervogel Simorgh in den Sinn: „Kennst Du den König der Lüfte?"

Feridun nickte zaghaft. Er hatte den Ausdruck schon gehört, war sich aber nicht sicher, was es damit auf sich hatte.

Babak fuhr fort: „Es war einmal, oder auch nicht, in den längst vergangenen Tagen, der Simorgh, der Herrscher aller Vögel, der denjenigen zu Hilfe eilt, die keinen Ausweg mehr sehen. Jeder Simorgh lebt weit über tausend Jahre, bevor er sich am Ende seines Lebens ins Feuer stürzt, um darin wiedergeboren zu werden. Wer ihn je gesehen hat, sagt, dass er groß sei wie ein Strauß, fliege wie ein Adler, Federn habe, die wie aus Kupfer scheinen, so dass er weithin sichtbar in der Sonne glänze, wenn er durch die Lüfte fliege, und Schwanzfedern wie die eines Pfaus; sein Kopf jedoch sei der eines Hundes, und er habe eine ebenso große und nasse Zunge wie ein solcher. Sein Nest liegt in den allerhöchsten Bergen des Kuh-e Qaf-Gebirges, hoch über sieben Tälern gelegen. In einem dieser Täler stand einst eine große und reiche Stadt, in deren Palast die Frau des Herrschers einen Sohn gebar. Der König war beim Anblick des Kindes entsetzt über dessen Aussehen, genauer gesagt über dessen Farbe, denn seine Haut und seine Haare waren völlig weiß, so weiß wie die eines Dämons, außerdem blickte es aus roten Augen in die Welt. Aus Angst vor dem vermeintlichen Dämon brachte der Vater sein Neugeborenes, entgegen allen verzweifelten Bitten und Bettelns seiner Frau, hoch ins Gebirge hinauf, wo immer Schnee liegt, der so weiß ist wie Haut und Haare des Kindes, und setzte es dort aus. Lange hätte es dort nicht überlebt, in der eisigen Kälte, ganz ohne Nahrung. Es wäre innerhalb von kürzester Zeit gestorben. Aber glücklicherweise fand ein weiblicher Simorgh das Kind, als sie für ihre eigenen Jungvögel auf der Suche nach Futter war. Sie nahm den Jungen auf und zog ihn zusammen mit dem eigenen Nachwuchs in ihrem Nest groß. Sie wärmte und fütterte ihn genau wie ihre eigenen Küken."

„Was fressen Simorghe?"

„Hm, darüber habe ich nie nachgedacht. Sie sind Raubvögel, denke ich, und jagen wilde Tiere, vielleicht auch Fische. Oder sie sind Allesfresser, wie Hunde, denen ihr Kopf schließlich gleicht. Jedenfalls wärmte die Simorghmutter den Jungen mit ihren Federn und mit ihrer großen, nassen Hundezunge hielt sie ihn sauber. Von der Nahrung der riesigen Raubvögel, was auch immer das genau war, wuchs der Junge schnell heran und wurde enorm stark. Er begann, selber durch das Gebirge zu streifen und zu jagen und zu sammeln, mal alleine, mal zusammen mit seinen gefiederten Stiefeltern und -geschwistern. Bei einer dieser Ausflüge traf er am Fluss auf eine königliche Jagdgesellschaft. Es war sein Vater, der König, der ihn einst in den Bergen ausgesetzt hatte. Schon kurz nach seiner Tat, als er seiner Frau wieder unter die Augen treten musste, hatte er sein Tun bitterlich bereut. Als er jetzt den bleichen jungen Mann sah, erkannte er in ihm sogleich seinen Sohn und die Reue und Scham überkam ihn erneut mit gewaltiger Wucht. Unter Tränen und auf Knien beichtete der König dem überraschten Jüngling sein Vergehen. Sein Sohn vergab ihm großherzig. Er ließ sich sogar dazu überreden, in den Palast zu seiner leiblichen Familie zurückzukehren. Voller Neugier nahm er das Angebot an und verabschiedete sich dankbar von der Simorghmutter, die ihm das Leben gerettet und ihn wie ihre eigenen Jungen aufgezogen hatte. Sie gab ihm als Abschiedsgeschenk eine ihrer kupferfarbenen Federn. Sollte er einmal in größten Schwierigkeiten sein, sagte sie, solle er die Feder im Feuer verbrennen, dann würde sie sofort zu ihm eilen und ihm helfen. Dankbar nahm er das Geschenk an. Der junge Prinz lebte von nun an am Hof und wurde ein geschickter und gefürchteter Krieger. Er heiratete eine wunderschöne Prinzessin, die er innig liebte, und sie ihn ebenso, und die ihm ein Jahr nach der Hochzeit ein Kind gebären sollte. Doch das Kind hatte sich in ihrem Leib nicht gedreht und drohte zusammen mit der Prinzessin zu sterben. Sie schrie und wurde immer schwächer, bis ihr Schreien nur noch ein Wimmern war. Alle Ärzte des Reiches wussten sich nicht zu helfen. Da nahm der Prinz die Feder des Vogels Simorgh und verbrannte sie auf einem Kohlenbecken. Sofort erschien die Simorghmutter. Sie gab der werdenden Mutter Kräuterwein zu trinken, der sie sofort stärkte und ihr die Schmerzen nahm, und befahl den Ärzten, den Bauch der Frau vorsichtig aufzuschneiden, das Kind herauszuholen, die Wunde mit einem Sud aus Kräutern zu reinigen und wieder zu vernähen. Der Prinz hatte Vertrauen in den Simorgh und befahl den Ärzten zu tun, wie geheißen. Sie schnitten das Kind aus dem Leib seiner Mutter, reinigten die Wunde mit heißem Kräutersud und verschlossen sie schließlich wieder mit Nadel und Faden. Anschließend strich der Zaubervogel mit seinen Schwingen über die Wunde, die daraufhin im Nu verheilte. Der Prinz, seine Gemahlin, ihr Sohn und ihre vielen weiteren Kinder lebten noch für viele Jahre. Aus dem Prinzen wurde schließlich ein König, aber nie vergaß er seine Simorgh-Familie in den Bergen", beschloss Babak seine Erzählung. „Was hältst du vom Prinzen und seinen Familien?", fragte er seinen Sohn.

Feridun sah über seine rechte Schulter zu den Bergen hinauf. Er wünschte sich so sehr, den Simorgh in seinem Nest zu sehen, dass es ihm einen Augenblick so vorkam, als strahle dort tatsächlich ein kupferner Punkt in der Sonne. Sein Vater drehte den Kopf, um dem Blick seines Sohns zu folgen.

„Hast du das auch gesehen?", fragte der Junge. Babak lächelte. Feridun fuhr fort, um die Frage seines Vaters zu beantworten: „Der Prinz hat die Zauberfeder also gebraucht, um seine Frau im Kindbett zu retten. Das hätte ich zuerst nicht erwartet. Ich meine, bei einem Krieger denkt man doch, er bräuchte die Feder dringender auf dem Schlachtfeld, oder?"

„Ist eine Frau, die ein Kind gebärt, nicht wie ein Krieger, der die größte aller Schlachten kämpft? Aber gleichzeitig hast du recht. Denn natürlich bekam der Prinz nach der Geburt seines ersten Kindes neue Zauberfedern. Zum Beispiel benutzte er sie für seine Pfeile, um so ihre Treffsicherheit zu garantieren. Es gibt viele Dinge, die sowohl heilen, als auch verletzen können. Mir gefallen die heilenden Eigenschaften besser."

In den kommenden drei Wochen durchquerten sie nur kleinere Städte und Dörfer, rasteten in einigen Handelsposten und verbrachten die Nächte erneut in einfachen Karawansereien. Die Berge im Norden, zu ihrer Rechten, wurden zusehends höher je weiter sie nach Westen kamen. Um sich die Zeit zu vertreiben, trug Feridun mit Rutbil einen Erzählwettbewerb aus, indem sie sich mit fantastischen Geschichten und bizarren Wendungen zu übertreffen versuchten. Oder er unterhielt sich mit den übrigen Mitreisenden. Besonders die fremdartigen Rum faszinierten ihn. Sie erzählten ihm von ihrer offenbar besonders prächtigen Hauptstadt, die sie nicht Stanbulin, sondern Konstantinopel nannten, nach einem ihrer alten Könige, von ihren vielen Kirchen und Palästen, sowie von einer Meerenge, die mitten durch die Stadt verlief.

„Und ihr seid den ganzen weiten Weg von Stanbulin bis nach Merw gegangen?", staunte Feridun. „Warum denn das?"

„So machen wir mehr Profit. Wenn wir unsere Waren schon in Baghdad verkaufen würden, würden wir viel niedrigere Preise erzielen", antwortete der, der sich Alexios nannte. „Manchmal verhandeln wir sogar direkt mit den Türken Transoxaniens. Wir kommen gut mit ihnen aus."

Sein Freund – Feridun glaubte sich zu erinnern, dass er Johannes hieß – fügte hinzu: „Außerdem hat unser Freund Symeon hier sich in den Kopf gesetzt, eine Weltgeschichte zu schreiben, die das gesamte Reich Alexanders des Großen umfasst."

„Eine ganze Weltgeschichte!", staunte Feridun.

„Genau. Vielleicht wirst du ja auch eines Tages ein ähnlich großes Werk schreiben."

Schließlich erreichte die Karawane die Stadt Damghan. Die Stadtmauern waren dicker als alles, was Feridun jemals gesehen hatte. Sie staunten, als sie durch das Stadttor ritten, das so breit war, dass es einem unterirdischen Tunnel gleichkam.

„Auf den Zinnen dieser Mauer können bestimmt ganze Streitwagen fahren!", bemerkte Rutbil. „Diese Stadt muss ganz schön mächtige Feinde gehabt haben."

Damghan war deutlich kleiner als Nischapur, hatte aber einen komfortablen Khan, in dem sie übernachteten. Die Kaufleute tauschten einige ihrer Waren hier gegen die berühmten Pistazien der Stadt sowie gegen Mandeln, deren Schale so dünn war, dass man sie mit der bloßen Hand knacken konnte. Babak und Feridun besuchten den Basar, probierten von den lokalen Produkten und bestaunten die großen, bauchigen Glasgefäße, die für Wein bestimmt waren und noch weit im Westen nach ihrer Ursprungsstadt als Damagane bezeichnet wurden. Beim Umherschlendern in der Stadt stießen sie auf eine ungewöhnliche, quadratische Moschee aus Lehmziegeln mit einem auf kurzen Säulen stehenden Bogengang um einen großen Innenhof. Das Ganze sah fast wie eine massive, eingeschossige Karawanserei aus. Der Kustos erzählte ihnen gegen ein Trinkgeld, dass es sich bei dem Gebäude um einen uralten Feuertempel der Zoroastrier handelte, der in eine Moschee umgewandelt worden war.

„Aber das muss die Zoroastrier doch schrecklich schmerzen, oder?", bemerkte Feridun, als der Kustos außer Hörweite war.

„Da kannst du von ausgehen, mein Sohn."

Sie blieben zwei Tage in Damghan, bis die Karawane wieder nach Westen aufbrach. Keiner der Mitreisenden verließ sie hier; alle wollten ihren Weg mindestens bis nach Rey oder noch weiter nach Westen fortsetzen. Stattdessen waren neue Weggefährten zu ihnen gestoßen: eine Gruppe von Radhaniten, jüdischen Kaufleuten, die teure Gewürze in die fernen Länder der Römer und Franken brachten. Untereinander unterhielten sie sich auf Hebräisch, aber sie sprachen auch ein hervorragendes Persisch. Feridun fragte sie über das Ziel seiner Reise, Barda, aus, denn sie waren weit herumgekommen. „Barda ist eine schöne Stadt", sagten sie, „an einem kleinen Fluss gelegen, mit einem großen Basar und vielen Händlern aus dem Norden, aber dennoch schön ruhig, nicht zu heiß im Sommer und mit gutem Essen. Es wird dir gefallen."

Als nach etwa zwei Stunden Marsch die Stadtmauern von Damghan hinter ihnen nicht mehr zu sehen waren, erblickten die Reisenden in der Ebene vor sich einen ungewöhnlich geformten Bergkegel, der von einer scheinbar uneinnehmbaren Festung gekrönt wurde, deren zinnenbewehrte Mauern entlang des steilen und kahlen Felsrückens verliefen. Die Burg machte einen ungastlichen und grimmigen Eindruck.

„So hoch könnte nur Arasch einen Pfeil schießen. Was ist das für eine Festung?", fragte Feridun seinen Vater. Aber auch der wusste keine Antwort.

Adarvan, der Treiber ihres Karawanenabschnitts, sah ihre fragenden Mienen und rief ihnen zu: „Das ist die Burg Dezh-e Gonbadan, die Festung der Kuppeln. Hier soll einst ein Prinz und Gefolgsmann Zarathustras von seinem eigenen Vater eingesperrt worden sein."

Wie interessant, dachte Feridun. *Dazu muss ich mir eine Geschichte ausdenken.*

Der Treiber war indes näher zu ihnen heran geritten. „Wenn du dort hinunter nach Süden blickst, kannst du in der Ferne so gerade noch die Ruinen von Kumis erkennen."

Feridun sah in die Richtung, in die Adarvan mit dem Finger zeigte, konnte aber in der staubigen Luft nichts erkennen.

„Es ist alt, sehr alt,", fuhr der Treiber fort, „wurde aber in der Zeit meines Urgroßvaters bei einem schweren Erdbeben zerstört. Einst verlief diese Straße durch Kumis, musst du wissen. Erst seit seinem Untergang passieren alle Karawanen durch Damghan. Es heißt, in der Ruinenstadt herrschten jetzt die Dschinns. Es ist besser, einen großen Bogen darum zu machen."

„Du weißt eine ganze Menge über diese Gegend!", rief Feridun aus.

„Ich komme hier zweimal im Jahr vorbei, seit 20 Jahren!"

„Dann erzähle mir bitte alles, was du weißt, Adarvan!"

Und Adarvan erzählte. Er erzählte von Königen, Kriegern, Schlachten, tragischen Liebschaften, verlorenen Schätzen, untergegangenen Städten, Monstern, Drachen und anderen Fabelwesen. Tagelang konnten sie im Norden aus der Ferne den sagenumwobenen Berg Damawand mit seiner gekräuselten

Rauchfahne über dem Gipfel sehen, der sowohl bei Adarvan als auch bei Babak die Erinnerung an zahlreiche Legenden wachrief. Am meisten gefiel Feridun die Geschichte von dem dreiköpfigen Drachen Zahak, nicht zuletzt wegen des Helden der Geschichte: „In diesen Bergen herrschte einst, vor langer, langer Zeit, ein riesiges, schreckliches Ungeheuer mit drei Köpfen. Jeder dieser Köpfe hatte ein enormes Maul voller spitzer Zähne, bösartig funkelnde, rote Augen und Nüstern, aus denen stinkender und giftiger Rauch quoll. Der Drache wurde Zahak genannt. Jeden Tag verlangte der Zahak eine junge Frau oder einen jungen Mann als Opfer. Wenn die Menschen dem Zahak ihren Tribut nicht brachten, zerstörte er ihre Städte und Dörfer, verwüstete ihre Felder und legte die Brunnen trocken. Die Menschen wussten nicht mehr ein noch aus. So fielen viele Jungen und Mädchen dem Ungetüm zum Opfer, ausgelost durch eine jährliche Lotterie, an der alle Familien teilzunehmen hatten."

„Wie schrecklich!", entfuhr es Feridun.

„Bis es einem tapferen Mann, einem Schmied, eines Tages, als das Los auch noch seinen letzten Sohn zum Opfer erkoren hatte, zu viel wurde. Er rief er die Menschen dazu auf, ihm zu folgen und die Terrorherrschaft des Zahak zu beenden. Nun war dieser Mann zwar ein starker Schmied, aber dennoch kein Krieger und schon gar kein Drachentöter. Was den Aufständischen fehlte, war ein Held, der in der Kriegskunst geübt war und den Drachen besiegen könnte. Daher gingen der Schmied und seine Anhänger zu einem jungen Krieger namens Feridun, dessen Vater einst vom Zahak getötet worden war. (Von ihm hast du bestimmt schon gehört; er heißt ja schließlich genau wie du. Der große Feridun vollbrachte noch viele andere Heldentaten, aber die kennst du bestimmt schon.) Der Schmied fertigte für Feridun einen besonders schweren Streitkolben und zusammen zogen sie los, um das Ungeheuer zu besiegen. Sie verfolgten den Zahak bis in sein Versteck in seinem Berg, wo er sich – schlangenzüngig, wie er war, und das gleich dreifach – mit List herauszureden versuchte. Doch Feridun streckte ihn mit seiner Streitaxt nieder und wollte gerade ausholen, um ihn zu erschlagen, da hielt ihn der Schmied zurück, denn er wollte das Untier zwar besiegen, aber nicht töten. Gemeinsam schmiedeten sie den Drachen mit Eisenketten an die Wand einer Höhle im Berg Damawand. Und dort ist der Zahak noch immer gefangen und wird es auch bleiben, bis zum Ende der Tage. Die Rauchfahne, die sich noch heute von der Bergspitze erhebt, und die du von hier aus sehen kannst, ist in Wirklichkeit der Rauch, der sich aus den Nüstern des Drachen kräuselt."

An diesem Abend fragte Feridun seinen Vater: „Gibt es eigentlich wirklich Drachen? Ich habe den Rauch aus den Bergen aufsteigen sehen."

„Drachen? So wie riesengroße Echsen? Nein, nicht, dass ich wüsste. Zumindest nicht hier. Vielleicht in weit, weit entfernten Ländern."

„Warum gibt es dann all diese Geschichten von Drachen?"

„Vielleicht sind sie nur ein Sinnbild für das Böse. Für ein großes Unglück, das einmal stattgefunden hat, vielleicht einen Vulkanausbruch oder ein Erdbeben, oder für einen besonders bösen Menschen."

„So wie einen bösen König, der viele Menschen hat sterben lassen? Oder einen Herrscher, dem die eigenen Untertanen egal sind?"

„Zum Beispiel."

Adarvan erzählte zwei Wochen lang jeden Tag seine Geschichten, darunter auch von Feriduns heldenhaftem Namensvetter, bis die Reisenden Rey erblickten. Schon bevor sie die Stadt erreichten, sahen sie einen Schrein, hoch oben, auf einem felsigen Hügel. Mehrere Pilger in weißer Kleidung waren mit dem anstrengenden Aufstieg beschäftigt.

„Das", berichtete Adarvan, „ist der Bibi Shahrbanu-Schrein. Die Araber sagen, es sei das Grab einer iranischen Prinzessin, die geraubt und mit dem Enkel des Propheten Mohammed verheiratet wurde, aber das ist nicht wahr; in Wirklichkeit ist es einer unserer alten Tempel, der Anahita, der Göttin des Wassers, geweiht ist."

„Wirklich? Bist du ein Anhänger Zarathustras?", fragte Feridun.

„Sicher doch. War dir das nicht klar?"

Der Junge schüttelte den Kopf. „Erzähle mir von Anahita, bitte!"

Und Adarvan erzählte von der Göttin, die in Gold gekleidet ist und deren Streitwagen, in dem sie Felder und Herden beschützt, vom Wind, von Wolken, Regen und Schnee gezogen wird.

Die Reisenden näherten sich der Stadt vom Chorasan-Tor her. Rey hatte etwa so viele Bewohner wie Nischapur, war aber noch reicher und noch prächtiger. Und es hatte noch mehr Gärten, in denen Feridun und Babak die Abendstunden genießen konnten. Rutbil blieb üblicherweise in dem Khan, einem von vielen in der Stadt, in dem sie in Rey untergekommen waren, und passte auf ihre Habseligkeiten auf, auch wenn ein Khan oder eine Karawanserei ein ziemlich sicherer Ort zu sein pflegte. Tagsüber besuchten sie den hiesigen Basar, der größer war als alle, die Feridun auf seiner Reise bisher gesehen hatte. Der Junge ging staunend umher und konnte sich an all der Vielfalt gar nicht satt sehen. Hier gab es einfach alles. Kaufleute boten Ware aus aller Herren Länder feil: Gewürze und Heilmittel, Pfeffer, Safran, Zimt, Ingwer, Muskat, Moschus, Sandelholz, Weihrauch, Edelsteine, geschmiedetes Eisen, Waffen, Schmuck, Felle aus dem Norden, ein brennbarer, goldbrauner Stein von einem fernen Meer im Norden, glasierte Tongefäße, fein geblasenes buntes Glas aus einer Stadt, die Venedig hieß, Seide, Brokat, Teppiche, Papier, Bücher, medizinische Instrumente, Astrolaben, geschliffene Glaslinsen, Nüsse, Früchte, Wein, Honig, Zucker, Pferde, Maulesel und vieles mehr. Hier wurde auch mit Sklaven aus allen Teilen der Welt gehandelt: den Steppen Asiens, aus den kalten Ländern des Nordens und aus den fernen Ländern Schwarzafrikas. Die wenigsten Menschen fanden diesen Handel mit Männern, Frauen und sogar Kindern befremdlich. Der Islam erlaubte die Sklaverei, solange es sich bei den versklavten Menschen nicht um Muslime handelte. Niemand konnte sich an eine Zeit erinnern, in der es keine Sklaven gegeben hätte. Auch Feridun machte sich nicht viele Gedanken darum. Er ging weiter und erkannte die Produkte der Städte, durch die sie hierher gekommen waren, wie etwa Türkis und Wein aus Nischapur oder Glasgefäße und Pistazien aus Damghan. Er sah auch andere Dinge, die ihn überraschten, so zum Beispiel einen lebenden Bären – meine Güte, war der riesig – oder Taschenspiegel, die das eigene Ebenbild fast völlig unverzerrt wiedergaben. Feridun stellte sich vor einen solchen Spiegel, der in seiner Höhe im Türrahmen eines Ladengeschäfts angebracht war, und machte Grimassen, bis er vom Ladenbesitzer fortgescheucht wurde. Der Basar wurde, ebenso wie die ganze Stadt, über Rohrleitungen mit frischem Wasser versorgt. Sie versorgten auch die zahlreichen Brunnen in den Paradiesgärten der Stadt, die Feridun so liebte.

Babak, Feridun und Rutbil blieben eine Woche in Rey, während die Karawane ohne sie nach Westen weiterreiste. Sie hatten sich von Adarvan, Alexios, Johannes, Symeon und den anderen Reisegefährten verabschiedet und ihnen eine gute Weiterreise gewünscht. Denn von hier aus würden sie die Haupthandelsstraße verlassen und nach Norden in Richtung Barda reisen.

Die Sonne spiegelte sich auf er dunklen, ruhigen Oberfläche des Byzantinischen Meers, das auch das Skythische genannt wurde. Die zwanzig Schniggen waren von der Mündung des Dnepr auf das offene Wasser eingefahren und hielten sich zunächst nach Südosten, um dann in nordöstliche Richtung an der großen Kimmerischen Halbinsel, die die Byzantiner Tauris[5] nannten und die das Maiotische vom Byzantinischen Meer trennte, vorbeizufahren. Gelegentlich wehte ein guter Wind, doch dann wurde es immer wieder windstill und die Rus mussten auf der spiegelgleichen Wasseroberfläche zu den Rudern greifen. Wie auch beim Fällen der Bäume und beim Ziehen der Schiffe über Land, packten alle mit an: freie Krieger und gezwungenermaßen auch die gefangenen Petschenegen. Nur Drifa brütete und murmelte auf Haraldrs Schiff vor sich hin, die Anstrengungen ihrer Mitreisenden ignorierend. Von den beiden fiebernden Verwundeten war einer genesen, der andere verstorben. Sie hatten ihn unterwegs am Ufer bestattet und eine Woche später den Sjaund für ihn abgehalten.

Wären sie statt nach Süden von hier aus nach Westen gesegelt, hätten sie innerhalb einer Woche Miklagard[6] erreichen können. Es war wichtig, dass sie den richtigen Weg rasch

---

5 Krim
6 Konstantinopel

fanden. Leicht konnte man die richtige Durchfahrt verpassen und dann tagelang um die sumpfigen Uferböschungen herumirren. An der Mündung des Dnepr hatten sie zwei Tage lang in der Handelsniederlassung auf der Insel Beresan gerastet. Eine schmale Meerenge trennte die Insel von der eigentlichen Stadt auf dem Festland. Sie war nicht groß, aber sonnig, schön gelegen und hatte immerhin zwei, drei Hafenkneipen zu bieten.

„Denkt daran", hatte Sveneld seinen Leuten eingeschärft. „Wir bleiben auf der Insel und rühren die Menschen auf dem Festland und ihre Häuser nicht an. Vergnügt euch in den Tavernen, spielt Hnefatafl oder was auch immer, würfelt, trinkt, schlagt euch die Bäuche voll, geht zu den Huren, aber lasst die Stadt und ihre Bewohner in Ruhe! Und bezahlt für die Dienste, die ihr in Anspruch nehmt, verstanden?"

Es war noch zu früh auf ihrer Reise zum Plündern und sie wollten sich die Handelskontakte mit diesem wichtigen Verbindungspunkt nicht verderben. Viele der Krieger waren schon im vergangenen Jahr hier gewesen und erkannten alte Bekannte wieder. Wie befohlen, spielten, würfelten, prassten, hurten und tranken sie in den Hafenkneipen.

Hnefatafl, die Königstafel, war ein beliebtes Brettspiel, für das die Spieler allerdings einen halbwegs klaren Kopf behalten mussten. Die zentrale Königsfigur mit ihren Spielfiguren musste sich dabei gegen einen Gegner wehren, der mit seinen Figuren von allen vier Seiten des Spielbretts angriff. Wigbjorg hatte es als Kind oft mit ihrem Vater gespielt, an diesem Abend versuchte sie sich recht erfolgreich in einer Schenke im Spiel gegen Sveneld. Aus für sie unerfindlichen Gründen verlor sie jedoch stets gegen ihre Dienerin Zizak.

„Ich habe schon seit meiner Kindheit Schahtrandsch gespielt", erklärte Letztere.

„Schahtrandsch?"

„Das Spiel der Könige. Schach. Selbst der Name bedeutet dasselbe. Es ist so ähnlich wie Hnefatafl, aber noch komplizierter."

„Bring es mir bei!"

Im Seehafen vor Beresan tauschten die Rus einige ihrer mitgeführten Pelze und Geweihe gegen Vorräte, Met und Trinkwasser ein. Auf dem hiesigen Sklavenmarkt verkauften sie auch die Petschenegen, die sie während der Schlacht am Dnepr gefangen genommen hatten, und fragten andere See- und Kaufleute nach der richtigen Route zur Mündung des Tanais[7] aus. Bei der Suche nach dem Maiotischen Meer war ihnen Wigbjorgs ungenaue Karte keine große Hilfe, was zu weiteren Sticheleien der älteren Krieger ob eines solchen Firlefanzes führte, die diese wiederum stoisch ignorierte. Sie selber war sich auch nicht sicher, warum sie dieses Stück bemalte Pergament auf die Reise hatte mitbringen sollen.

Die Rus fuhren an der Küste von Tauris entlang weiter. Zunächst, so hatten sie in Beresan erfahren, würden sie eine Stadt namens Cherson erreichen, dann Theodosia. Von dort aus müssten sie der Halbinsel immer weiter folgen, bis sie auf der anderen Seite Land sähen, die Maiotischen Sümpfe. Dort, an der Durchfahrt in das Maiotische Meer, läge die Handelsstadt Tmutarakan. Anschließend bräuchten sie nur noch nach Nordosten zu segeln, wo der Tanais mündete.

---

7   Don

„Tmutarakan ist auf der Karte eingezeichnet", erklärte Zizak ihrer Herrin am Abend und zeigte ihr die entsprechende Stelle und die Schriftzeichen. „Ich bin überrascht, dass du noch nie von der Stadt gehört hast. Ihr Hafen ist wichtig für den Handel zwischen uns Chasaren und Byzanz."

Tmutarakan war in der Tat ein bedeutender Handelshafen mit einem lebhaften Basar und großen Kaufmannshäusern, gut befestigt und streng bewacht. Wer jedoch in friedlicher Absicht kam wie Kaufleute oder Reisende, war herzlich willkommen, noch mehr jedoch sein Geld oder seine Waren. Griechen, Armenier, Chasaren, Juden, Slawen, Osseten, Lesgier, Tscherkessen und Georgier lebten in der Stadt. Hier gab es vielerlei Möglichkeiten für Seeleute, sich zu zerstreuen, weit mehr als im kleinen Handelsposten Beresan, so dass Sveneld Disziplin einfordern musste und sich dazu gezwungen sah, die Mannschaft nach nur einer Nacht im Hafen zur schnellen Weiterfahrt zu drängen. Nicht alle Mannschaftsmitglieder waren mit dieser Entscheidung zufrieden und machten ihrem Unmut am folgenden Vormittag lauthals Luft.

Durch die Meerenge fuhren sie in nördlicher Richtung in das Maiotische Meer ein. Die Kapitäne der einzelnen Schiffe mussten trotz des geringen Seegangs der Schniggen sorgfältig auf Untiefen achtgeben, denn das Meer war ungewöhnlich flach. Es war beinahe windstill, daher hatte Sveneld angeordnet, die Ruder in die Hand zu nehmen und die Schiffe mit Muskelkraft anzutreiben. Die Ruderer arbeiteten in zwei Schichten, wechselten sich stündlich ab und kamen so gut voran. Dennoch war allen nach wenigen Schichtwechseln die Anstrengung deutlich anzumerken. Wigbjorg betrachtete einen kurzen Moment lang ihre schmerzenden, vom Rudern geschundenen Hände. Sie wischte sich den Schweiß von der Stirn, wobei sie blutige Streifen auf ihrem Gesicht hinterließ. Sie roch die sauren Ausdünstungen der Ruderer vor ihr, die wegen der Windstille nicht schnell genug fortgeweht wurden. Hier am Maiotischen Meer war es viel wärmer als bei ihnen zuhause in Kænugard und bald schon waren sie ins Schwitzen geraten. Ihre warmen Mäntel hatten die Rus schon beim Eintritt in das Byzantinische Meer abgelegt, jetzt fielen weitere Schichten ihrer warmen Winterkleidung. Ihnen allen standen Schweißperlen wie byzantinische Diademe auf der Stirn. Nur Drifa blieb weiterhin in ihren Pelzmantel gehüllt und schwitzte kein bisschen.

Am frühen Nachmittag ordnete Sveneld eine Pause an. Das flache Wasser des Meeres war schon ganz warm und veranlasste viele Krieger, ein dringend benötigtes Bad zu nehmen, um sich Schweiß und Blut vom Körper zu waschen. Silberne Fischschwärme flitzten wie Pfeilhagel durch das klare Wasser. Die Gegend schien besonders fischreich zu sein und stellte eine gute Ergänzung ihrer Vorräte in Aussicht. Dazwischen pflügten nun tätowierte Arme ausgelassen durch das Meer und bald war ein Schwimmwettbewerb im vollen Gang, bei dem die Schwimmer um die Wette von Schiff zu Schiff schwammen. Zizak beobachtete vom Schiff aus, wie ihre Herrin sich gegen die Männer behauptete und feuerte sie an: „Wigbjorg, du schaffst es! Schneller, nur noch ein Stück!"

Sie verlor gegen einen kräftigen Mann, den Zizak von ihrem Standort aus nicht erkennen konnte. Drifa beobachtete das Geschehen wortlos von Haraldrs Schiff aus.

Als sie sich ausgetobt hatten, begannen die ersten Männer zurück auf die Schiffe zu klettern, schüttelten ihre nassen Haare und Bärte, wrangen ihre nassen Hosen aus und suchten auf den Schiffsbänken nach ihren Hemden. Wigbjorg verließ das Wasser als eine der ersten, ihr nasses Hemd klebte ihr am Körper. Einer der Männer, der eigentlich einem anderen Schiff zugeteilt war, starrte sie unverfroren an.

„Was willst du?", fuhr sie ihn an. Sie erinnerte sich an sein Gesicht, nicht aber an seinen Namen. Er war schon bei der Versammlung zugegen gewesen, während derer sie den Raubzug nach Süden beschlossen hatten. Sie hatte ihn schon damals als unangenehm empfunden, ihn aber nicht weiter beachtet.

Anstelle einer Antwort grinste der Mann nur anzüglich und machte eine rüde Geste.

„Kannst du nicht sprechen oder was? Sieh halt woanders hin, wenn du ein Problem damit hast, dass Frauen an Bord sind!"

Der Mann trat einen Schritt auf sie zu. „Ob ich nicht sprechen kann, fragst du? Und ob ich sprechen kann. Ich will dir jetzt mal was sagen, Süße: Du bist nichts Besseres, nur weil du dich gut mit dem Kommandeur stellst. Du bist doch nur auf diesem Schiff, weil du mit Sveneld schläfst. Und mit wer-weiß-wem noch. Und dann soll ich dich nicht ansehen? Für wen hälst du dich eigentlich?"

„Lass sie in Ruhe!" schrie Zizak und wollte zu Hilfe eilen. „Wigbjorg hat es nicht nötig, sich hochzuschlafen. Meine Herrin ist eine Kriegerin genau wie du!"

„Genau wie ich?" Er drehte sich zu Zizak um und stieß sie gegen die Ruderbänke, so dass sie rückwärts darüber stolperte und zu Boden fiel. „Soll ich dir mal zeigen, was ich bin?" Es war keine Frage, es war eine Drohung. Er hatte allerdings den Fehler gemacht, Wigbjorg für einen Augenblick den Rücken zuzukehren. Nun hielt sie einen Dolch an seine Kehle. „Du wirst mich und meine Dienerin in Ruhe lassen, hast du verstanden?"

Der Mann schnaubte verächtlich, wagte aber nicht, sich zu bewegen. In der Zwischenzeit waren weitere Krieger auf das Schiff zurückgekehrt. Gerade kletterte Sveneld über die Reling. „Was ist hier los?", fragte er scharf.

„Dieser Kerl hat es am nötigen Respekt fehlen lassen", erklärte Wigbjorg.

„Farulf, du verdammter Mistkerl!", fuhr Sveneld den Mann an.

„Sag deiner Hure, sie soll den Dolch weglegen!", knurrte der Angesprochene.

„Wigbjorg ist eine angesehene Kriegerin aus gutem Hause und nicht meine Hure. An deiner Stelle wäre ich vorsichtiger, es sei denn, du bist lebensmüde. Wigbjorg, nimm den Dolch von seinem Hals! Farulf wird sich ganz bestimmt gut benehmen, nicht wahr, Farulf?"

Wigbjorg sah Sveneld an, der ihr aufmunternd zunickte. „Lass gut sein, Wigbjorg!", sagte er. Langsam ließ sie den Dolch sinken, blieb aber wachsam. Zu Farulf gewandt fuhr

Sveneld fort: „Und jetzt runter von meinem Schiff! Sofort! Was hast du eigentlich hier zu suchen?"

„Pass nur auf! Dein Beschützer wird nicht immer an deiner Seite sein", flüsterte ihr Farulf zu, bevor er sich umdrehte, an die Reling trat und schnell wieder ins Wasser sprang, um zu seinem Schiff zurückzukehren. Immerhin, doch diese Flotte würde noch zu klein werden für sie beide.

Zizak hatte sich inzwischen wieder erhoben. „Wigbjorg", begann sie.

„Lass mich in Ruhe!", fuhr diese ihre Dienerin an.

Am Abend kam Wind auf. Bis zur Mündung des Tanais konnten die Rus wieder die Segel einsetzten und so ihre Kräfte sparen. Nach zwei Tagen auf See, immer in Ufernähe, hatten sie den Ort gefunden. Das Flussdelta bestand aus einer weitläufigen Sumpflandschaft mit vielen Mündungsarmen. Es dauerte einige weitere Stunden, bis sie eine schiffbare Wasserstraße gefunden hatten, die sie zum Hauptarm brachte. Von nun an würden sie mühsam flussaufwärts rudern müssen.

٩

Die neue Karawane war deutlich kleiner als die vorherige und führte weniger Lasttiere mit sich, war aber für Feridun nicht minder interessant. Es waren kaum noch Kamele darunter, sondern hauptsächlich kleine, zähe Pferde und robuste Maultiere. War die erste Karawane in Feriduns Fantasie wie eine kostbare Perlenkette gewesen, so ähnelte diese hier eher der Aufreihung einfacher Holzperlen an einer Gebetskette. Weniger Kamele bedeutete jedoch nicht zwangsläufig weniger Karawanenbegleiter. Diese hier – sie waren wohl eher als Wächter zu bezeichnen – waren allesamt mit Schwertern und Speeren bewaffnet. Auch Rutbil und Babak trugen nun zusätzlich zum Dolch jeweils ein Krummschwert am Gürtel. Einen eigenen Langdolch hatte Babak dem bettelnden Feridun verweigert, hatte ihm aber schließlich ein größeres Messer, das fast schon als Kurzdolch durchgehen konnte, in einem passendem Futteral gekauft, das sich für vielerlei Zwecke verwenden ließ und das der Junge nun stolz im Gürtel trug.

„Warum sind wir so viel stärker bewaffnet als bei der letzten Karawane?", wollte Feridun wissen.

„Weil wir die Hauptroute verlassen haben", antwortete Rutbil. „In den Bergen gibt es Räuber, die manchmal Reisende überfallen. Wir kommen durch wildes Gebiet, weißt du?" Er sah, dass der Junge erschrocken blickte. „Aber mach dir

keine Sorgen! Wir passen alle gut aufeinander auf. Der Karawanenführer und seine Männer wissen, was sie tun."

Der Führer dieser Karawane erschien Feridun als das Gegenteil seines kräftigen und lauten Kollegen ihrer letzten Karawane: Er war lang, spindeldürr und sprach mit einer ruhigen Stimme, wirkte aber trotz seines äußeren Erscheinungs-
bilds zäh und entschlossen. Zur Mittagszeit, wenn die Reisenden unter der Sonne ihre Mäntel ablegten, beobachtete
Feridun fasziniert dessen dünne, sehnige Arme, die wie fest
gerollte Taue aussahen. Unter den Mitreisenden sah Feridun
zum ersten Mal eine Gruppe von Pelzhändlern aus dem Norden, Chasaren, die in Rey ihre Felle, Honig und auch Sklaven
gegen andere Güter eingetauscht hatten, und diese nun zurück in ihre Heimat brachten. Auch sie waren schwer bewaffnet und trugen neben Schwertern und Dolchen auch Pfeil
und Bogen bei sich. Ihre Sprache mutete Feridun fremd an
und es brauchte einige Tage, bis er den Mut aufbrachte, sie
anzusprechen. Sie kamen aus einer Stadt namens Itil, die am
Meer an der Mündung eines großen Flusses lag, der der Stadt
den Namen gegeben hatte. Der Mann erzählte, dass sie Zwischenhändler seien, die die Felle, Sklaven und vieles mehr
von den Nordmännern bezogen, die die Flüsse befuhren, und
diese wiederum nach Süden verhandelten. Im Gegenzug verkauften sie den Nordmännern die Waren der großen
Handelsstraßen: Metalle, Waffen oder kostbare Stoffe zum
Beispiel, alles Waren, die im Norden heiß begehrt seien.
Damit, so sagte er, machten sie guten und sicheren Profit. Die
Stadt Barda kannte er gut; es war ein großer Umschlagplatz
mit einem lebhaften Markt, den er regelmäßig besuchte.
Dann erzählte er Feridun von den Wäldern und Bergen sei-
ner Heimat, vor allem aber vom Meer. Feridun hörte gebannt

zu. Er war noch nie am Meer gewesen und bald schon sollte er es zu Gesicht bekommen.

Unterwegs passierten sie die Städte Karadsch, Qazvin und Rascht, in denen sie jeweils ein, zwei oder auch drei Tage Rast machten und den Kaufleuten Gelegenheit gaben, ihre Geschäfte zu tätigen. Letzteres war nicht viel mehr als ein größeres Dorf, dessen Basar nicht überdacht war und eher einem offenen Marktplatz glich. Bei Rascht sah Feridun dann endlich zum ersten Mal das Chasarische Meer, dessen Wasser ganz anders als das Wasser, das er bisher aus Gewässern gekostet hatte, salzig war. Das Licht glitzerte auf der Wasseroberfläche wie unzählige Juwelen auf einer Haut aus Silber. Hier aßen sie gegrillten Stör, einen großen, eigenartigen Fisch, der eher einem Ungeheuer ähnelte und den es in diesem Meer offenbar zuhauf gab. Feridun war sich nicht sicher, ob er diese für ihn ungewohnte Spezialität mochte. Bei ihnen zuhause gab es nur zum Nouruzfest Fisch zu essen. Das Fleisch dieses Tiers, so fand er, war trocken, egal wieviel Sauce aus Öl und dem sauren Saft unreifer Trauben, die dazu gereicht wurde, er darüber goss. Vielleicht lag es auch an der Zubereitung. Das Essen war ihm jedoch egal, solange er die ungewohnte Landschaft erkunden konnte. Er hätte gerne mehr Zeit an der Küste verbracht, aber leider, so fand er, verlief die Straße nicht lange entlang des Meers, das die Griechen, so erzählte ihm sein Vater, das Kaspische Meer nannten. Bald führte sie die Straße wieder landeinwärts, bergauf von der fruchtbaren Küstenebene weg, in Richtung Ardabil.

Mühsam, um Atem ringend, kämpften sie sich die gewundenen Pässe hinauf in die Hochebene. Am Morgen, als sie aufgebrochen waren, während die Sonne gerade erst begonnen hatte, die nächtlichen Schatten der Bäume zu schmelzen, waren Feridun, Babak und Rutbil noch geritten, ab dem Mittag aber gingen sie zu Fuß, um ihre Tiere zu schonen. Obwohl es bereits der Monat Chordad war, wurde das Wetter wieder empfindlich kühl, besonders ab dem späten Nachmittag, sobald die Sonne sich dem gebirgigen Horizont näherte. Dabei war die Landschaft wunderschön. Die dichten Laubwälder um die sich stark windende, unbefestigte Bergstraße leuchtete in frühlingshaftem hellgrün. Vögel zwitscherten aus dem Verborgenen und irgendwo plätscherte ein Bach. Die Luft vor ihnen war klar, Wolken und Sonnenschein wechselten sich ab und tauchten den Wald, dessen Unterholz durch die tiefen Schatten umso undurchdringlicher wirkte, immer wieder in ein anderes Licht. Der ideale Ort für einen Hinterhalt. Die Wächter sahen sich aufmerksam um, die Hand stets am Schwertknauf, während Menschen und Tiere sich weiter bergauf mühten. Rutbil tat es ihnen nach. Die Chasaren wirkten wachsam, aber entspannt. Sie scherzten und lachten in ihrer Sprache. Wahrscheinlich kannten sie die Strecke zu Genüge.

„Morgen Abend sind wir in Ardabil", sagte Babak, als die Karawane endlich anhielt, um das Nachtlager aufzuschlagen. Hier gab es keine Karawanserei, nur einen Platz um eine Wasserquelle herum, die von einer hölzernen Palisade umgeben war und in der einige kleine, windschiefe Hütten standen, die ebenfalls aus Holz erbaut waren. Die Bediensteten machten sich sogleich daran, die Lasttiere abzuladen, während die Wächter an zwei entgegengesetzten Punkten des Lagerplatzes Feuer entzündeten und Stoffbahnen als notdürftige Zeltplanen aufspannten. In der Zwischenzeit waren dichte Wolken aufgezogen und es wurde rasch dunkel.

„Hier bleiben wir?" Feridun sah sich um. „Gibt es denn gar keine Karawanserei?"

„Offensichtlich nicht. Wir können in einer der Hütten übernachten. Du, Rutbil, bleibst bei uns."

Der Afghane schüttelte den Kopf. „Ich bleibe lieber hier draußen und halte zusammen mit den anderen Wache. Mir ist der Ort nicht geheuer."

„Wie du meinst. Du kannst es dir ja immer noch überlegen. Aber zuerst essen wir. Ich habe einen Bärenhunger."

Sie gesellten sich zu der Gruppe des Karawanenführers um ein im Zentrum des Platzes entzündetes Feuer. Das Abendessen war eine rasche Angelegenheit, da ein kalter Wind aufkam und es zu allem Überfluss auch noch anfing zu nieseln. An diesem Abend spielten sie noch nicht einmal Schach. Früh zogen sie sich in die Hütte zurück, deren dürftige Bequemlichkeit sie sich mit mehreren anderen Reisenden teilten, rollten sich auf Schlafmatten in ihre Decken und waren bald vor Erschöpfung eingeschlafen. Im Halbschlaf hörte Feridun noch, wie der Nieselregen sich in einen echten Niederschlag verwandelte und auf die Holzplanken des Dachs trommelte.

Er erwachte von lautem Rufen, die durch die dünnen Holzwände der Hütte drangen. Mehrere Männer waren bereits aufgesprungen und griffen nach ihren Waffen. Sofort war Feridun hellwach. Auch Babak war im Begriff aufzustehen. „Du bleibst hier!", befahl er seinem Sohn und stürmte ebenfalls aus der Hütte.

112

Feridun sah sich um. Er war nun alleine in der Unterkunft. Auch nicht ideal, falls sich ein Angreifer hier hinein verirren sollte. Denn um einen Angriff, davon ging Feridun aus, musste es sich wohl handeln. Die Rufe der Lärm von draußen ließen keine andere Deutung zu. Er sah einen Dolch auf dem Boden liegen, nahm ihn in die Hand und spähte vorsichtig durch die Türöffnung. Draußen war der Kampf im vollen Gange.

Die Angreifer waren kurz vor Morgengrauen gekommen, zu der Zeit, in der die Nachtwache müde war und das Schlimmste hinter sich wähnte. Noch war es stockdunkel; der Mond war hinter dichten Wolken verborgen und kein Stern war am Himmel zu sehen. Rutbil war der erste gewesen, der sie bemerkt hatte. Das Wiehern von Pferden hatte die blitzschnell heranstürmenden Angreifer verraten. Sofort hatte er laut Alarm gegeben. Die Männer, die gerade Wache schoben, waren sofort aufgesprungen; die Schlafenden waren ihnen nur Sekunden später gefolgt. Die Banditen hatten leichtes Spiel mit der dünnen Palisade, die sie geschickt überkletterten und an einer Seite schnell eingerissen hatten, so dass ihre Reiter zu Pferd den Lagerplatz stürmen konnten. Die Wache schleuderte Speere gegen die Eindringlinge, doch schnell waren sie in Zweikämpfe mit Kämpfern zu Fuß und zu Pferde verwickelt, als die Kaufleute ihnen zur Hilfe eilten. Die Reisenden waren in der Überzahl, doch die Räuber waren skrupelloser und kampferprobter zumindest als der durchschnittliche Kaufmann. Doch letztere hatten mehr zu verlieren. Schnell floss auf beiden Seiten Blut. Rutbil parierte einen Säbelhieb, und rammte dem Angreifer sein eigenes Kurzschwert in die Brust. Der Mann brach erstaunlich lautlos zusammen. Rutbil drehte sich um und sah Babak, der einen weiteren Kämpfer abwehrte. Er duckte sich, um dem Keulenschlag eines Berittenen auszuweichen und eilte seinem Herrn zu Hilfe. Zu zweit gelang es ihnen, auch diesen zumindest kampfunfähig zu machen. Mit einer hässlichen Wunde am Hals stürzte der Mann röchelnd zu Boden.

„Wo ist Feridun?", fragte Rutbil.

„Ich habe ihm befohlen, in der Hütte zu bleiben."

„Dann geh zurück und sieh nach ihm! Bitte!", fügte er schnell hinzu. Rutbil wollte nicht, dass es wie ein Befehl klang, sorgte sich aber um den Jungen und hatte keine Zeit, langwierige Erklärungen abzugeben. Beruhigt beobachtete er daher, wie Babak zur Hütte zurückkehrte und sah sich nach einem neuen Gegner um.

Feridun verfolgte alles von seinem Platz im Eingang der Hütte aus. Beleuchtet nur von den flackernden Feuern der Wachen war es eine gespenstische Szene. Der klapperdürre Karawanenführer war mitten im Geschehen und hielt sich erstaunlich gut im Kampfgetümmel. Feridun wusste nicht, was er tun sollte. Die Fußkrieger in ihrer Unterzahl waren schnell besiegt; das Problem waren die Reiter. Die ersten von ihnen hatten bereits mit dem Plündern begonnen: sie schnappten sich einige von den Gepäckbündeln, die sorgfältig neben den Lasttieren unter Planen verstaut waren, suchten mit geübtem Blick die am leichtesten zu transportierenden heraus, warfen sie über die Rücken ihrer Pferde und galoppierten mit ihnen davon, um anschließend für weitere Beute zurückzukehren. Dennoch wurden es immer weniger. Ein Reiter nach dem anderen fiel. Er sah genauer hin. Sie stürzten, von Pfeilen getroffen, zu Boden. Er trat aus der Tür und sah um die Ecke, um zu sehen, woher die Pfeile stammten. Dann sah er sie: es waren die Chasaren, die einen berittenen Banditen nach dem anderen mit den durchschlagenden Geschossen ihrer Kurzbögen zu Boden streckten. Plötzlich wurde Feridun umgerissen und in das Innere der Hütte gezerrt. Er wollte gerade den Dolch erheben, den er immer noch in der Hand hielt, als er in das besorgte Gesicht seines Vaters blickte.

„Habe ich dir nicht befohlen, drinnen zu bleiben?"

„Ja, *Agha*. Ich wollte nur sehen, was geschieht. Ich habe mir Sorgen gemacht. Bist du in Ordnung?"

„Ja, bin ich."

„Und Rutbil?"

„Kämpft wie ein Löwe."

„Gewinnen wir?"

Sie drehten sich beide gleichzeitig um und sahen zur Tür hinaus. „Ich glaube schon", entgegnete Babak.

„Gewonnen" war ein großes Wort, aber immerhin hatten sie die Angreifer abgewehrt. Drei der Wächter hatten ihr Leben verloren. Ihre Familien würden eine Abfindung erhalten. Einige andere, darunter auch ein paar der Kaufleute, hatten Verletzungen davongetragen, von denen jedoch keine so schwer war, dass sie sie an der Weiterreise nach Ardabil gehindert hätte, wo sie medizinisch versorgt werden würden. Rutbil hatte einen Schnitt am Arm, der jetzt frisch verbunden war. Es schien ihn nicht weiter zu stören. Dafür klopften ihm die Wächter immer wieder auf die Schulter und lobten sein rasches Handeln. Besonderes Lob ernteten die Chasaren, die mit ihren gezielten Pfeilschüssen den Kampf beendet hatten. *Wie der Held Arasch*, dachte Feridun.

Ein Maulesel war im Eifer des Gefechts getötet worden, dafür hatten sie drei Pferde der Banditen erbeutet. Jetzt, im Tageslicht, konnten sie erkennen, dass die gestohlenen Waren vor allen Dingen Stoffe, Teppiche und Gewürze umfassten. Die Weinschläuche und die Metallbarren waren als Beute zu schwer gewesen. Babak war also im Großen und Ganzen glimpflich davon gekommen. Die Männer bestatteten die drei gefallenen Wächter und deckten die Leichen der getöteten Banditen notdürftig mit Zweigen und Blättern ab. Feridun sah ihnen schweigend zu. Dann brachen sie so schnell wie möglich auf; niemanden hielt es länger als notwendig an diesem Ort. In Ardabil, immerhin die neue Hauptstadt der Provinz Aserbaidschan unter dem neuen Herrscher Marzuban ibn Muhammad, würde der Karawanenführer den Behörden Bericht über den Überfall erstatten. Der Herrscher hatte ein Interesse daran, die Handelsstraßen zu sichern und würde mit Sicherheit Soldaten schicken, um das Räubernest zu zerschlagen. Aber vielleicht waren die Banditen dann auch schon über alle Berge. Die Soldaten könnten sich dann um die Leichen der getöteten Räuber kümmern; möglicherweise ließen sich ja einige von ihnen identifizieren.

Am Abend erreichten sie endlich Ardabil. Sie waren völlig erschöpft. Feridun konnte sich kaum noch auf seinem Reittier halten, so müde war er. Die letzte Etappe hatte sie alle doch mehr angestrengt, als sie sich eingestanden hatten. Die Aufregung des frühen Morgens, der Kampf, die Gefallenen und nicht zuletzt die zugezogenen Verletzungen machten ihnen zu schaffen. Jetzt würden sie sich ein paar Tage von den Strapazen erholen können und die Wunden der Verletzten versorgen lassen. Endlich, nach Stunden, die ihnen wie Tage vorgekommen waren, erblickten sie die Stadtmauer. Die neue Hauptstadt Aserbaidschans war eine ehrwürdige, alte Stadt, geschützt von einer mächtigen Mauer mit spitzen Zinnen, durch die vier Tore in die Stadt hinein führten. Die Mauer war kürzlich im Zuge eines Disputs an einigen Stellen eingerissen worden, wurde aber bereits wieder aufgebaut. Die Karawane mit ihren lädierten Reisenden betrat Ardabil durch das östliche Tor. Erfreulicherweise war der Khan, in dem sie rasteten, äußerst zufriedenstellend mit allen möglichen Bequemlichkeiten ausgestattet. Dazu gehörte auch ein Hammam, dessen Besuch Babak allerdings mit Blick auf die einsetzende Dunkelheit auf den kommenden Morgen verschob und sich stattdessen mit einer einfachen Wäsche mit kaltem Wasser und einem Kleiderwechsel zufriedengab. Als erstes ließ der Karawanenführer einen Arzt kommen, um die Verwundeten zu versorgen. Auch Rutbil wurde, seinen Beteuerungen, es ginge ihm gut und er habe überhaupt keine Schmerzen, zum Trotz, von seinen Pflichten entbunden. Stattdessen überzeugte ihn Babak, den Schnitt in seinem Arm reinigen, eventuell nähen und neu verbinden zu lassen. Mit einem frischen Verband gesellte der Afghane sich später wieder zu ihnen. Sie gönnten sich ein gutes Mahl in einem nahegelegenen Gasthaus, das einen schönen Garten mit Blick über den Fluß besaß, der genau wie die Stadt Ardabil hieß und dem erzählfreudigen Wirt zufolge so voller Fische war, dass die Einwohner ihn liebevoll „Fischwasser" nannten. Trotz des frischen Fisches entschieden sie sich (ganz in Feriduns Sinne) für ein Gericht aus mit Früchten ge-schmortem Lammfleisch auf Reis, das ganz vorzüglich war. Dennoch brachte der Wirt ihnen eine Vorspeise zu kosten, eine Spezialität des Hauses: Weinblätter, gefüllt nicht mit

Fleisch oder Reis, sondern mit Fisch. „Jemand mit dem schönen Namen Babak ist hier immer willkommen", hatte der Wirt mit Anspielung auf den lokalen Volkshelden gesagt, während er ihnen die Speisen servierte. Sie versprachen ihm, in den nächsten Tagen für eines seiner Fischgerichte zurückzukehren. Zum Essen gönnten sich die Männer einen Krug Rotwein: „Den hast du dir ehrlich verdient, Rutbil!", prostete Babak seinem treuen Diener zu. „Danke für alles, du bist nicht nur ein guter und treuer Mensch, sondern auch tapfer!"

Rutbil lächelte verlegen und trank einen Schluck aus dem Becher, um nicht antworten zu müssen. Feridun hingegen trank ein süßes Rosenscherbet, das ihm ganz hervorragend schmeckte. Dennoch schlief vor Erschöpfung er noch während des Abendessens am Tisch ein.

Der Basar von Ardabil war aus rot gebrannten Lehmziegeln erbaut und hatte die Form eines Kreuzes, an dessen Schnittpunkt sich eine große Kuppel erhob. Jeder der vier Arme des kreuzförmigen Basars war auf andere Waren spezialisiert. Frisch und sauber nach dem spätmorgendlichen und – wie zu erwarten – dschinnfreien Besuch des Hammams, erkundeten Feridun und sein Vater den Markt. Rutbil sollte sich noch einen Tag im Khan ausruhen.

Ardabil war besonders für seine Lederwaren und Teppiche berühmt, die hier zuhauf angeboten wurden, außerdem für aus Holz geschnitzte Schalen und Teller sowie gestreifte Stoffe, für die ein roter, aus Insekten gewonnener Farbstoff namens Kermes benutzt wurde. Hier im Basar machte Babak seine ersten größeren Geschäfte, verkaufte einen Teil des Weins, den er aus Nischapur mitgebracht hatte, sowie ein

paar der Stahlkegel. Bezahlt wurde, wie überall, in Silberdir-
ham.

Wie versprochen kehrten sie am Abend zu dritt wieder in
das Gasthaus vom Vorabend ein und probierten gegrillten
Fisch mit einem fruchtigen Pilaw. Feridun musste zugeben,
dass der Fisch ihm dieses Mal schmeckte. Schließlich fanden
Vater und Sohn auch wieder die Muße, um Schach zu spielen, mit einem Spielset, das sie sich vom Wirt ausgeliehen
hatten, während Rutbil sich zu den Reisenden am Nachbar-
tisch gesetzt hatte, wo er in ein intensives Gespräch vertieft
war, zu dem der Wein vermutlich sein Übriges tat. Und endlich, endlich gewann Feridun erneut gegen seinen Vater.

Ausgeruht und von den Schrecken des Überfalls erholt setzten sie ihre Reise wenige Tage später fort. Die letzten zwei
Wochen bis nach Barda verliefen ruhig und ohne unange-
nehme Überraschungen. Der Provinzgouverneur hatte der
Karawane vier Soldaten als Begleitung nach Barda zur Verfügung gestellt. Ob es allein ihre Anwesenheit war, die den
Kaufleuten ein unbeschwertes Durchkommen ermöglichte,
war schwer zu sagen, wahrscheinlich aber war es nicht. Am
zehnten Tag des Sommermonats Tir erreichten sie endlich
Barda, das Ziel ihrer Reise. Der Weg von Tus hierher hatte
drei Monate gedauert.

Zizak besah ihre vom Rudern schwieligen Hände. Dicke gelbe Hornhaut erhob sich wie eine verkarstete Hügellandschaft auf ihren Handinnenflächen. Sie beschwerte sich nicht, da außer ihr auch sonst niemand seinen Unmut laut äußerte. Ihre Arme schmerzten ununterbrochen. Die Krieger der Rus schienen die Anstrengung leichter zu nehmen. Selbst ihr Anführer ruderte selber mit, es sei denn, er saß am Steuerruder, das zu bedienen ebenfalls große Kraft erforderte. Den chasarischen General wollte sie sehen, der bei niederen Arbeiten selbst mit anpackte; das musste sie den Nordmännern lassen, auch wenn sie sie in vielen Dingen für Barbaren hielt. Seit Beginn ihrer Gefangenschaft war sie nicht mehr in der Nähe ihrer Heimat gewesen. Jetzt ruderten sie geradewegs darauf zu. Die Chasarin schätzte sich glücklich, dass sie Wigbjorg als Sklavin zugefallen war. Sie hatte von Leidensgenossinnen und -genossen gehört, die ein weit schrecklicheres Schicksal zu erdulden hatten, von Haushalten, bei denen Grausamkeiten und Misshandlungen an der Tagesordnung waren. Wigbjorg beachtete Zizak nicht weiter, aber sie ließ sie in Frieden, wenn sie ihre Arbeit erledigte. Dennoch plante die Dienerin selbstverständlich ihre Flucht. Sobald sie in Itil wären, würde sich hoffentlich eine Gelegenheit bieten. Sie würde versuchen, ihre Familie wiederzufinden, die damals beim Angriff auf ihr Dorf in alle Winde zerstreut worden war. Und sie wäre nicht mehr ständig von diesen heidnischen Gottheiten und ihren vielen Blutopfern umgeben, könnte endlich wieder koscher essen und den Sabbat begehen.

Ihre Herrin hatte sich letzten Endes doch noch bei ihr dafür bedankt, dass Zizak ihr zur Hilfe geeilt war, auch wenn es eine ganze Woche gedauert hatte, bis sie die Worte über die Lippen brachte. Wigbjorg, Sveneld und Farulf ließen sich bei Landgang nun nicht mehr aus den Augen, beäugten einander ständig mit Argwohn. Seit dem Vorfall auf dem Maoitischen Meer lag Misstrauen in der Luft und vergiftete die Atmosphäre.

Nach zehn Tagen mühsamem Rudern gegen den Strom erreichten die Schiffe schließlich Sarkel. Wenn auch Zizak noch nie in diesem Teil des chasarischen Reiches gewesen war, so hatte sie doch von dieser Festungsstadt gehört. Die beachtlichen Mauern waren aus roten, gebrannten Ziegelsteinen erbaut und vom Fluss aus schon aus der Ferne zu erkennen und schienen im Licht der sich dem Horizont zuneigenden Sonne zu erglühen. Während sie rudernd dem mäandernden Flussbett folgten, war Sarkel mal links, mal rechts vor ihnen sichtbar.

„Jetzt sind wir im Reich der Chasaren", seufzte Zizak auf ihrem Platz auf der Ruderbank.

Wigbjorg musterte sie misstrauisch von der Seite. „Nicht, dass du auf dumme Gedanken kommst! Wir würden dich wiederfinden, vergiss das nicht!"

„Aber ich habe doch gar nicht…"

„Bleib einfach an meiner Seite, in Ordnung?"

Sarkel war eine echte Festungsstadt, die gut bewachte Grenzstadt zwischen dem Wilden Feld und dem Chasarenreich. Petschenegen, Magyaren und Bulgaren hatten immer wieder die chasarischen Städte überfallen, bis der Beg, der König, den byzantinischen Kaiser um Hilfe gebeten hatte. Gemeinsam hatten die beiden Reiche die Festung errichtet und gemeinsam patrouillierten ihre Soldaten nun in den Straßen. Sie sollten die Überfälle wilder Nomadenstämme abwehren – gegen Kaufleute und jene, die vorgaben welche zu sein, hatten sie nichts einzuwenden. Mit der Hilfe von Zizaks Übersetzungskunst und – wahrscheinlich deutlich wirkungsvoller – einiger kostbarer Geschenke überzeugten die Rus den Garnisonsvorsteher von ihren Absichten, in Itil Handel zu treiben, ihre Waren gegen Gewürze, Seide und Sklaven einzutauschen, und dann wieder friedlich zurückzufahren. Sie hätten sich ihren Weg auch freikämpfen können, aber welchen Sinn hätte das gehabt?

Die folgenden zehn Tage waren eine einzige, schreckliche Plackerei, schlimmer noch als bei den Stromschnellen des Dnepr. Von Sarkel aus mussten sie die Schiffe den ganzen Weg bis zur Wolga über Land ziehen. Eine breite Schneise markierte den Weg durch die von mickrigen Wäldchen unterbrochene Steppe, denn sie waren nicht die einzigen, die diese Route auf sich nahmen, um mit ihren Schiffen von einem Fluss zum anderen zu gelangen. Doch die Baumstämme, die von vergangenen Reisegruppen am Rand der Schneise liegen gelassen worden waren, waren halb verrottet und zerbrochen. Daher mussten sie sich erneut daran machen, die wenigen großen Bäume, die sie vorfanden, zu fällen, sie zu entasten, zu glätten, zu schmieren und sie vor die Buge ihrer Schniggen (und an ihren Nerven) zu zerren.

„Hör auf mich herumzukommandieren!"

„Ich denke nicht daran! Ich bin hier der Kommandeur", entgegnete Sveneld dem aufgebrachten Farulf.

„Du führst dich zumindest wie einer auf. Wer sagt denn, dass wir alle dir weiter folgen wollen? Wir hätten schon längst reiche Beute machen können, aber nein, wir sollen ja friedlich und untätig bleiben. Ich wäre auch gerne noch etwas länger in Tmutarakan geblieben und ich bin mir sicher, dass ich da nicht der einzige bin. Und dann diese elende Plackerei!" Er wies auf die Schiffe ringsum, weit entfernt von jeglichem Wasser. „Wir hätten stattdessen Gefangene machen und sie die Arbeit tun lassen können. Ich bin nämlich ein freier Mann."

In der Zwischenzeit hatte sich um die beiden eine Gruppe von Männern gebildet, die aufmerksam zuhörte.

Sveneld trat einen Schritt näher an Farulf heran. „Zweifelst du etwa meine Führung an? Ich wurde von König Ingvar beauftragt, diese Expedition zu leiten, einem Plan gemäß, auf den wir uns geeinigt haben, und daher werde ich das auch weiterhin tun."

„Was hast du denn bisher geleitet? Hängst mit diesem Weib und ihrer ausländischen Sklavin auf deinem elenden Wellenross rum, versuchst den Weg von Pergamentfetzen abzulesen und behandelst uns wie Sklaven." Wigbjorg begann, langsam ihr Schwert zu ziehen. Haraldr legte demonstrativ die Hand auf seinen Schwertknauf.

123

„Das ist doch Unsinn, Farulf", mischte sich Asmud beschwichtigend ein. „Sveneld befehligt uns im Auftrag des Königs, das weißt du, und er arbeitet genauso hart wie wir alle. Beruhig dich und geh wieder an die Arbeit!"

Farulf redete sich immer mehr in Rage: „Einen Dreck werde ich tun. Zeig mir erst, dass du ein Krieger bist!"

Sveneld war klar, dass er jetzt Stärke zeigen musste, wenn seine Stellung unangefochten bleiben sollte. Wenn er sich in dieser Situation als schwach erwies, würden ihm womöglich weitere Männer die Gefolgschaft versagen. Unruhestifter wie Farulf konnte er in seiner Mannschaft nicht gebrauchen. Er erhob die Stimme und sagte klar und deutlich, damit alle es vernehmen konnten: „Dann fordere ich dich zum Zweikampf!"

Für das Duell wurde ein quadratisches Areal von jeweils zehn Schritten Seitenlänge abgesteckt, dessen Grenzen in den Boden eingeritzt.

„Ihr alle kennt die Regeln", erklärte Haraldr. „Jeder der Duellanten hat ein Schwert zur Verfügung. Überschreitet einer der beiden die Grenze des Kampfareals, hat er verloren. Verliert er sein Schwert, hat er verloren. Wird er schwer verletzt, hat er verloren. Wird er getötet,…"

„Ist ja gut, wir haben verstanden", unterbrach ihn Farulf. „Fangen wir endlich an!"

Farulf war Sveneld an Größe und Muskelkraft überlegen, aber Sveneld war wendiger und überdies der erfahrenere Krieger von beiden. Farulf setzte rohe Gewalt ein, Sveneld wich ihm immer wieder aus, parierte die Hiebe und kämpfte vorerst defensiv, ohne jedoch den Grenzen des Duellplatzes zu nahe zu kommen. Seine Taktik war es, Farulf sich austoben zu lassen, bis er ermüdete. Dessen weit ausgeholten und daher leicht vorhersehbaren Hieben wich er geradezu mühelos aus. Er schaffte es, vor seinen Gefolgsleuten dabei nicht wie ein Feigling auszusehen, der den Kampf scheut, im Gegenteil: durch seine leichtfüßige, tänzelnde Art war den Umstehenden klar, dass Sveneld mit seinem Gegner spielte.

„Jetzt komm schon, greif mich endlich an!", schrie Farulf schließlich. Seine Bewegungen waren schwerfälliger geworden, Sveneld dagegen war kein bisschen außer Atem.

„Wenn du meinst, dann fange ich jetzt erst richtig an."

Farulf hatte keine Chance. Innerhalb weniger Minuten hatte Sveneld ihn an den Rand des Kampfplatzes gedrängt. Mit einem schnellen Vorstoß gegen dessen Beine zwang er ihn, dem Schwert rückwärts auszuweichen und trat prompt auf einen der Zweige, die die Grenze markierten. Das trockene Holz knackte deutlich vernehmbar und machte allen Anwesenden eindeutig klar, dass das Duell vorbei war. Ohne einen Tropfen Blut zu vergießen, hatte Sveneld den Zweikampf klar gewonnen. Farulf blieb gar keine andere Wahl, als notgedrungen seine Niederlage einzugestehen. Er warf Wigbjorg einen nur umso hasserfüllteren Blick zu.

„Er hasst dich jetzt nur noch mehr", brachte Zizak ihre Beobachtung zum Ausdruck.

„Ist das etwa meine Schuld?"

„Nein, aber er macht dich persönlich für seine Schmach verantwortlich."

„Dann fordere ich ihn eben auch zum Zweikampf heraus. Farulf wird schon sehen, was er..."

„Lass es bleiben!" Sveneld war zu ihnen getreten. „Das wäre nur Kraftverschwendung. Wir haben Besseres zu tun. Er hasst dich so oder so, von mir ganz zu schweigen."

„Ich werde ihm zeigen, mit wem er es zu tun hat!"

„Ich als dein Kommandant befehle dir: lass es bleiben! Ich werde ihn im Auge behalten und mir etwas für ihn einfallen lassen, wenn er sich nicht benimmt. Und jetzt", er erhob die Stimme, so dass ihn alle hören konnten, „zurück an die Arbeit!"

Der jähzornige Farulf allerdings versuchte weiterhin, die Krieger gegen Sveneld als Anführer der Truppe aufzubringen. Es wollte ihm nicht gelingen, dennoch blieben seine Komplottversuche und sein andauerndes Gemeckere ein stetes Ärgernis. Nur wenige Tage später kam es erneut zum Streit, infolge dessen Farulf einen anderen Krieger beinahe mit einem kleinen Baumstamm erschlagen hätte. Einen ganzen Tag lang blieb der Mann ohnmächtig und überlebte wahrscheinlich nur mit Hilfe der besonderen Kenntnisse Drifas. Es hieß, raunte man, sie habe dem Verletzten ein kleines Loch in den Schädel gebohrt. Drifa selber hatte niemanden bei ihrer Arbeit zugegen sein lassen, aber jedenfalls war der Verletzte nach einem Tag wieder auf den Beinen und trug einen Verband um den Kopf.

Nach der Tat hatte Sveneld in Absprache mit den anderen Schiffskommandeuren eine spontane Versammlung einberufen, in denen Vertreter aller Schiffe über Farulfs Schicksal beraten sollten. Neunzehn Männer und zwei Frauen, Wigbjorg und Drifa, erörterten den Fall eine Stunde lang. Nicht alle Männer standen zu Beginn fest auf Svenelds Seite, doch nach weniger als einer Stunde hatte der Rat ein einstimmiges Urteil gefällt. Haraldr verkündete den Beschluss: „Farulf, Sohn des Hrollaf, du bist wegen Anstiftung zur Aufruhr und versuchtem Totschlag angeklagt. Dein Urteil lautet zeitweilige Verbannung. Wir werden dich an den Ufern der Wolga zurücklassen. Es steht dir frei, von dort aus zu gehen, wohin du magst, aber du darfst uns nicht folgen. Wenn wir dich auf unserer Rückreise hier antreffen, darfst du zusammen mit uns zurückkehren. Du darfst dich anderen Gruppen anschließen. Du darfst einen Vertrauten deiner Wahl mitnehmen, falls es auch der Wunsch der betreffenden Person ist. Du erhältst deine Waffen und Lebensmittel für drei Tage. Dann musst du für dich selber sorgen. Mögen die Götter dir beistehen und dich läutern!"

Die Nordmänner hatten die Wolga nach zehn Tagen aufreibender Arbeit endlich erreicht. Bereits mehrere Stunden vor Erreichen des Flusses hatte die Landschaft sich verändert: aus der lichten Waldsteppe waren sie wieder in einen echten Wald getreten, tief dunkelgrün, verlockend schattig und außerhalb des rudimentären Wegs, über den sie ihre Schiffe zogen, undurchdringlich. Nun konnten sie erkennen, dass der Wald sich den Fluss entlang erstreckte, so weit sie blicken konnten. Der Transport der Schiffe über Land war nicht nur kräftezehrend, sondern auch nervenaufreibend gewesen und so waren alle froh, die Schniggen wieder zu Wasser lassen zu können. Den jähzornigen und immer noch uneinsichtigen Farulf würden sie hier zurück- und sich selbst überlassen. Niemand hatte sich bereiterklärt, ihn in die Verbannung zu begleiten.

„Wir sind am Itil", sagte Zizak seufzend und sah auf den breiten Fluss hinab, der sich wie eine Verheißung durch den Wald wand.

Schon der Anblick des grünen Waldes, die Kühle seines Schattens, das Zwitschern der Vögel und die Aussicht auf gegrilltes Wild am Abend hob die allgemeine Stimmung. Aber niemand war vom Anblick des Flusses gerührter als Zizak, war sie doch an dessen Ufern aufgewachsen. Wigbjorg sah sie aufmerksam von der Seite an. Ihre Dienerin lächelte glücklich. Sie fragte sich, ob sie sie jemals so hatte lächeln sehen.

11

Barda lag in einer fruchtbaren Ebene am kleinen Fluss Terter, der an der Stadt entlangführte, in der Nähe von dessen Mündung in den größeren Fluss Kura. Die Reisenden hatten über eine aus Ziegelsteinen gemauerte Brücke mit vielen Rundbögen das Stadttor erreicht und waren nach einer kurzer Inspektion durch Wächter hineingelassen worden. Der erste Eindruck der Stadt war bunt, vielfältig, geschäftig. Nachdem sie sich im Chan erfrischt und ausgeruht hatten, begann Feridun sogleich die Stadt mit ihren Kirchen, Moscheen, Synagogen, Feuertempeln und natürlich Gärten zu erkunden. Der große Basar, so fand er heraus, wurde noch übertroffen von dem wöchentlichen Sonntagsbasar, der Koraki genannt wurde und an dem zusätzlich zu den regulären Geschäften und Verkaufsständen Kaufleute aus der ganzen Umgebung in die Stadt strömten. Sie sprachen eine Reihe von Sprachen, die Feridun noch nie zuvor gehört hatte. Die Händler kommunizierten untereinander in einer Sprache, die sie Arranisch nannten, aber die meisten sprachen auch ebenso gut Persisch. Sowohl Waren als auch Kaufleute aus allen vier Himmelsrichtungen kamen hier zusammen: Pelze, Honig, Bienenwachs, Horn, Bernstein und Sklaven aus dem Norden, Seide, Gewürze, getrocknete Früchte, Metalle, Jade, Lapis Lazuli, Türkis, Pferde und Teppiche aus dem Osten,

129

Weihrauch, Gold, Keramik, Datteln und Elfenbein aus dem Süden, Glaswaren und Textilien aus dem Westen, und vieles mehr. An jeder Straßenecke boten Imbissbuden verschiedenste Leckerbissen feil. Jeder Straßenzug des Basars hatte seinen eigenen Geruch. Bezahlt wurde mit Silberdirhams, dem universellen Zahlungsmittel, das alle akzeptierten. Die Männer und Frauen hinter den Verkaufstischen und in den Geschäften des Basars sahen genauso bunt aus wie ihre Waren: lange Gewänder oder Hosen, Schürzen, kurze und lange Tuniken, Westen oder Mäntel, aus Wolle, Seide, Brokat, Leder, Pelz oder Filz, dazu Stiefel, Sandalen und jede nur erdenkliche Kopfbedeckung, dazu jede Menge Schmuck von Ketten aus bunten Glasperlen bis hin zu fein ziselierten Broschen aus Edelmetall, die unterschiedlichsten Haartrachten und allerlei Tätowierungen. Feridun sah sogar zwei Männer, groß wie Dattelpalmen, die halbnackt durch die Straßen gingen, bekleidet nur mit Hosen, einem kurzen, offenen Mantel und einem breiten Halsring aus Gold oder Silber. Anstelle von Kleidung war ihr Oberkörper mit Tätowierungen bedeckt.

Die drei Reisenden waren in einem guten Khan untergekommen, der für die nächsten beiden Monate ihr Zuhause sein sollte. Die heißen Sommermonate brachen nun an. Die nächste Zeit würde einfach zu heiß zum Reisen sein; zudem plante Babak, seine Geschäfte mit größter Sorgfalt zu tätigen, alle Preise zu vergleichen und Kontakte für die Zukunft zu knüpfen. Er war ständig in Besprechungen und Verhandlungen, trank *Dugh* aus gekühltem Joghurt oder süßes Scherbet mit möglichen Handelspartnern in den schattigen Gärten von Gasthäusern, von denen aus man das Treiben auf der Straße beobachten konnte, oder besah sich die Waren in ihren Geschäften. Feridun durchstreifte die Stadt ohne ihn, zunächst in Begleitung Rutbils, dann vermehrt auch alleine. Bald kannte er sich besser in Barda aus als sein Vater. Er genoss seine neue Unabhängigkeit in vollen Zügen. Nur in der Festung des Gouverneurs, die die Stadt überragte, war er noch nicht gewesen. Nach dem Mittagessen, das oftmals aus Gerichten von Fischen aus der nahegelegenen Kura bestand, die *Dorakin* und *Asab* genannt wurden, erteilte Babak seinem Sohn immer noch Lektionen im Handelswesen; von der reinen Rechenkunst waren sie mittlerweile zu Buchführung und Verhandlungstaktik übergegangen. Manchmal nahm er Feridun dann mit zu seinen nachmittäglichen Geschäften. Abends spielten die beiden wie immer Schach. Auch darin wurde Feridun immer besser.

Eines Nachmittags begleitete der Junge seinen Vater zum Geschäft eines Waffen- und Pelzhändlers, genauer gesagt zum Oberhaupt der Gilde der Waffenhändler: einem großen Mann mit einem beeindruckenden Schnurrbart, dessen mindestens ebenso beeindruckender Bauch von den edelsten Stoffen und aufwändigen Stickereien bedeckt war und dessen Ladengeschäft einer Schatzkammer für Eisen glich. Sie setzten sich auf die angebotenen Plätze und nahmen dankend die angebotenen, mit Schnee aus den Bergen gekühlten Getränke entgegen. Der Mann sprach gutes Persisch mit einem nur leichten Akzent. Sein Name war Abas. Auf Nachfrage gab er freimütig darüber Auskunft, dass sein Vater aus Arran, seine Mutter aber Chasarin gewesen sei. Daher habe er die besten Handelskontakte in den Norden, zu den Chasaren, aber auch darüber hinaus, zu den Rus, die die eigentlichen Abnehmer für Tiegelstahl von guter Qualität seien.

„Was machen sie damit?", fragte Feridun.

„Schwerter. Sie schmieden vor allen Dingen Schwerter daraus. Ihre Schmiede sind fast, aber nur fast", der Mann zwinkerte, „so gut wie unsere Waffenschmiede. Kennst du die Geschichte vom tapferen Schmied und dem Zahak?"

Feridun nickte.

„Hier habe ich ein Beispiel. Willst du mal sehen?"

Feridun nickte erneut, diesmal eifriger. Der Kaufmann holte ein Schwert aus einer beschlagenen Kiste hervor und legte es sorgfältig auf den Tisch. Es war größer als die meisten Schwerter, die er bisher gesehen hatte, lang und gerade. Auf der Klinge sah er Zeichen, die er nicht lesen konnte. Sie sahen in etwa folgendermaßen aus: +VLFBERHT+. „Was bedeutet das?", fragte Feridun.

„Das sind lateinische Buchstaben. Sie stehen wohl für eine bestimmte Schmiede oder so etwas in der Art. Diese Buchstaben schreiben sie gerne auf ihre besonders guten Waffen. Ich habe schon mehrere davon gesehen. Dieses hier habe ich direkt von einem Rus, der mir einen Haufen Dirhams schuldete, und der es mir zum Pfand geben musste."

Feridun strich ganz vorsichtig mit dem Daumen über die Schneide, um sich nicht zu verletzen.

„Und wer genau sind diese Rus?", fragte der Junge weiter.

„Die Rus sind Kaufleute aus dem Norden, die die Wolga und den Tanais mit Schiffen befahren und entlang der Flüsse Handel treiben. Angeblich stammen sie ursprünglich ganz weit aus dem Norden, aus einem Land, in dem es immer kalt ist und die Nacht ein halbes Jahr dauert. Hast du hier auf der Straße schon Männer mit dicken Goldringen um den Hals gesehen? Und Frauen mit großen Broschen und bunten Ketten auf ihrem Übergewand?"

„Das habe ich. Manche von den Männern trugen noch nicht mal ein Hemd!"

„Das sind die Rus. Sie spüren keine Kälte und hüllen sich erst ein, wenn der erste Schnee fällt." Er überlegte kurz. „Einige von ihnen zumindest. Die meisten, die ich kenne, sind, wenn ich es mir recht überlege, sogar ziemlich gut gekleidet." Er zeigte auf einen großen Stapel mit Pelzen von zahlreichen Tieren. Feridun erkannte die Felle von Mardern, Füchsen, Bibern, Eichhörnchen, Bären und sogar das eines Tigers. Es musste Unsummen wert sein. Daneben lagerten Tierhörner aller Art, aber auch Objekte, die Feridun nicht bestimmen konnte.

„Das da verkaufen sie uns im Gegenzug", fuhr Abas fort, indem er auf die Pelze zeigte. „Außer dem Tigerfell natürlich, das stammt aus Indien. Außerdem Bernstein sowie blonde Sklaven. Sklavinnen überwiegend, junge Sklavinnen, um ehrlich zu sein."

Babak unterbrach die Ausführungen des Händlers, um das Gespräch in eine andere Richtung zu leiten und sich wieder dem Geschäftlichen zu widmen: „Und Ihr verkauft den Stahl direkt an die Rus oder an chasarische Zwischenhändler?"

„Ihr habt gleich den wichtigsten Punkt angesprochen, sehr scharfsinnig! Alle anderen in dieser Stadt werden an die Chasaren verkaufen, indem ich aber exklusive Handelspartner bei den Rus habe, spare ich mir das Geld, das die Zwischenhändler sonst einstreichen würden. Ich kann ein Zehntel mehr zahlen als jeder andere hier. Ich bin ein ehrlicher Händler. Dafür akzeptiere ich allerdings nur die allerbeste Ware." Er nannte einen Preis, der Babak, zu Feriduns Überraschung, schmunzeln ließ.

„An der Qualität meines Stahls sollte es nicht scheitern. Jedoch scheint mir der genannte Preis eher ein wenig unter dem hiesigen Durchschnitt zu liegen."

Von diesem Punkt an entspann sich eine Diskussion über Stahlpreise, die Konkurrenz und Gewinnspannen, der Feridun nur noch mit halbem Ohr zuhörte. Viel lieber ging er im Laden umher und betrachtete die scharf geschliffenen Schwerter, die fein ziselierten Dolche, Krummschwerter aus schimmerndem Damaszenerstahl, Schilde, Kettenhemden, Äxte, als Gorz bezeichnete Streitkeulen mit Tierköpfen aus Bronze, verschiedene Arten von Helmen sowie tödlich aussehende Pfeilspitzen mit einer ganzen Reihe von Widerhaken, deren Anblick allein Feridun erschaudern ließ. Er strich über die weichen Felle und staunte über das riesige Geweih, das in einer Ecke lag und dessen Horn wahrscheinlich für Messer- und Dolchgriffe verwendet werden würde. Schließlich hörte er, wie die beiden Männer sich mit vagen Versprechungen verabschiedeten.

„Und, hast du das Geschäft nicht abgeschlossen, *Agha*?", fragte er seinen Vater, als sie wieder auf der Straße waren.

„Geduld, mein Junge. Diese Art von Geschäft schließt man nicht beim ersten Treffen ab. Dieser Abas scheint mir ein gerissenes Schlitzohr zu sein, aber ich denke, wir werden uns noch handelseinig werden. Wir sind nicht in Eile, vergiss das nicht, mein Sohn, wenn Du Geschäfte machst."

Die Stadt Itil an der Mündung des gleichnamigen Flusses in das Chasarische Meer übertraf alle Handelsstädte, durch die die Rus bisher gekommen waren. Sie lag im Delta der Wolga und verteilte sich auf drei von Flussarmen getrennten Stadtteilen auf Inseln, die durch Brücken miteinander verbunden waren. Auf der östlichsten Insel befanden sich der Hafen, ein weitläufiger Basar, jede Menge Tavernen und die öffentlichen Bäder. Die Bevölkerung war so bunt, dass eine Horde nordischer Krieger hier kaum auffiel. Nun gut, dem chasarischen Militär in seiner Garnison auf der Westinsel war aufgefallen, dass eben diese Horde nordischer Krieger sich daran machte, den Hafen ihrer Hauptstadt anzulaufen, aber Sveneld als ihr Anführer hatte versichert – und durch Geschenke beteuert –, dass sie als friedliche Händler unterwegs seien, zumindest bis hierher. Das hatte die Chasaren beruhigt, denn mit den Völkern des Südens verband sie kein Pakt. Das Wort eines Kaufmanns hatte Gewicht. Die Chasaren waren Zwischenhändler, die Mittelsmänner zwischen den Muslimen im Süden und den Heiden des Nordens. Sie selber hielten es mit der Religionsfreiheit: Tengristen, Juden, Christen, Muslime, Zoroastrier, Buddhisten und Animisten lebten hier einträchtig beieinander. Jede Gruppe hatte ihre eigenen Gotteshäuser oder Tempel und ihre eigene Gerichtsbarkeit. Der Basar quoll über von Waren aus aller Herren Länder: Gewürze, Wein,

Seide, feinste Wolle, Glas, Geschmeide, Rohstoffe aller Arten und natürlich Sklavinnen und Sklaven. Das Wetter war angenehm warm, der Himmel stahlblau.

„Es juckt mich im Schwert", kommentierte Haraldr das rege Treiben im Hafen, das sie von der Reling von Svenelds Schiff aus beobachteten. Wenn sie nur schnell genug wären, könnten sie sich einfach greifen, was sie wollten und davon segeln.

„Geduld, mein Lieber, Geduld!", entgegnete dieser. „Dies ist die letzte Stadt, die wir als Handelspartner anerkennen und die uns freundliche gesinnt ist. Sobald es weiter nach Süden geht, wird dein Schwert sich noch genug kratzen können."

„Die Männer verlangen nach Beute." Er sah Wigbjorg neben sich stehen, die die Augenbrauen hob. „Und die Frauen auch, wie ich meine", fügte er hinzu.

„Hier tauschen wir unsere letzten Pelze und Geweihe ein, lassen es uns in den Tavernen nochmal gut gehen, bessern die Schiffe aus und fahren dann aufs offene Meer hinaus, um nach reichen Küstenstädten Ausschau zu halten. Wie gefällt dir das?"

„Das gefällt mir, das gefällt mir sogar sehr gut."

„Geh und sag den Männern Bescheid! Sie sollen sich nur noch ein wenig gedulden. Ihr Warten wird reich belohnt werden."

Zizak sah von derselben Reling zum Hafen von Itil hinüber. Sie stammte nicht von hier, sondern aus einer kleineren Stadt weiter im Osten. Sie fragte sich, ob es möglich wäre, hier zu fliehen und sich dann weiter in ihre Heimat durchzuschlagen.

Wahrscheinlich wäre es das, warum auch nicht? Es wäre zumindest ihre beste Chance auf eine Rückkehr in die Heimat für eine lange Zeit. Falls sie denn noch eine Heimat hatte. Zizak hatte das heimische Gehöft brennen, den Körper ihres Bruders am Boden gesehen. Sie wusste nicht, was sie an dem Ort, an dem sie aufgewachsen war, erwartete.

„Zizak?" Wigbjorg war neben sie getreten.

„Ja?"

„Tu es nicht."

„Was soll ich nicht tun?"

„Fliehen. Ich sehe dir deine Gedanken an. Wir haben ein Auge auf dich. Drifa könnte dich überall finden. Und ich auch."

„Wohin sollte ich denn fliehen?"

„Zum Beispiel in die Stadt." Wigbjorg machte eine Kopfbewegung in Richtung Itil. „Ein Ort wie dieser ist voller Bordelle, weißt du? Da landen die, die keine Familie und keine Hoffnung mehr haben. Oder die, die verkauft werden."

„Drohst du mir?"

Wigbjorg drehte nun den Kopf und sah Zizak endlich an. „Vielleicht. Aber vielleicht will ich auch nur, dass du bei mir bleibst."

Zizak nickte. Sie brauchte Zeit zum Nachdenken. Und einen Plan, falls sie sich denn wirklich zu fliehen traute. „Warst du schon einmal in einem Hammam?", wechselte sie daher das Thema.

„In einem was?"

„In einem Hammam, einem öffentlichen Badehaus. Einem Dampfbad."

„Öffentlich?"

„Es gibt natürlich welche nur für Frauen und andere für Männer. Nichts reinigt so gründlich wie ein heißes Dampfbad und ein kühler Wasserguss."

Wigbjorg fand an diesem Tag heraus, dass es ebenso gut war wie es klang.

Die Seherin Drifa hatte sich unterdessen mit ihrem Diener zu einer der kleinen, unbewohnten, mit hohem Gras bewachsenen Marschinseln aufgemacht, die sich östlich und westlich der Stadt im Flussdelta befanden. Er trug den fast mannshohen, aber dünnen Stamm einer Birke auf der einen und einen halb gefüllten Sack auf der anderen Schulter.

„Stell den Stamm dort auf!", befahl sie ihm und wies mit ihrem Stab auf die Stelle, nachdem sie sich nach einem geeigneten Platz umgesehen und eben diesen als passend erachtet hatte. Er verstand nicht warum, sah dieser Punkt doch genauso aus wie der Rest der Insel, tat aber dennoch, wie geheißen.

Drifa trat an den nun aufrecht stehenden Holzpflock heran, zog ihr Messer mit dem Knochengriff und begann, ein einfaches Gesicht in das Holz zu schnitzen. Es dauerte rund eine halbe Stunde, bis sie mit dem Ergebnis zufrieden war, dann trat sie einen Schritt zurück und betrachtete das Götterbild. Der aufkommende Regen peitschte ihr die weißblonden Haare ins Gesicht.

„Njördr?", fragte ihr Diener einsilbig nach dem Namen der abgebildeten Gottheit.

Die Seherin nickte ebenso wortkarg. „Gib mir den Sack!", befahl sie statt einer Antwort.

Der Mann gehorchte. Die Völve entnahm dem Sack einen Laib Brot, eine fest verschlossene Tonflasche mit Bier, eine Holzschale und einen toten Hahn.

„O Herr", sprach sie die Statue an, „wir sind aus fernen Ländern gekommen, mit vielen Pelzen von Zobeln, Füchsen und Bären, mit Hirschgeweihen und Bernstein. Ich bringe dir nun diese Gaben." Sie legte das Brot und den toten Hahn vor die Statue, entkorkte die Bierflasche und goss das Bier in die Schüssel, die sie ebenfalls vor die Statue stellte.

„Bitte schicke uns reiche Kaufleute", fuhr sie fort, „mit vielen Silbermünzen, die bereitwillig mit uns handeln, ohne lange zu feilschen. Ich bitte dich, unsere Gabe anzunehmen. Wenn du uns hilfst und wir gute Geschäfte abschließen, kehre ich mit einer Ziege als Geschenk zurück."

Itil war ein wunderbarer Ort, um sich nach einer anstrengenden Reise und vor einem anstehenden Raubzug zu zerstreuen. An den betriebsamen Hafen und den angrenzenden Fischmarkt schmiegte sich ein ganzes Viertel voller Geschäfte und Tavernen, in denen es nicht nur Bier und Met, sondern auch tiefroten Wein zu trinken gab. Im Basar gab es alles zu kaufen, was man sich nur erträumen konnte. Zwischen den Stadtvierteln flossen kleinere Nebenarme der Wolga, über die hölzerne Brücken führten. Man konnte sich aber auch auf dem Wasser von einem Viertel zum anderen fortbewegen, so wie viele Lebensmittelhändler es taten, die ihre Waren direkt von kleinen Ruderbooten aus verkauften. Um sie vor der Feuchtigkeit zu schützen, waren alle Gebäude im unteren Teil gemauert, darüber aber aus Holz gebaut. Die vornehmeren Gebäude trugen geschnitzte Giebel, fast wie in

Wigbjorgs Heimat, und waren bunt bemalt. Besonders stachen die vielen Gotteshäuser und Tempel hervor. Anhand ihrer Form und Dekoration konnte Zizak ihr sofort sagen, wer sich in diesen Häusern versammelte. Einige der Fassaden erzählten ganze Geschichten anhand von Bildern, die Wigbjorg interessiert betrachtete, andere dagegen waren fast schmucklos.

Die Rus blieben auf der westlichen Hauptinsel, die dem Handel und den Kaufleuten vorbehalten waren. Die Insel mit dem Regierungssitz und seinen wohlbewachten Palästen betraten sie kaum und die östliche Militärinsel mieden sie ganz. Dazu kamen mehrere kleine Inseln, in denen die ärmere Bevölkerung wohnte: Bauern, Fischer und wer sonst auch immer sich kein Haus auf den Hauptinseln leisten konnte. Die Fischer brachten ihre Beute von hier aus zum Fischmarkt in Itil oder verkauften sie direkt von ihren Booten aus. Die Rus zogen es vor, selber zu fischen. Es waren eigenartige Kreaturen, die sie hier aus dem Wasser zogen: enorme, mannslange, knochig und zäh aussehende Fische von ungewöhnlicher Form mit einer Art Schnurrbart, deren winzige, schwarze Eier bei der lokalen Bevölkerung hochbegehrt waren.

Njördr schien Drifas Gebete erhört zu haben. Die Nordmänner bekamen reichlich Silberdirhams für ihre Ware. Und auch die chasarischen Kaufleute freuten sich über ihre Geschäfte, konnten sie doch die kostbaren Felle, Geweihe und den Bernstein bei den Persern für teures Geld verkaufen. Überdies hatte sich auch noch eine Gruppe Piraten, die auf den kleinen Inseln wohnte, unter der Führung eines gewissen Yabghu mit ihren eigenen Schiffen den Eroberungsplänen der Rus angeschlossen. Yabghu war ein rauher Geselle, dünn und sehnig, mit einer von der Sonne ledrigen Haut, der sich wie seine Männer nach Art der Steppenreiter Wangen und Kinn rasierte und nur einen Schnurrbart stehenließ. Er lachte viel, aber niemals mit den Augen. Er und seine Leute bezeichneten sich zwar als Kaufleute, aber Zizak bezweifelte, dass sie für die Waren, die sie sich nahmen, eine Gegenleistung anzubieten pflegten. Sie waren ganz nach Svenelds Geschmack. Die Rus konnten ein paar Krieger mehr gut gebrauchen und die chasarischen Piraten – denn das waren sie wohl – waren ihnen gegenüber derart in der Unterzahl, dass sie keine Gefahr darstellten. Zizak hatte bei den Verhandlungen übersetzt und die beiden Gruppen waren sich schnell einig geworden. Dabei stellte sie auch fest, dass die „Kaufleute" es ablehnten, Chasaren genannt zu werden und sich stattdessen als Oghusen vom Stamm der Kinik bezeichneten.

Bei ihren Streifzügen durch die Stadt konnten sie und Wigbjorg die Seherin dabei beobachten, wie sie auf dem Tiermarkt eine Ziege kaufte und sich dabei heftig mit dem Bauern um den Preis stritt.

„Will sie sich jetzt ihre eigenen Mahlzeiten kochen?", fragte Zizak.

„Wohl kaum. Sie wird wieder irgendeines ihrer Rituale durchführen", antwortete Wigbjorg.

„Du tust all das, was Drifa macht, ab. Das kann ich verstehen, aber sie gehört zu deinen Leuten. Ist das nicht deine Religion? Glaubst du selber nicht daran?"

Wigbjorg zuckte mit den Schultern. „Ich weiß nicht. Opfer oder nicht, ich glaube nicht daran, dass die Götter sich groß um uns scheren."

„Aber du glaubst an sie? An Thor und Odin und Freya und all die anderen, von denen ihr Holzbilder macht und euch Geschichten erzählt?"

„Die Asen und Wanen, ja, natürlich."

„Du glaubst also, dass es Götter gibt, sie sich aber nicht um dich kümmern. Was sind das denn für Götter?"

„Götter eben. Warum sollten sie sich groß um uns Sterbliche kümmern? Ich verlasse mich lieber auf meine eigene Stärke und die meiner Brüder und Schwestern." Wigbjorg machte eine kurze Pause und fragte dann: „Und woran glaubst du?" *Komisch*, dachte sie selber, *das hatte sie ihre Dienerin noch nie gefragt.*

„Ich bin Jüdin. Ich glaube an den einen Gott."

„Einen nur?"

„An den einen, der Himmel und Erde geschaffen hat, das Meer, die Sonne und den Mond."

„Der muss groß sein, wenn er das alles ganz allein gemacht hat. Aber womit beschäftigen sich all die anderen?"

„Es gibt keine anderen. Er ist der einzige."

„Ist er dann nicht sehr einsam?"

Zizak überlegte kurz. „Vielleicht hat er gerade deshalb Zeit, sich um uns Sterbliche zu kümmern."

„Hat er sich jemals um dich gekümmert? Du wurdest geraubt und bist eine Sklavin."

„Das kann man nie wissen. Es hätte auch noch schlimmer kommen können, oder?"

„Warum hast du diesen Glauben und keinen anderen? Ich sehe hier viele verschiedene Tempel, aber Ihr alle nennt euch Chasaren, nicht wahr?"

„Meine Mutter war Jüdin. Deshalb bin ich es auch."

„Und dein Vater?"

„Der war Christ."

„Wie die Byzantiner? Glauben die nicht auch nur an einen Gott? Aber der hat jedenfalls eine Familie, nicht wahr?"

„Genau. So ähnlich zumindest."

„Und warum bist du dann nicht Christin?"

„Wie ich sagte: weil meine Mutter Jüdin war."

„Und euer König? Zu wem betet er?"

„Er betet freitags mit den Muslimen, samstags mit den Juden und sonntags mit den Christen. Er sagt, da jede Religion für sich in Anspruch nimmt, die einzig wahre zu sein und die anderen für ungültig zu erklärt, habe er für sich selber beschlossen, ganz sicher zu gehen."

Wigbjorg schüttelte verwundert den Kopf und ging weiter. *Ein einsamer Gott, der Ärmste!*, dachte sie. Die turbulenten Göttergeschichten hatte sie immer gemocht: sie waren spannend, manchmal auch lustig, besonders wenn Loki sich wieder einmal mit List und Tücke aus einer misslichen Lage befreien musste, in die er sich wie so oft selber gebracht hatte. Aber für ihr eigenes Leben maß sie ihnen keine große Bedeutung bei. Selbst wenn sie in der Schlacht fiel, wusste sie noch nicht einmal, ob sie als Frau nach Walhalla kommen würde. Den meisten Männern zufolge nicht. Die trübselige Existenz im Totenreich Helheim war nichts, wonach man sich sehnte. Dann konnten ihr die Götter auch im Leben egal sein.

„Bringst du mir Skaktafl bei?", fragte sie Zizak, um das Thema zu wechseln.

„Was meinst du?"

„ Skaktafl. Das Schachspiel."

Als der milde Frühling in einen warmen Frühsommer überging, wurde es Zeit, wieder aufzubrechen, im Chasarischen Meer in See zu stechen und endlich auf den langersehnten Raubzug zu gehen. Zizak hatte mit sich gerungen, immer wieder die Flucht geplant und jeden Plan dann wieder verworfen. Sie kannte hier niemanden mehr und die Aussicht, womöglich wirklich in einem Bordell für Seeleute zu landen, hatte sie zutiefst verschreckt. Hier war sie in einer ihr trotz der vertrauten Sprache fremden Stadt auf sich alleine gestellt. Noch waren sie auf dem Weg nach Süden. Zurück nach Kænugard würde sie nicht gehen, nein, aber vielleicht lohnte es sich auch für sie, noch abzuwarten. Wer weiß, welche Möglichkeiten sich für sie noch boten. Auf dem Rückweg konnte sie immer noch in Itil bleiben. Sie hatte Zeit.

Die Rus hatten ihre Schiffe ausgebessert, all ihre Waren verkauft und einen Großteil des so verdienten Geldes gleich wieder verprasst. Nun waren sie bereit, Schwert und Streitaxt in die Hand zu nehmen und Beute zu machen. Wigbjorg stand mit Sveneld, Haraldr, Asmud und ein paar der anderen Jarls über die Karte gebeugt. Sie besprachen das weitere Vorgehen.

„Ich sage, wir fahren einfach drauf los und nehmen jede Küstenstadt mit, die wir sehen!"

„Aber sieh mal", widersprach Wigbjorg und deutete auf mehrere beschriftete Kreise entlang der grünen Linien. „Einige der größeren Städte liegen landeinwärts an Flüssen. Je größer der Kreis, desto größer und wichtiger die Stadt, desto reicher die Beute!"

„Wer sagt dir, dass das stimmt? Nachher irren wir noch endlos auf irgendwelchen Flüsschen umher, anstatt einfach ein paar Küstenstädte zu plündern."

„Oder Fischerdörfer", sagte Sveneld. „Wenn dir das genügt, mach was du für richtig hältst, aber mir reicht das nicht. Ich finde, Wigbjorg hat recht. Schließlich sind einige von uns gekommen, um zu bleiben. Lasst uns den fettesten Fisch auf der Karte suchen!" Er zeigte auf einen dicken roten Kreis. „Was ist das für eine Stadt?"

„Zizak!", rief Wigbjorg ihre Dienerin. „Komm her und lies das. Was steht da?" Zizak hatte tatsächlich bisher nicht versucht zu fliehen, was Wigbjorg selber überrascht hatte. Sie hatte eigentlich mit einem Fluchtversuch gerechnet und sie daher stets im Auge behalten.

Die Herbeigerufene beugte sich nun ebenfalls über die Karte. „Barda", sagte sie nach einem kurzen Blick.

„Ist das eine große Stadt?"

„Ich war noch nie da, aber sie ist auf jeden Fall eine wichtige Stadt."

„Reich?", fragte Haraldr neugierig.

„Ganz bestimmt. Sie ist eine der Hauptstädte von Arran und hat einen berühmten Basar. Viele Händler kommen von weit her dorthin: Chasaren, Byzantiner, Perser und viele mehr."

„Wie heißt der Fluss, an dem diese Stadt liegt?"

„Kura."

„Wird es leicht sein, den Fluss anhand der Karte zu finden?", wandte sich Sveneld jetzt an Wigbjorg.

Wie in Lokis Namen sollte sie das wissen? Aber das konnte sie ja schlecht sagen. Also antwortete sie: „Bestimmt. Wir können ja in den Städten und Dörfern, die wir unterwegs plündern, nach dem Weg fragen. So sind alle zufrieden."

Zizak schaute entsetzt, aber die anderen nickten in der Tat zufrieden. Ihrer Meinung nach hatte dieses lächerliche Stück Pergament endlich eine Funktion.

In den Fischerdörfern gab es in der Tat nicht viel zu holen, so dass sie beschlossen, die armen Fischer und ihre Familien in Ruhe zu lassen. Dann aber stieß die Flotte der Rus auf Samandar. Die Stadt und ihr Hafen waren von einer massiven Steinmauer umgeben, die wiederum von fruchtbaren Gärten und Weinbergen mit noch jungen, hellgrünen Blättern gesäumt wurde, die in der Sonne des frühen Morgens leuchteten. Der Hafen schien jedoch schon bessere Zeiten gesehen zu haben; die Hafenmole bröckelte an einigen Stellen und es lagen weit weniger Schiffe vor Anker als ein so großes Hafenbecken vermuten lassen konnte.

„Die alte Hauptstadt", erklärte Zizak.

„Sieht lohnenswert aus. Da gibt es bestimmt was zu holen", kommentierte Sveneld und kraulte dabei seinen Bart.

Zizak sah ihn ungehalten von der Seite an. „Muss das wirklich sein?"

Sveneld ignorierte die Dienerin als sei sie Luft. „Seht nur diese Mauern! Von der Landseite her ist die Stadt bestimmt wehrhaft." Er grinste. „Gebt den anderen Schiffen Bescheid!

Wir greifen sofort an, solange wir noch die Sonne im Rücken haben!"

Die Schniggen mit ihren flachen Rümpfen konnten die Hafenbefestigung problemlos umfahren und an einem flachen Strand innerhalb der Stadtmauern anlegen, an dem nur einige wenige Fischerboote lagen. Geschwindigkeit und Überrumpelung waren die Geheimnisse ihrer Überraschungsangriffe. Für die Bewohner der Städte musste es so erscheinen, als ob mit einem Mal aus der aufgehenden Sonne herauf, wie eine Heimsuchung aus dem Nichts, eine Horde Krieger erschien, die alles verwüstete, alle Wertgegenstände zusammenraffte, diejenigen tötete, die sich ihnen in den Weg stellten und sich die Schonung der Überlebenden teuer bezahlen ließ. Innerhalb weniger Stunden waren sie genauso schnell verschwunden, wie sie gekommen waren und hinterließen eine Spur aus Verlust und Zerstörung. Zizak verfolgte die Plünderungen zunächst grimmig, dann entsetzt vom Schiff aus, stets bewacht von den aufmerksamen Augen Drifas. Bald brannte eine Reihe von Häusern, ob absichtlich in Brand gesteckt oder von umstürzenden Lampen im Eifer des Gefechts in Flammen aufgegangen, war von hier aus nicht zu erkennen. Erst hatte eine Hütte gebrannt, dann war das Feuer, angefacht von kräftigen Windböen, auf andere Gebäude in der Umgebung übergesprungen, bis schließlich viele Häuser in Flammen standen. Die eigentümlichen Häuser von Samandar, aus dünnem, biegsamem Holz geflochtene, runde Kuppeln, den Jurten der Steppenvölker nicht unähnlich, brannten leicht und schnell und so war die ehemalige Hauptstadt bald von einer dunklen, grauen Rauchwolke bedeckt, während die Bewohner sich in Panik gleichzeitig sowohl vor den Angreifern als auch vor dem Brand in Sicherheit zu bringen versuchten. Zizak roch den beißenden Brandgeruch, erst nur von Holz, dann auch von brennendem Fleisch, der über den Strand bis zu ihren Schiffen zog, hörte die gellenden Schreie der Verletzten und Sterbenden, das Jammern ihrer Angehörigen, das Flehen der Überlebenden und ihr wurde übel. Angeekelt übergab sie sich in den Sand. Wäre sie doch nur in Itil geflohen! Verblendet war sie Wigbjorg bis hierher gefolgt, hatte sich einreden lassen, bei ihr wäre sie sicherer als in der Stadt, hatte zum ersten Mal seit Jahren wieder gebetet, gehofft, dass sich ihr Schicksal zum Guten wenden würde. Und nun musste sie Wigbjorg und diesen anderen Mördern beim Töten und Zerstören zusehen. Es erinnerte sie schmerzhaft an ihr eigenes Dorf, ihre Familie, ihre Gefangennahme. So lange hatte sie sie verdrängt. Das alles ekelte sie an.

Es blieb nicht bei Samandar. Der blühenden Handelsstadt Derbent, dem alten Tsur, war kurz darauf ebenfalls ein ähnliches Schicksal beschieden, jedoch waren die Häuser hier aus Stein erbaut und fielen zumindest nicht den Flammen zum Opfer. Doch musste jede dieser Städte am Ende des Tages mehrere hundert Todesopfer beklagen, dazu Hunderte von Verletzten. Die Rus selber verloren selten mehr als einen oder zwei Krieger und wenn doch, wurde sein Name gefeiert und auf seinen Mut angestoßen. Die Überlebenden trugen reiche Beute davon, Rus wie Oghusen gleichermaßen.

Zizak konnte und wollte sich nicht an die Gewalt gewöhnen. „Warum tut ihr das? Warum tut ihr den Menschen das an?" fragte sie unverblümt, als Wigbjorg, verschwitzt, ruß-verschmiert und blutbesudelt nach dem Überfall auf Derbent wieder an Bord kletterte.

Sie wies auf einen großen Sack, den sie sich über die Schulter geworfen hatte und dessen Inhalt schwer wirkte. „Deshalb", sagte sie nur und begann, ihre schmutzige Kleidung abzulegen und sie Zizak in die Hand zu drücken. „Wasch das!", befahl sie kurz angebunden und sprang von der Reling aus ins Wasser, um sich zu waschen. Zizak starrte auf den blutbespritzten Stoff in ihren Händen und ekelte sich, vor dem Schmutz, vor Wigbjorg, vor allen anderen Rus und auch vor sich selber. Warum, so fragte sie sich zum hundertsten Mal in den letzten Tagen, warum um alles in der Welt war sie nicht geflohen, solange sie konnte?

Am Abend versuchte Zizak es erneut: „Ihr seid gute Kaufleute. Ihr habt begehrte Waren, die ihr gegen einen Haufen Silber tauschen könnt. Warum tut ihr das hier? Warum tötet und zerstört ihr?"

„Weil die Preise schlecht sind. Weil wir Krieger sind. Weil wir uns nicht fürchten. Und weil wir es können. Reicht das nicht?"

„Nein, tut es nicht. Die Chasaren, zum Beispiel…"

„Wir sind keine Chasaren", schnitt ihr Wigbjorg das Wort ab. Ihre Dienerin ging ihr seit ein paar Tagen, seit dem Überfall auf Samandar, auf die Nerven. Was bildete sie sich ein? Sie wollte ihre Vorwürfe nicht hören. „Du verstehst uns nicht, aber das ist nicht mein Problem. Hast du meine Sachen gewaschen?"

Die Mündung des Flusses Kura in das Chasarische Meer zu finden, wies sich als gar nicht so schwierig heraus. Zunächst hatten sie eine große Halbinsel umschifft, die wie ein Zacken in das Meer hinein ragte. Sie hatten hier und da angelegt, aber außer einigen kleineren Dörfern an der Küste nur karge Steppe, ja Wüste, und heißen Schlamm vorgefunden. Unmittelbar im Süden der Halbinsel wurde die Vegetation wieder etwas reicher, bis sie im Mündungsdelta der Kura in eine nassgrüne Sumpflandschaft überging, die sie nun neugierig durchruderten. Sie wurde von Gazellen und zahlreichen Vögeln bewohnt, die eine vorzügliche Ergänzung ihres Speiseplans bildeten.

Je weiter sie auf der Kura ins Landesinnere vordrangen, desto mehr wurde die Sumpflandschaft durch bebaute Felder verdrängt. Kleine Dörfer schmiegten sich in fischreiche Flussbiegungen. Ihre Bewohner flüchteten, als sie die ungewöhnliche Flotte den Fluss hinauffahren sahen, oder sie verbarrikadierten sich in ihren Häusern. Nur vereinzelt schauten ängstliche oder grimmige Gesichter aus den Hütten zu ihnen heraus. Die kleinsten dieser Dörfer, die nur aus ein paar Hütten bestanden und deren Bewohner offenbar von Ackerbau und Fischfang lebten, ließen die Rus links liegen. Schließlich erreichten sie ein etwas größeres Dorf – es eine Stadt zu nennen wäre eine maßlose Übertreibung –, an dessen flachem Ufer sie hervorragend die Schiffe an Land ziehen und ein provisorisches Lager errichten konnten. Sveneld gab das Zeichen zum Anlegen. Ohne zunächst auf die verängstigten Einwohner zu achten, zogen die Rus ihre Schniggen an Land und begannen, sich den Unterschlupf einzurichten und Feuer zu entzünden.

„Sveneld!"

Der so Gerufene sah sich um und entdeckte den Ursprung der Rufs. „Was ist?", fragte er.

„Hier sind ein paar Männer aus dem Dorf, die dich sprechen wollen."

„Bring sie her!"

Drei Männer, ein ziemlich alter Mann mit weißem Bart und zwei jüngere Männer, die dem Alten ziemlich ähnlich sahen und seine Söhne sein mochten, näherten sich zögerlich, wobei sie versuchten, sich ihre offensichtliche Furcht ob der großen Anzahl von Kriegern nicht zu zeigen. Als sie bei Sveneld angelangt waren und ihnen durch Gesten und Körpersprache klar wurde, dass es sich um den Anführer handeln mussten, begann der Alte zu sprechen. Sveneld verstand kein Wort.

„Holt Zizak her!", befahl er.

Irgendjemand schrie ihren Namen. Die Dienerin kam herbeigeeilt.

„Kannst du diese Männer verstehen?", fragte Sveneld.

Zizak versuchte, einige Worte in offensichtlich verschiedenen Sprachen mit dem ältesten der Männer zu wechseln. Beide runzelten sie die Stirn. Sie versuchten es weiter, bis sie zu einem mehr oder weniger zufriedenstellenden Ergebnis gekommen waren.

„Sie sprechen Arranisch", erklärte Zizak. „Das verstehe ich nicht und die Männer hier können im Gegenzug kein Chasarisch. Aber sie verstehen etwas Persisch."

„Was sagen sie?"

Zizak sprach erneut mit den Männern. Schließlich antwortete sie: „Sie fragen, was wir hier wollen und bitten darum, dass ihr Dorf verschont bleibe. Sie sagen, es gebe hier sowieso nichts zu holen."

„Sag ihnen, wir werden sie verschonen, wenn sie uns ein Fuder Getreide und ein halbes Dutzend Fässer Bier oder Met bringen. Dann sollen sie nichts zu befürchten haben. Wenn sie sich loyal verhalten, haben wir in Zukunft vielleicht sogar Arbeit für sie, die sie reich machen kann. Frag sie außerdem nach dem Weg in die Stadt!"

Zizak übersetzte wieder. Die Augenbrauen der jüngeren Männer hoben sich, aber der alte Mann blieb ruhig.

„Sie sagen, ein Fuder Getreide ist zu viel. Mehr als ein halbes Fuder können sie nicht entbehren und auch das nur mit Mühen. Bitte habt Erbarmen mit den Bewohnern! Es ist doch nur ein kleines Dorf."

„Dann soll es so sein. Aber Met haben sie?"

„Sie brauen Bier in Mubaraki."

„Mubara…?"

„Mubaraki. So heißt das Dorf. Es bedeutet gesegnet."

„Na, wenn sie meinen." Sveneld schaute spöttisch auf die Ansammlung von Hütten. „Und was ist mit der Stadt?"

Die Männer gestikulierten flussaufwärts und dann nach links, während sie sprachen.

„Sie ist ganz in der Nähe", übersetzte Zizak. „Weniger als eine halbe Tagesreise entfernt. Allerdings liegt die Stadt nicht an diesem Fluss, wie auf der Karte verzeichnet, sondern an einem Nebenfluss, den sie Terter nennen. Er ist viel kleiner als die Kura."

„Ist er für unsere Schniggen befahrbar?"

„Nein, ist er nicht."

„Also ein Angriff von Land", stellte Haraldr fest.

152

„Wir greifen von Land an", bestätigte Sveneld.

Zizak ballte verzweifelt die Fäuste.

„Die haben aber kleine Fässer hier", mokierte sich Haraldr später am Abend.

„Kleines Dorf – kleine Fässer", kommentierte Wigbjorg. „Was erwartest du?"

Die Rus waren nun seit beinahe einer Woche in Mubaraki, um von hier aus die Stadt, ihre Verteidigungsanlagen und ihre Umgebung nach möglichen Zielen und Schwachstellen auszuspähen. Erneut galt es, passende Bäume zu finden, sie zu fällen und aus ihrem Holz Rammböcke und lange Leitern zu bauen. Hohe Bäume waren selten, so dass sie – unter dem kläglichen Protest der Dorfbewohner – teilweise auf Dachbalken und Pfosten aus Mubaraki zurückgriffen. Sveneld teilte unter Absprache mit den anderen Jarls die Aufgaben ein, so dass alle beschäftigt waren. Alle, bis auf Drifa, die ihren eigenen, mysteriösen Tätigkeiten nachging, vielleicht Pilze sammelte, die ihr bei ihren Visionen half, und manchmal für Stunden einfach im hohen Gras verschwand. Es war am späten Nachmittag des sechsten Tages, als die Krieger in ihrem provisorischen Lager die ersten Anzeichen dafür vernahmen, dass etwas nicht stimmte. Die Wildtiere der Umgebung waren ungewöhnlich unruhig und schienen vor etwas zu fliehen, Vogelschwärme stoben plötzlich aus hohen Feldern auf. Drifa, aufmerksam wie immer, war die erste, die die Änderung in der Umgebung vernahm und die anderen darauf aufmerksam machte: „Es sind viele Menschen, die in diese Richtung marschieren. Soldaten. Ihr werdet sehen."

Kurz darauf sahen auch die Krieger der Rus die Staubwolke der anrückenden Armee.

„Bereitet Euch auf den Kampf vor!", stimmte Svened seine Krieger ein. „Sie haben uns eine Armee geschickt. Sie sind im Anmarsch! Lasst unsere Waffen aufeinandertreffen!"

Yabghu warf Zizak einen fragenden Blick zu und sie übersetzte. Seine Leute stießen einen Kriegsschrei aus.

„Wir machen sie nieder!", rief Haraldr selbstbewusst.

„Aber aus dem Hinterhalt", wies Svened seine Leute an. „Die Besatzung von sieben Schiffen zeigt sich offen, macht Feuer und tut so, als würden sie ruhen. Der Rest teilt sich in Gruppen auf und versteckt sich so gut es geht im Riedgras und im Gebüsch. Wir werden sie von hinten überrumpeln."

Drifa besorgte sich ohne große Umschweife (und natürlich ohne die Besitzer um Erlaubnis zu fragen,) ein paar Hähne aus dem Dorf und opferte ihr Blut den frisch geschnitzten Göttern. Dann verkündete sie laut: „Nehmt den getöteten Feinden ihre Rüstungen, Waffen und Uniformen ab! Nehmt auch ihre Standarte an euch, wenn ihr sie greifen könnt. Sie werden uns noch nützlich sein."

„Waffen mit Sicherheit. Aber Uniformen und Rüstungen? Kleidung und Schilde haben wir genug. Und wozu die Standarte? Was sollen wir mit…?"

„Tut, was Drifa sagt!", befahl Svened.

Sie wachten und dösten in dieser Nacht in voller Rüstung bei ihren Waffen. 400 Krieger verbrachten die Nacht in kleinen Wäldchen, hinter hohem Riedgras oder auf ihren auf dem Land liegenden Schiffen verborgen. Im Morgengrauen war es so weit: Die Truppen der Arraner griffen das Lager der Rus an.

Es hatte mit Gerüchten begonnen. Mit Gerüchten, die von Tag zu Tag, mit dem Eintreffen neuer Handelsreisender in Barda, konkreter wurden. Manche Schilderungen von Erlebtem oder auch nur Gehörtem, furchtsam geflüsterte Vorfälle, die von Person zu Person an Detailreichtum gewannen, schienen zu fantastisch, um wahr zu sein, aber der Kern blieb doch stets derselbe: Die Nordmänner kommen. Und sie kommen nicht in friedlicher Absicht.

Schiffe, sehr viele Schiffe, hieß es, so groß, dass sie gerade noch die Flüsse befahren konnten, seien die Wolga hinabgerudert und seien dann in das Chasarische Meer eingefahren, wo ihre Besatzungen damit begonnen hätten, Küstenstädte zu plündern. Es seien plötzliche Angriffe, wie aus dem Nichts, unvermittelte Heimsuchungen, in denen die Männer aus dem Norden sich griffen, was sie wollten und niederschlugen, wer ihnen im Wege stand und anzündeten, was ihnen nicht nützte. Dann verschwänden sie wieder so plötzlich, wie sie gekommen seien. Es seien auch Magier unter ihnen, Dämonen gar, bleich wie der Tod: weiße Dämonen.

„Sie bringen Feuer und Tod. Derbent ist schon gefallen, habt ihr das nicht gehört?"

„Es müssen Meeresdämonen sein, denn sie leben auf dem Wasser. Hier sind wir sicher."

„Unsinn! Das sind Menschen, genau wie die Nordmänner, mit denen wir hier handeln. Oder hast du schon mal Geschäfte mit einem Dämon gemacht?"

„Wer weiß? Aber sie sind zumindest mit Dämonen im Bunde, das habe ich gehört."

„Wir sollten diese Leute nicht mehr bei uns dulden. Sie sind gefährlich. Am Ende fallen sie uns noch in den Rücken!"

Die wenigen in Barda verweilenden Rus, mehr oder weniger ehrbare Kaufleute allesamt, die friedlich ihren Geschäften nachgingen, waren bald vertrieben, freiwillig geflohen oder hatten sich als chasarische Händler getarnt. Was hatten sie mit den Plünderungen ihrer Landsleute zu tun, die beschlossen hatten, im Chasarischen Meer auf Raubzug zu gehen?

Inzwischen war der heißeste Monat des Jahres, Mordad, angebrochen. Babaks Verkauf der Stahlbarren war mittlerweile in trockenen Tüchern. Tatsächlich hatte er die meisten seiner Geschäfte mit dem Gildenoberhaupt Abas getätigt. Feridun hatte in der Zeit Freundschaft mit dem geschäftstüchtigen Mann geschlossen, hielt sich gerne in dessen Laden auf und stöberte dort in seinem reichhaltigem Sortiment. Für Babak galt es jetzt nur noch, Handelswaren für die Rückreise einzukaufen sowie lukrative Handelskontakte für die Zukunft zu knüpfen und zu festigen. Einen weiteren Monat würde er sich dafür in Barda gönnen und sich und seinen Begleitern dann eine gut bewachte Karawane für den Rückweg suchen. Beinahe jeden Tag brachen Reisegruppen nach Süden auf; die Auswahl an Karawanen war groß genug, dass er sich um eine Mitreisegelegenheit kümmern konnte, wenn die Zeit nahte. Die Gerüchte über die Rus sorgten ihn nicht. Das Chasarische Meer war weit entfernt, Barda war sicher und er hatte schließlich nicht vor, den Seeweg zu nehmen oder entlang der Küste zu reisen. Die Älteren von Barda allerdings erinnerten sich noch an Berichte aus anderen Städten, denen zufolge die Rus damals, vor dreißig Jahren, über die Flüsse ins Innere des Landes gerudert waren. Die Verantwortlichen in der Festung beschlossen, dass es an der Zeit war, den Herrscher über Aserbaidschan und Arran, Marzuban ibn Muhammad, zu alarmieren und ihn um Schutz zu bitten. Barda als bedeutende Handelsstadt zu schützen, sollte schließlich in seinem besonderen Interesse liegen.

Marzuban ibn Muhammads Reaktion auf das Hilfeersuchen aus Barda war dennoch eher halbherzig gewesen. Der Herrscher war genervt. Zu viele Probleme plagten ihn, zu viele benachbarte Staaten und Dynastien hatten es auf seinen Thron abgesehen. Mit seiner Gesundheit stand es nicht zum Besten; ihn plagten Schwerzen und er schlief schlecht. Und aus allen Ecken und Enden kamen jetzt auch noch Hilfegesuche wegen dieser Piraten, denn nichts anderes waren die Rus in seinen Augen. Mit der Einschätzung lag er zwar nicht grundsätzlich falsch, aber sie verharmloste die Gefahr, die von der schieren Masse eingefleischter Krieger ausging. Doch er hatte einen Krieg an vielen Fronten zu kämpfen und konnte selbst seinem eigenen Wesir nicht mehr vertrauen. Der Herrscher verdächtigte ihn, Teil einer hinterhältigen Palastintrige gegen ihn zu sein. Im Augenblick sah sich Marzuban von allen Seiten von Feinden umzingelt. Er musste Zeit gewinnen, um sich einen Überblick zu verschaffen. Und so hatte er in aller Eile 300 Soldaten, die er nur mit Mühe und Not erübrigen konnte, aus der Hauptstadt der Provinz Aserbaidschan nach Barda entsandt, mit dem Auftrag, die Piraten daran zu hindern, mit ihren Schiffen vom Meer aus in die Kura einzudringen. Doch sie waren zu spät gekommen und hatten die Rus erst auf dem Fluss, bereits auf der Höhe des Dorfs Mubaraki ganz in der Nähe von Barda, erreicht, wo die Nordmänner sich schon eingerichtet und auf sie gewartet hatten.

„Es waren viel mehr als wir erwartet hatten", berichteten die überlebenden Soldaten des Königs, die es geschafft hatten, sich hinter die Stadtmauern Bardas zu flüchten. „Und sie erwarteten uns bereits."

„Sie hatten ihr Lager bei Mubaraki aufgeschlagen. Wir wollten sie überrumpeln, aber daraus wurde nichts. Sie lagen bereits im Hinterhalt und warteten nur auf uns. Es sind bestimmt 700 Krieger, wenn nicht sogar 1000 oder noch mehr." Der Sprecher trug einen dicken Verband um den Arm, der bereits von Blut durchtränkt war. Auch die anderen Soldaten waren von Blutspritzern bedeckt, ob vom eigenen Blut oder dem der Gegner war nicht zu sagen. Wahrscheinlich von beidem.

„Sie hackten mit schierer Kraft auf jeden ein, der sich ihnen in den Weg stellte. Selbst Frauen waren unter den Kämpfern!"

„Frauen? Wirklich?"

„Wirklich! Groß wie die Männer und genauso unerbittlich."

„Eine Hexe war darunter, lang wie ein Baum, mit weißen Haaren. Es war, als könne sie die Bewegungen der Gegner voraussehen. Einem nach dem anderen hat sie die Kehle durchgeschnitten, besonders, wenn sie schon verwundet und kampfunfähig waren. Eine Hexe, sage ich euch!"

„Eine Ghula vielleicht?"

„Oder ein Div, ein Dämon."

„Und was ist dann passiert?", insistierte Rutbil, den die Details und der Ausgang des Kampfes mehr interessierte als irgendwelche angeblichen Hexen.

„Als klar war, dass wir keine Chance hatten, haben wir versucht, uns in die Stadt zu retten, um die Bürger von Barda zu warnen. Nicht alle haben es geschafft, denn sie sind uns gefolgt. Wir sind wahrscheinlich die einzigen Überlebenden."

Rutbil blickte auf das elende Häufchen königlicher Soldaten und zählte sie durch. Zwei Dutzend. Ein Drittel davon im Moment nicht mehr kampffähig. Das war nicht gut. „Sie sind euch gefolgt?", nahm er dann den Faden wieder auf.

„Ja, um so viele wie möglich von uns zu töten."

„Das heißt, sie sind jetzt, in diesem Augenblick, auf dem Weg hierher?"

„Vielleicht. Wahrscheinlich sogar. Oder sie beerdigen erst ihre Toten. Bei der Hitze sollten sie das lieber schnell erledigen."

„Ein Begräbnis in Anwesenheit aller 800 Männer?"

„Und Frauen, vergesst die nicht! Nein, wahrscheinlich nicht. Du hast Recht. Sie sind genug, um sich aufzuteilen."

„Sind die Stadttore geschlossen?", rief der Händler, mit dem Babak einen Großteil seiner Geschäfte abgeschlossen hatte, aufgeregt.

„Ja, natürlich."

„Das reicht nicht. Wir müssen die Tore befestigen, Wachen auf der Mauer aufstellen, eine Verteidigung aufbauen. Sie kommen! Wo ist der Festungskommandant?" Ein großer, schwerer Mann hatte offenbar beschlossen, die Führung zu übernehmen, bis der Kommandant der Festung von Barda vor Ort war. Er war, wie Rutbil herausfand, das Oberhaupt der Schmiedegilde. Sein Name war Kaveh.

„Kaveh", sprach ihn eine beschwichtigende Stimme an. „Der Festungskommandant wurde verständigt und ist mit seinen Leuten bestimmt schon auf dem Weg zur Außenmauer. Mach dir keine Sorgen! Hier sind wir sicher."

Ein einziger Blick auf den Zustand der wenigen überlebenden Soldaten Marzubans ließ jeden, der diese Worte hörte, sofort daran zweifeln. Dennoch war dies nicht der Moment für Verzweiflung. Nun waren Taten gefragt.

Der Verwaltungsapparat der Festung war gut organisiert. Der Kommandant stellte umgehend ein Komitee zusammen, das Aufgaben an die gesamte Bevölkerung verteilte: Die Wachen wurden durch Zivilisten aufgestockt, die auf den breiten Stadtmauern Wache standen. Hohe, spitze Zinnen krönten die Mauern, hinter denen die Wachen gut geschützt waren, zwischen denen man jedoch Geschosse auf die Belagerer abschießen konnte. Die Tischler verstärkten die Tore mit zusätzlichen Balken, andere spalteten Holzstämme in gerade Pfeilschafte, rundeten sie ab und glätteten sie, Frauen sammelten und zerschnitten Federn und klebten sie an die Pfeilenden, die Schmiede schmiedeten Pfeilspitzen. Andere gingen von Haus zu Haus, um Öl zu sammeln, das auf der Stadtmauer erhitzt und auf die Angreifer gekippt werden konnte. Lebensmittelhändler wurden aufgefordert, ein Inventar ihrer Vorräte anzulegen, um ein zentrales Vorratslager für eine Belagerung anzulegen. Und wehe, ihre Angaben stimmten bei Überprüfung durch die Wachen nicht mit ihrem tatsächlichen Lagerbestand überein! Das alles dauerte nur wenige Tage, so dass die Bevölkerung bald wieder guten

Mutes war und sich gegen einen Angriff und eine Belagerung durch diese Wilden aus dem Norden gewappnet fühlte. Bisher hatten die Rus nicht viel mehr getan, als ihr Lager rund um die Stadt aufzuschlagen und sie so von der Außenwelt abzuschließen. Sie blieben außer Reichweite der Pfeile und der wenigen, kleinen Katapulte, die Barda aufzubieten hatte. Sie täuschten kleinere Angriffe vor, von denen sie sich schnell wieder zurückzogen, in der Hoffnung, dass die Städter möglichst viel ihrer Munition verbrauchten. Was sie natürlich nicht taten. Für den Augenblick war es ruhig, aber es war eine Grabesstille, die sich jeden Moment in einem brutalen Angriff entladen konnte.

Schließlich, nach einigen Tagen der Belagerung, griffen die Rus kurz vor Morgengrauen an. Von Osten kommend wagten sie einen Überraschungsangriff, in der Hoffnung, dass zunächst die Dunkelheit sie verbergen und dann die aufgehende Sonne die Wächter auf den Mauern blenden würde. Mit ihren Rammböcken versuchten sie, die Tore Bardas aufzubrechen, mit Leitern und sogar Menschenpyramiden, die Mauern zu erzwingen. Die schiere Menge an Angreifern sollte die Verteidiger überwältigen: ein kurzes, massives, wenn auch riskantes Aufgebot aller ihrer Krieger. Doch die Verteidiger waren in der weitaus besseren Position. Sie schossen Pfeile und warfen Steine auf die Rus und gossen Töpfe voller heißen Öls von den Zinnen der Mauer, jedesmal gefolgt von einem markerschütternden Schmerzensgeheul. Unter zahlreichen Verlusten und dem höhnischen Gelächter der Soldaten auf den Mauern mussten sich die Rus wieder in ihr Lager zurückziehen.

„Denen haben wir es gezeigt!", dröhnte Kaveh von der Schmiedegilde. In der letzten Woche hatte er mit seinen Gehilfen tausende von Pfeilspitzen geschmiedet. Jetzt saß er zufrieden mit seinen Handwerkerkollegen und einem Glas Wein am Fluss. Seine Lederschürze, die der kräftige Mann in den letzten Tagen nur zum Schlafen abgelegt hatte, benutzte er als Sitzkissen. „Lange werden sie die Belagerung nicht durchhalten", fügte er hinzu.

„Dein Wort in Gottes Ohr!", sagte einer seiner Freunde. „Ich hoffe, du hast Recht."

Währenddessen ließen es sich auch Babak, Feridun und Rutbil den Umständen entsprechend gutgehen. Die Nahrungsmittel waren umsichtig rationiert worden, aber noch waren genügend Vorräte vorhanden, um ein einfaches, aber schmackhaftes Abendmahl aus Bulgur und in Öl gedünstetem, süß-sauer angerichtetem Gemüse zuzubereiten. Wein gab es auch noch zu trinken und die ganze Stadt war nach dem Sieg über die Rus voller Zuversicht.

„*Agha dschun*, was passiert denn jetzt mit uns? Wann können wir die Stadt verlassen? Wir sind doch nicht von hier. Mit uns liegen sie nicht im Krieg. Vielleicht lassen sie uns gehen?" Feridun hatte sich die Berichte von der heutigen Schlacht angehört und war verstört. Er machte sich große Sorgen. In den letzten Tagen musste er immer wieder an seine Mutter denken. Wie gerne wäre er jetzt bei ihr in Tus! Nachts plagten ihn schreckliche Albträume. Letzten Endes war er doch noch ein Kind von nur zehn Jahren.

Sein Vater seufzte. „Wir sind hier so lange eingeschlossen, bis die Belagerung vorbei ist, Feridun. Das kann schnell gehen, es kann aber auch noch Wochen oder sogar länger dauern. Es tut mir leid, dass ich dich in diese Situation mitgenommen habe."

„Aber wir sind hier sicher, oder?"

„Ja, so Gott will. Und wir hatten doch sowieso vor, die heißeste Zeit abzuwarten, bis wir wieder aufbrechen, oder?" Babak versuchte, seinen Sohn aufzumuntern. „Also ändert sich für uns gar nicht so viel, nicht wahr? Alles wird gut werden." Er zwang sich zu einem Lächeln.

„Ich will nicht hierbleiben. Nicht, wenn Krieg ist. Ich will nach Hause."

„Ich weiß, mein Sohn, ich weiß. Lass uns das Beste daraus machen. Etwas anderes wird uns gar nicht übrigbleiben."

„Und ich passe auf dich auf, wenn etwas Schlimmes passieren sollte", fügte Rutbil hinzu. „Darauf kannst du dich verlassen!" *Wenn die Belagerung weitergeht*, dachte er allerdings, *werde ich dich nicht vor dem Hunger schützen können.*

Gerade waren die Rus von ihrem verheerenden Vorstoß auf Barda zurückgekehrt. Dutzende von Kriegern waren von Pfeilen oder Steingeschossen getötet worden, weitaus mehr noch waren verletzt. Den Männern, die vom siedenden Öl die schwersten Verbrennungen davongetragen hatten, konnte auch Drifa die Schmerzen nicht lindern. Sieben von ihnen gab sie daher, ohne einen Anflug von Rührung zu zeigen, den Gnadenstoß. Ihre Schreie und ihr Wimmern verstummten abrupt. Zizak dagegen half den Kriegern, die eine Überlebenschance hatten. Noch immer verfluchte sie sich selber dafür, nicht in Itil das Weite gesucht zu haben. Jetzt war es zu spät; immerhin konnte sie Verletzte pflegen, Wunden reinigen und verbinden, selbst wenn ihr klar war, dass sich die Krieger ihre Verwundungen mit ihrem Angriff selbst zuzuschreiben hatten. Sie hoffte, dass es ihnen eine Lehre sein würde, aber die meisten waren auf ihre Blessuren auch noch stolz!

„Das war ja fast wie das griechische Feuer im letzten Jahr", stöhnte Sveneld. Er hatte sich eine heftige, aber glücklicherweise nicht allzu großflächige Verbrühung am Unterarm zugezogen und umwickelte sie mit einem feuchten Tuch, das er immer wieder in den Fluss tauchte, um es zu kühlen.

Kritisch musterte er die rot glänzende Wunde, an der die Haut sich wahlweise abschälte oder in dicken Blasen aufwarf.

„Der Fluss!", dröhnte Haraldr plötzlich.

„Was meinst du?", fragte Sveneld und sah von seinem Arm auf.

„Der, an dem du gerade sitzt. Terter oder wie der heißt. Er fließt durch die Stadt. Dort muss die Mauer eine Lücke haben, einen Durchlass, zumindest eine Schwachstelle."

„Das habe ich schon überprüft. Der Durchlass ist mit Eisengittern versperrt. Auf beiden Seiten."

„Die aber einfacher zu knacken sind als die Mauer. Lass es mich morgen zusammen mit ein paar Männern ausprobieren! Solange können die Verletzten sich ausruhen und ihre Wunden pflegen."

Am Abend des folgenden Tages kehrte Haraldr so kleinlaut, wie es einem Aufschneider wie ihm nur möglich war, wieder in ihr Lager zurück.

„Und?", fragte Sveneld.

„Massiv und gut bewacht", war Haraldrs knappe Antwort. „Fast hätte es mich erwischt."

„Viele Männer verloren?"

„Neun."

„Was haltet ihr davon", mischte sich Wigbjorg ein, „wenn wir den Fluss nicht nutzen, um einzudringen, sondern ihn aufstauen, um die Stadt zu überfluten und sie zur Aufgabe zu zwingen?"

„Ich glaube nicht, dass das funktioniert", entgegnete Haraldr bestimmt.

„So wie dein Plan, ja? Es wäre auf jeden Fall auch einen Versuch wert", widersprach Sveneld ihm.

„Lass Drifa einen Blick in die Zukunft werfen, dann können…"
Sveneld unterbrach Haraldr: „Vergiss Drifa! Morgen früh fangen wir an, einen Damm zu bauen."

Die Arbeit war hart. Sie mussten schwere Steine herbeibringen und sie im Wasser zu einer groben Mauer aufbauen, die sie dann mit Erde und allem, was ihnen sonst noch zur Verfügung stand, abdichteten. Aber immerhin konnten sie im Wasser arbeiten, was ihnen Abkühlung vor der brutalen Sommerhitze verschaffte, und sie waren in sicherer Entfernung vor den Geschossen der Verteidigungstruppen. In Eile waren sie auch nicht, bot der Fluss ihnen doch reichlich Fische und die geplünderten Dörfer der Umgebung alles andere, was sie zum Leben brauchten. Nur das Dorf Mubaraki ließen sie wie versprochen in Ruhe, so dass sich, sobald sich diese Tatsache herumgesprochen hatte, viele Bewohner anderer Siedlungen nach Mubaraki flüchteten, was wiederum zu einem Versorgungsengpass in dem kleinen Städtchen führte. So oder so wurde die Nahrung für die Einheimischen knapp. Die ursprünglich 800 Nordmänner, mittlerweile waren es nur noch an die 700, verstärkt allerdings durch 100 Chasaren, vertilgten eine Menge.

Der Fluss war nicht breit und obwohl sie keine Eile zeigten, war nach weniger als einem Dutzend Tagen der Terter gestaut. Ein kleiner, sich stetig weiter ausbreitender, schlammiger See hatte sich inzwischen vor der Dammmauer gebildet, in dem es sich ausgezeichnet fischen ließ.

„Jetzt müssen wir nur noch warten, bis das Wasser die Stadt erreicht", verkündete Haraldr grinsend.

Zwei- oder dreimal versuchten die Bardaner in den kommenden Wochen einen Ausbruch aus der Stadt, der jedesmal von den Rus zurückgeschlagen werden konnte. Ihr Lager umgab die gesamte Stadt und riegelte sie hermetisch ab. Die Wartezeit verkürzten sie sich mit ausgedehnten Raubzügen in der Umgebung, während sie jeweils das halbe Heer im Lager zurückließen, um die Stadt zu bewachen. Das Lager bauten sie mit der Zeit zu einem komfortablen Dorf aus. Hatten sie zunächst noch unter einfachen Zeltplanen aus Segeltuch gehaust, hatten sie sich in der Zwischenzeit einfache Hütten gebaut, die einen besseren Schutz vor der mittäglichen Hitze boten. Der Fluss, das angrenzende Schilfdickicht und die Vorratslager der Dörfer boten ihnen reichlich Nahrung.

Das gestaute Wasser jedoch verteilte sich weitläufig in der Ebene und versickerte viel zu schnell im von der Hitze durstigen Boden. Etwas davon mochte auch in die Stadt eindringen, aber die Rus mussten einsehen, dass es nicht reichen würde, um Barda in absehbarer Zeit zur Kapitulation zu zwingen. Sie brauchten einen neuen Plan.

„Hört mich an!" Drifa war zu Sveneld und seinen engsten Vertrauten getreten und verlangte ihre volle Aufmerksamkeit. Sie alle blickten auf und die Seherin an.

„Yabghu und seine oghusischen ‚Kaufleute'", sie sprach das letzte Wort voller Ironie aus, „legen bereits die Rüstungen der hiesigen Armee an. Sie werden behaupten, zur Verstärkung der Stadt geschickt worden zu sein. Einmal innerhalb der Stadtmauern, werden sie uns Einlass gewähren."

„Klingt gut. Aber hast du das ganz alleine veranlasst, ohne dich mit mir zu beraten?"

Die Völve antwortete nicht. Sveneld fuhr fort: „Ich bin mir nicht sicher, ob die Verteidiger auf den Trick hereinfallen werden. Keiner von Yabghus Männern spricht ihre Sprache."

„Einer schon, und zwar fließend. Er spielt den Anführer. Ich habe sie ausgefragt. Und ich habe die Eingeweide eines Schafs befragt. Die Antwort war eindeutig: Ich weiß, dass es klappen wird. Macht euch bereit für die Einnahme Bardas, aber zuerst: Zieht scheinbar ab, tut, als ob Ihr aufgebt, versteckt Euch!"

Als die Seherin wieder gegangen war, um die Details ihres Betrugs vorzubereiten, wandte sich Sveneld grinsend an Wigbjorg. „Da, jetzt siehst du, warum wir Drifa dabeihaben."

Die Angesprochene sah Drifa widerstrebend hinterher. Ihr gefiel es nicht, die Stadt durch eine feige List einzunehmen, noch dazu unter Drifas eigenmächtiger Führung.

Doch Drifas Plan schien aufzugehen. Die Oghusen mit ihren arranischen Waffen, Schilden, Helmen und Kleidern sahen den Soldaten des Heeres, das sie am Fluss besiegt hatten, wirklich zum Verwechseln ähnlich. Die Rus hatten sich inzwischen längst außer Sichtweite begeben und versteckten sich im Schilfdickicht und hinter Hügeln. Mithilfe einer Staffel von Spähern blieben sie über das Geschehen vor den Stadttoren auf dem Laufenden.

„Sie gehen jetzt auf das Südtor zu."

„Was machen sie?"

„Sie reden mit den Wachen auf der Mauer."

„Sie haben das Tor einen Spalt geöffnet. Einer der Soldaten aus der Stadt ist gerade herausgekommen, um mit dem Kommandanten zu sprechen."

„Ich hoffe, er macht keinen Fehler", seufzte Sveneld.

Aber das tat er nicht. Wieder kam der Bote und sagte: „Sie sind jetzt drinnen."

Sie mussten zwei weitere Stunden warten, bis er zurückkam. „Sie haben mir ein Zeichen gegeben. Sie sind soweit. Sobald sie euch anrücken sehen, öffnen sie die Tore."

Sveneld gab das Signal zum Aufbruch.

Die Einwohner von Barda hatten dem Ansturm der Rus nichts entgegenzusetzen. Die Angreifer sahen schrecklich aus mit ihren fremdartigen Helmen, runden Schilden, langen Schwertern und riesigen Streitäxten, wie eine Armee von Dämonen, die aus dem Jenseits auf sie hereingebrochen war. Sie verbreiteten Angst und Schrecken allein schon durch ihren Anblick und ihr höllisches Kriegsgeschrei, das einem gemeinsamen Geheul von Wölfen und Hyänen in nichts nachstand. Es dauerte nicht lange und die Bardaner ergaben sich, um ein Blutbad zu vermeiden, in dem sie zwangsläufig unterlegen wären. Auch den Rus lag nichts daran, die Stadt zu zerstören oder mehr Einwohner als nötig zu töten, denn sie waren schließlich gekommen, um sie zu regieren und aus ihren reichen Handelsbeziehungen Profit zu schlagen.

Jetzt galt es nur noch, die Zitadelle – eigentlich war es nicht mehr als eine kleine Festung – einzunehmen, in der sich der Statthalter mit einigen seiner Getreuen und seiner Leibwache verschanzt hatte. Mit der Einnahme der Stadt hatten die Rus jedoch so viele Geiseln zur Verfügung, wie sie sich nur wünschen konnten. Die Familien der Leibwächter des Statthalters, die außerhalb der Zitadelle wohnten, waren schnell gefunden. Die Priorität der Wachen lag klar bei den Leben ihrer Liebsten, die sie der Loyalität ihrem Arbeitgeber gegenüber vorzogen, so dass noch vor Sonnenuntergang ein zeternder, seine Landsleute verfluchender Statthalter aus den Wohnräumen der Zitadelle in deren Kerker gezerrt wurde.

An diesem Abend, an dem die Rus zusammen mit den Oghusen die Einnahme Bardas und ihren trickreichen Sieg feierten, indem sie die Bestände aus den Weinkellern und Vorratsgebäuden der Stadt plünderten, zogen sich die Einwohner Bardas in ihre Häuser zurück, verriegelten die Türen und hofften auf ein Wunder. Erst am kommenden Mittag beriefen die größtenteils verkaterten Eroberer eine öffentliche Sitzung mit den Oberen der Stadt und den Gildenvorsitzenden auf dem zentralen Marktplatz ein, um ihnen ihre Bedingungen zu diktieren. Nur zögerlich folgten die Bardaner dem Aufruf, viele erst unter Zwang und Androhung von Gewalt.

Sveneld stand in voller Kampfmontur, flankiert von Zizak, die als Übersetzerin fungierte, sowie Haraldr, Asmud, Drifa mit ihrem Stab und gut einem Dutzend weiterer Rus, auf einem Podium in der Mitte des zentralen Platzes von Barda, den die Krieger aus dem Norden dort in Eile errichtet hatten, damit alle auf dem Platz Anwesenden ihren neuen Herrscher gut sehen konnten. Die Seherin hatte sich bereits bei Abas, demselben reichen Händler bedient, mit dem auch schon Feriduns Vater gehandelt hatte, und trug nun den wertvollen Tigerfellmantel, der seinen Weg aus Ländern weit im Osten hierher gefunden haben musste. Von seinem erhöhten Standpunkt aus verkündete Svenold der unter Androhung von Gewalt hierher getriebenen Obrigkeit, den religiösen Oberhäuptern und den reichsten Kaufleuten sowie allen anderen, die sich freiwillig hierher getraut hatten – es waren fast ausschließlich Männer – , wie er sich das Leben unter der Herrschaft der Rus vorstellte. Zizak übersetzte seine Worte ins Persische, das von den Allermeisten verstanden wurde: „Ich bin Svenold, Sohn des Frithleif. Hört mich an!", rief er die Bewohner Bardas auf. Noch wenige Sekunden dauerte das Gemurmel, dann wurde es totenstill. Hunderte von Augenpaaren blickten zu ihm hinauf. Er genoss für ein paar Augenblicke seinen Triumph, dann erklärte er in klaren Worten, dass nun sie, die Rus, Kraft ihres Sieges über die Verteidiger der Stadt, die neuen Herrscher über Barda seien, dass sie also von nun an in allen Belangen das Sagen hätten und dass die Bürger Bardas gut daran täten, ihre Oberherrschaft anzuerkennen. Jegliche Form von Aufruhr würde gnadenlos im Keim erstickt werden, die Strafen seien hart, aber denjenigen, die den Rus und ihren Gesetzen folgten, würde es gut ergehen. Den Statthalter, der sich mit seiner Leibgarde in der Burg verschanzt hatte, würden sie natürlich hinrichten, weil er sich ihnen widersetzt hätte, aber auch, fügte er hinzu, weil er die Einwohner der Stadt durch seine Flucht in die Festung feige verraten habe. Alle anderen jedoch würden am Leben bleiben und ihrer Arbeit nachgehen können, ja sollen, solange sie sich nicht gegen die Rus erhöben.

So ging es noch eine Zeitlang, ohne das Svenold konkrete Handlungsanweisungen gab. Svenold sprach und Zizak übersetzte, auch wenn es ihr missfiel. Sie bemerkte, dass besonders eine Gruppe von Männern in der vordersten Reihe unruhig wurde, sich Blicke zuwarf und bisweilen tuschelte. Es waren die religiösen Oberhäupter der Stadt, der Bischof, die Priester, Imame, Rabbiner, die die Chasarin an ihren Gewändern und Kopfbedeckungen erkannte. Sie machte Sveneld auf die Männer aufmerksam. Als sie sahen, wie sich der Blick des Anführers der Rus auf sie richtete, verstummten sie und erbleichten zusehends.

Sveneld fuhr zu ihnen gewandt fort: „Jeder Bürger kann selbstverständlich weiter seine Götter verehren, wie es ihm recht ist. Uns schert es keinen Deut, zu wem oder wie oder wann ihr betet, solange ihr unsere Oberherrschaft anerkennt. Habt ihr das verstanden?"

Die Männer nickten, sobald sie Zizaks Übersetzung vernommen hatten.

„Dann soll es so sein!"

Anschließend brachten sie den ehemaligen Statthalter Bardas gefesselt auf die Tribüne. Schweigsam stand er da, offenbar ergeben in sein unabänderliches Schicksal. Die Bürger Bardas hielten den Atem an. Sie hatten erwartet, dass einer der baumlangen Krieger mit seiner Axt das Todesurteil vollstrecken würde. Doch es war Drifa, die Völve, die dem von zwei Kriegern festgehaltenen Mann mit ihrem kleinen, scharfen Opfermesser mit dem Knochengriff und der abgebrochenen Klinge die Kehle durchschnitt, genauso, wie sie es bei einem Hahn zu tun pflegte. Zizak wandte sich angeekelt ab.

۱۵

Der Ort wirkte idyllisch, doch die Konversation war grausig: „Hast du gesehen, wie diese Riesin ihm die Kehle durchgeschnitten hat? Ohne mit der Wimper zu zucken. Diese Nordmänner haben eine Frau als Henkerin!"

„Sie ist eine Hexe, hab' ich euch doch gesagt. Sie opfert Blut an irgendwelchen Götzenstatuen."

„Woher willst du das wissen?"

„Das hat mir mein Schwager erzählt. Er hat es mit eigenen Augen gesehen."

„Sie ist mir unheimlich."

„Sie bezeichnen sie als Wahrsagerin. Angeblich kann sie das Schicksal erkennen. Wie heißt sie nochmal?"

„Drif, glaube ich. Drif oder Drifa."

„Drif-e Sepid – die weiße Drifa."

„So wie Diw-e Sepid? Die weiße Dämonin? Ein passender Spitzname."

„Habe ich es euch nicht gesagt? Sie arbeiten mit Zauberern und Dämonen zusammen. Ich habe sogar gehört, dass ihr Schlangen aus den Schultern wachsen. Deshalb trägt sie immer dieses Tigerfell. Aber mir wollte ja keiner glauben."

„Sie ist mindestens so eisig wie sie aussieht. Habt ihr ihre Augen gesehen?"

Feridun lauschte angestrengt dem Gespräch der fünf Männer am Nebentisch. Er saß mit seinem Vater und Rutbil im Schatten eines Hinterhofs einer kleinen Schänke, die immer noch Wein, aber auch gekühltes Rosenwasser und Scherbets servierte. Weinranken woben sich in das Holzgitter über ihnen Köpfen und schützten die Gäste vor der sommerlichen Gluthitze. Dicke, pralle Reben von dunkelvioletten Trauben hingen direkt über ihnen. Hierhin hatten sie sich vor der Sonne und der allgemein in den Straßen herrschenden Spannung zurückgezogen. Dabei kam das Leben in Barda dem Jungen beinahe wieder normal vor. Die Belagerung war vorüber, die Geschäfte hatten geöffnet, auch wenn reisende Kaufleute vorerst noch rar waren, trotz der Anweisungen der neuen Herrscher, den Handel wieder auf das Maß vor der Belagerung anzukurbeln. Leichter gesagt als getan. Immerhin war die Lebensmittelverknappung, und damit die Hungersnot, vor der sich alle gefürchtet hatten, ausgeblieben, da die Belagerung nach nur wenigen Wochen durch das ergaunerte Öffnen der Stadttore beendet worden war. Eigentlich, fand Feridun, hätte es die Stadt schlimmer treffen können. Aber die vornehmen Kaufleute murrten. Die Rus, die neuen Herrscher aus dem Norden, hatten sich unzweifelhaft ausgiebig in ihren Warenlagern und Geldkassetten bedient. Immer wieder liefen Patrouillen von ihnen, angetan in den feinsten Seidenstoffen des Textilbasars, durch die Stadt und drangsalierten die Bevölkerung, auch wenn sie von ihren Anführern angeblich dazu angehalten worden waren, sich ordentlich zu benehmen. Aber sobald diese Männer vom schweren persischen Wein getrunken hatten, war es mit ihrer Disziplin vorbei. Feridun hatte sogar Frauen gesehen, die ebenso bewaffnet zusammen mit den Männern der Rus

Barda durchstreiften. Diese versuchten zumindest dafür zu sorgen, dass letztere den Mädchen von Barda mit einem Mindestmaß an Respekt begegneten. Hätte die Belagerung länger gedauert, das hatte auch Babak gesagt, wären sie wahrscheinlich schlimmer dran gewesen. Um das Öffnen der Tore drehte sich nun auch das Gespräch am Nebentisch. Offenbar waren ein paar Männer der Wache unter den Trinkern. Sie saßen, wie Feridun selber, auf Kissen um einen niedrigen Tisch herum, auf dem ihre Getränke und ein Schälchen Nüsse zum Knabbern standen. Hin und wieder griffen sie sich ein paar der süßen Trauben über ihren Köpfen.

„Aber sie sahen wirklich wie die Unsrigen aus mit ihren Uniformen des Marzuban."

„Und ihr Anführer sprach fließend Arranisch. Woher hätten wir wissen sollen, dass es sich um Betrüger handelt?"

„Hättet Ihr halt etwas besser aufgepasst! Mir wäre das nicht passiert."

„Unser Kaveh mal wieder! Nachher sagt sich sowas immer ganz leicht."

„Aber jetzt haben wir den Ärger, nur weil ein paar Leute nicht richtig aufgepasst haben."

„Eben. Welche Karawane wird denn jetzt noch Barda ansteuern? Wer bezahlt die Dinge, die die Nordmänner sich einfach genommen haben?"

„Immerhin sind wir alle noch am Leben, vergesst das nicht."

„Pah, Leben! Wovon denn? Und wer weiß, wie lange noch? Und dann diese Patrouillen! Meine Frau traut sich schon gar nicht mehr aus dem Haus."

„Jetzt mal mal nicht den Scheitan an die Wand! Im Moment bleibt uns eh nichts anderes übrig, als uns mit den Kerlen zu arrangieren, bis der König Zeit und Soldaten erübrigt, um uns zu befreien. Was nützt uns das Jammern, dazu ist es zu spät!"

„Ich jammere nicht!", beharrte Kaveh mit seiner dröhnenden Stimme.. „Ich lasse mir aber auch nicht alles gefallen. Und deshalb trage ich von nun an immer einen Streitkolben bei mir." Er wuchtete ihn auf den Tisch und zeigte seinen Freunden die fein gearbeitete Schlagwaffe. Die Männer nahmen den Streitkolben aus seinen Händen, ließen ihn herumgehen, wogen sein wahrscheinlich erhebliches Gewicht in ihren Händen und bewunderten se gebührend mit Kommentaren und anerkennendem Kopfnicken. Der Kolbenkopf hatte die Form eines Stierkopfs. Dessen beiden lange, spitze Hörner ließen den Streitkolben noch gefährlicher aussehen, als er ohnehin schon war. „Den habe ich natürlich selber geschmiedet", fügte Kaveh unnötigerweise, aber nicht ohne Stolz hinzu.

Feridun nippte an seinem Scherbet. Dann richtete er seine Aufmerksamkeit wieder auf die Unterhaltung zwischen Babak und Rutbil an seinem eigenen Tisch. Die beiden überlegten gerade, ob nicht vielleicht doch sinnvoll wäre, die Stadt jetzt sofort zu verlassen. Aber im Augenblick gab es keine Karawane, der man sich hätte anschließen können, und das Machtvakuum in der Umgebung zog gewiss nur noch mehr Gesetzlose an. Rutbil würde sich am liebsten eher gestern als morgen davonmachen, aber Babak hielt ihn mit seinen Überlegungen zurück. Für das Geld, das sie beim Verkauf ihrer Stahlbarren verkauft hatten, hatten sie ein gutes Versteck gefunden und bisher hatten die drei in Barda keine persönlichen Probleme mit den Rus gehabt. Sie hielten sich von ihnen fern und mieden öffentliche Plätze und Ansammlungen von Menschen. Die öffentliche Ansprache des Oberhaupts der Rus und die Hinrichtung des Statthalters hatten sie von Weitem aus dem Fenster beobachtet. Babak hielt es für sicherer abzuwarten, bis die Handelsströme sich wieder normalisierten und sie eine sichere Mitreisegelegenheit finden würden.

„Wie lange wird es denn noch dauern?", fragte der Junge seinen Vater.

„Das kann ich dir nicht sagen. Es tut mir so unendlich leid, dich in diese Sache hineingezogen zu haben. Hätte ich dich doch nur zuhause gelassen. Deine Mutter wäre außer sich, wenn sie wüsste, was hier vor sich geht. Ich mache mir jeden Tag Vorwürfe."

„Aber *Agha dschun*, das konntest du doch nicht wissen. Und ich bin dir immer noch dankbar dafür, dass du mich mitgenommen hast." Er legte eine Hand auf den Arm seines Vaters. „Es wird schon gutgehen und dann reiten wir wieder nach Hause. Bald schon, ganz bestimmt!" Feriduns Stimme war voller kindlichem Optimismus.

„Glaub mir, ich habe nicht das geringste Interesse daran, länger als höchst notwendig hier zu bleiben."

„Und was machen wir bis dahin?"

„Das gleiche wir bislang auch: ruhig bleiben, keinen Ärger bekommen, abwarten."

Rutbil unterdrückte ein Schnauben, sagte aber nichts.

Feridun war mit seinen Gedanken schon wieder woanders. Der Junge überlegte einen Augenblick. „*Agha dschun*, darf ich heute zu Abas ins Geschäft gehen?", fragte er dann.

177

Sein Vater zögerte. „Bitte, *Agha*!", bat Feridun. „Abas zeigt mir die tollsten Stücke aus aller Welt: Schwerter und Tierhörner und vieles mehr. Letztes Mal hat er mir die Haut eines Krokodils gezeigt, *Agha*, eines Krokodils! Und", Feridun zog jetzt alle Register, „er spielt auch Schach mit mir. Er hat ein ganz tolles Schachset im Laden, aus blauem Lapis Lazuli und weißem Quarz, fast wie unseres. Bitte *Agha dschun*, im Gasthaus ist mir so langweilig."

„Irgendwann muss er dir doch alles in seiner Wunderkammer gezeigt haben", wandte Babak ein.

„Oh nein, er hat noch mehr. Abas sagt, er hebt sich die Stücke auf und zeigt mir jedesmal etwas Neues, damit ich mich hier nicht langweile."

„Ich komme mit und lasse ihn nicht aus den Augen", schlug Rutbil vor.

„In Ordnung", entschied Babak schließlich. „Aber seid rechtzeitig zu Feriduns Rechenübungen wieder zurück!" Er ließ seinen Sohn in diesen Tagen ungern aus den Augen, verstand aber auch, dass er ihn nicht ständig im Gästehaus eingesperrt lassen konnte. Offiziell herrschte schließlich wieder Friede in Barda. „Und seid vorsichtig auf den Straßen!", fügte er hinzu. Still dagegen dachte er: *Hätte er ihn doch nur bei seiner Mutter gelassen!*

Abas hatte Feridun und dessen Begleiter Rutbil wie immer herzlich willkommen geheißen und ihnen frisches Obst angeboten. Anschließend hatte er umständlich ein ganz besonderes und ziemlich großes Objekt unter einem Stapel Stoffe hervorgeholt, hatte sich verschwörerisch umgeblickt und es stolz präsentiert. Es handelte sich um das sehr große Horn eines Tiers. Es war am unteren Ende ziemlich breit, verjüngte sich in einem Bogen und lief in einer scharfen Spitze aus. „Weißt du, was das ist?", fragte er den Jungen.

„Ein Horn", antwortete dieser.

„Ja, aber von welchem Tier?"

„Von einem Auerochsen?"

Abas schüttelte den Kopf. „Das, mein Junge, ist das Horn eines *Karkadan.*"

„Eines Einhorns?" Feridun trat näher heran und betrachtete das eher plump wirkende Horn. Es sah gar nicht so besonders aus. Er berührte es zögerlich und stellte fest, dass es sich auch völlig normal anfühlte.

„Ganz genau. Es hat viele besondere Eigenschaften. Zum Beispiel kann es Gifte aufspüren und unschädlich machen. Angeblich hilft es auch gegen Verstopfung und andere Leiden, die nur Erwachsene betreffen. Männer, um genau zu sein. Aber nun sollten wir es lieber wieder verstecken. Wir wollen doch nicht, dass jemand es mitnimmt, ohne es zu bezahlen, nicht wahr?" Er lachte etwas gekünstelt.

Feridun stimmte ihm zu. Anschließend setzten sie sich an den kleinen Tisch, den Abas zum Spielen verwendete. So saßen der Kaufmann und der Junge in der nächsten Stunde zusammen über das exquisite Schachbrett gebeugt und knabberten an einer Schale mit Trauben, die neben ihnen stand. Rutbil hatte es sich auf einem gepolsterten Stuhl gemütlich gemacht, beäugte neugierig die ausgestellten Güter und ließ seinen Blick durch das Geschäft gleiten. Gelegentlich, wenn er auf der Straße vor dem Eingang Stimmern hörte, glitt sein Blick zur Tür, aber bisher hatte es niemand anderes in den Laden verschlagen. Die Geschäfte mit Luxusgütern gingen schlecht in diesen Tagen. Mit der Zeit wurde Rutbil schläfrig und er kämpfte mit sich, um die Augen offenzuhalten.

Auf ein Mal öffnete sich die Tür mit einem Ruck und zwei Personen traten herein. In dem grellen Gegenlicht des Nachmittags konnte Rutbil keine Details erkennen, aber er erkannte an der Kleidung, dass es sich um Rus handeln musste. Seine Hand umfasste vorsorglich den Griff des Dolchs, der in seinem Gürtel steckte. Auch Abas und Feridun hatten sich den Neuankömmlingen zugewandt. Die beiden Personen traten näher und jetzt konnte der Diener erkennen, dass es sich bei ihnen um zwei Frauen handelte. Die eine trug ein einfaches Gewand, die andere war wie ein nordischer Krieger gekleidet und bewaffnet. Und sie war ebenso groß. Feridun ertappte sich dabei, wie er sie anstarrte, erschrocken und neugierig zugleich.

Abas hatte sich mittlerweile aus seiner vorübergehenden Erstarrung gelöst, stand auf und sprach die Frauen an: „Herzlich willkommen, die Damen! Wie kann ich euch helfen?", fragte er auf Persisch.

Die Frau in dem einfachen Gewand antwortete: „Danke. Meine Herrin würde sich nur gerne umsehen."

Sie war also die Dienerin der anderen, dachte Feridun. Er erinnerte sich daran, sie schon einmal gesehen zu haben, bis er sich schließlich erinnerte: sie hatte auf dem Platz übersetzt, als die Rus ihren Sieg verkündet und den Statthalter Bardas hingerichtet hatten. Die Frau sprach ordentlich Persisch, aber mit einem Dialekt, den Feridun hier schon öfters gehört hatte. Das hatte auch Abas offensichtlich bemerkt, denn er sprach die Frau nun in einer anderen Sprache an, die Feridun nicht verstand, während die Angesprochene erfreut schien, diese Sprache zu hören und sie ihrerseits erwiderte. Der Junge sah die beiden fragend an.

„Das ist Chasarisch", erklärte Abas ihm halb zugewandt. „Sie ist Chasarin, genau wie meine Mutter." Die beiden wechselten einige Sätze, wobei Abas sich zusehends entspannte. Rutbil nutzte die Zeit, um sich demonstrativ schützend neben Feridun aufzubauen.

In der Zwischenzeit hatte die andere Frau, die Kriegerin, ohne sich um die Anwesenden zu kümmern, begonnen, die ausgestellten Schwerter zu prüfen. Abas verfolgte ihre Bewegungen kritisch. Die Dienerin beruhigte ihn mit Worten, die Feridun nicht verstand. Der Blick der Kriegerin glitt über die vielen Rüstungen, Schilde, Äxte und Dolche. Schließlich wurde sie auf das ganz hinten liegende Schwert mit der Aufschrift +VLFBERHT+ aufmerksam. Sie streckte ihren Arm aus, um die Waffe an sich zu nehmen und stellte dann an ihre Dienerin gewandt eine Frage, die diese übersetzte. Der Kaufmann nannte daraufhin einen Preis, soviel verstand Feridun. Die beiden hatten offenbar begonnen, zu handeln. Die Kriegerin schüttelte ihren Kopf, ließ das Schwert nicht aus der Hand, sah sich aber weiter im Laden um. Schließlich trat sie zu dem Jungen an den Spieltisch. Rutbil beachtete sie gar nicht. Zu ihrer Dienerin gewandt fragte sie etwas, das nach „Nefa Tafl" klang.

Diese nickte und sagte: „Skaktafl – Schach".

Die Kriegerin murmelte etwas und deutete auf Feridun, wobei sie ihm kurz zulächelte. Die Dienerin übersetzte, diesmal wieder ins Persische: „Meine Herrin erlernt gerade das Schachspiel", erklärte sie. „Im Norden haben sie ein ganz ähnliches Spiel, das sie Hnefatafl nennen und meine Herrin ist nicht ohne Talent. Sie fragt, ob du auch Schach spielst."

Feridun bejahte.

„Dann würde sie gerne mit dir spielen."

181

Rutbil wollte eingreifen, aber Feridun sagte bereits: „Gerne, warum nicht? Ich heiße übrigens Feridun."

„Ich bin Zizak. Und meine Herrin heißt Wigbjorg."

Das ungleiche Paar, die Kriegerin aus Gardariki und der Junge aus Tus, nahmen an dem kleinen Tisch Platz und stellten die Figuren neu auf. Feridun erklärte dabei gleich die persischen Namen der Spielfiguren, indem er darauf zeigte: „Schah", sagte er, „Minister, Elefant, Pferd, Streitwagen und Fußsoldat", während die fremde Frau aufmerksam zuhörte und nickte. Zizak übersetzte seine Kommentare auch während des Spiels.

Die Kriegerin war nicht schlecht, kannte die Regeln gut, hatte aber lange nicht Feriduns Erfahrung im Schachspiel, wie er stolz feststellte. Aber sie nahm es gelassen. Sie lächelte selbst, als der Junge ihren König schachmatt setzte. *„Schah mat"*, verkündete er: „Der König ist besiegt."

„Wigbjorg fragt dich, ob du morgen wieder mit ihr spielen möchtest?", übersetzte Zizak ihre letzte Frage.

Obwohl Rutbil im Hintergrund vehement den Kopf schüttelte, antwortete Feridun umgehend: „Gerne, warum nicht? Bis morgen dann, Wigbjorg!"

„Bis morgen, Feridun", antwortete Wigbjorg auf Persisch.

Die beiden trafen sich von nun an jeden Tag zum Schachspiel in Abas' Laden, jeweils begleitet von ihren jeweiligen Dienern Zizak und Rutbil, die ihrerseits mit einem regen Austausch an Geschichten begonnen hatten. Am Anfang war Babak noch selber mitgekommen, der von den Treffen zunächst alles andere als begeistert gewesen war. Aber Feridun hatte ihn davon überzeugen können, dass es nur von Vorteil sein könne, Freundschaft mit einer Rus zu schließen, und dass es überdies seinem Schachspiel gut täte, wenn er zur Abwechslung die Rolle des Lehrers übernähme. Alles in Allem, entschied Babak, nachdem er die beiden beobachtet hatte, gab es an dieser Übereinkunft nichts auszusetzen.

Bei einem der folgenden Spiele, zu dem sie sich trafen, wirkte Wigbjorg jedoch fahrig und unkonzentriert, machte einige unnötige Fehler, und verlor gleich zu Anfang viele Figuren. Schließlich zog sie mit einem ihrer Elefanten eine gerade Linie statt einer Diagonalen, um Feriduns Shah in Bedrängnis zu bringen.

„Das ist ein ungültiger Zug", korrigierte er sie. „Elefanten können nur schräg laufen."

Wigbjorg war ungehalten. Mit einer schnellen Bewegung fegte sie einige Figuren vom Brett auf den Fußboden. „Wir sind die Sieger", sagte sie barsch. „Die Regeln machen wir."

Rutbil war an den Tisch getreten, aber Zizak hielt ihn mit einer beschwichtigenden Geste zurück. Feridun blieb gelassen, als er sah, dass Zizak zwar eine Augenbraue hob, sich aber nicht fürchtete. „Die Regeln gehören euch nicht, denn sie sind viel älter als ihr, als wir alle", entgegnete er. „Schon der legendäre General und Wesir Bosorgmehr spielte Schach, so wird erzählt. Mein Vater erzählte mir Geschichten über ihn. Und ihr? Was erzählt ihr euren Kindern? Nur blutige Geschichten?"

Wigbjorg schien ihren plötzlichen Wutausbruch aufrecht zu bedauern: „Vielleicht hast du Recht. Die Regeln müssen bleiben, sonst gibt es kein Schachspiel mehr. Vielleicht sollten wir von euch nicht nur dieses Spiel lernen, sondern auch andere Regeln. Und vielleicht sollten wir nicht nur Waren tauschen, sondern eines Tages auch Geschichten. Denn auch wir haben viele Geschichten. Manche sind blutig, andere weniger. Viele sind sogar lustig. Aber geht es uns dann nicht wie mit dem Schach, das aufhört Schach zu sein, wenn wir die Regeln ändern? Es bleibt dabei: Wir sind die Sieger, aber Schach ist nur ein Spiel. Spielen wir weiter!"

„Das Schachspiel ist wie das Leben, auf dem das Schicksal spielt."

Beim Herunterfallen war eine der weißen Spielfiguren aus Quarz zerbrochen, ein *Ruch*, ein Streitwagen. Als sie sich schon am folgenden Tag zum nächsten Mal trafen, sagte Feridun: „Ich habe die Figur des Streitwagens ersetzt durch eine neue. Ich nenne sie Wigbjorg, weil die Spielfigur stark und schnell ist. Aber auch ein Streitwagen kann brechen."

„Ich weiß. Als Händler zahlen wir mit Fellen, als Krieger mit Blut. Beides ist ehrenhaft."

Mittlerweile hatte Wigbjorg sich auch mit Abas geeinigt und das beschriftete Schwert erstanden. Unter Preis, wie der Kaufmann zerknirscht berichtete, aber er war froh, dass sie überhaupt zahlte und sowieso habe er in diesen Tagen ja kaum Kundschaft. Außerdem habe sie ihm als Teil der Bezahlung eine Landkarte gegeben, die leider etwas fleckig, dennoch nicht ohne Wert sei. Eines Tages könne er vielleicht einen guten Preis dafür erzielen.

„Eine Landkarte?", hakte Feridun gleich nach.

„Ganz genau."

„Haben die Nordmänner denn eigene Landkarten?"

„Das weiß ich nicht, ich habe zumindest noch nie davon gehört, aber die hier stammt, soweit ich es erkennen kann, aus Baghdad."

„Kann ich sie sehen?"

„Aber sicher doch." Abas holte die Karte und breitete sie vor dem Jungen aus.

Der betrachtete sie mit gerunzelter Stirn. „Wo sind wir?", fragte er.

„Hier." Der Kaufmann zeigte auf den Punkt, neben dem winzig klein ‚Barda' geschrieben stand. „Und das Grüne hier ist das Chasarische Meer. Das ist die Kura. Verstehst du?"

Feridun drehte die Karte ein wenig und beugte sich über die kleinen Schriftzeichen. „Hier ist Tus", verkündete er schließlich triumphierend, während er auf einen weiteren Punkt deutete. „Von hier kommen wir."

„Die Karte zeigt ganz Persien und Mesopotamien, dazu das Reich der Römer von Stanbul, das Land der Chasaren, aus dem meine Mutter stammte, und die Länder weiter im Norden, wo die Petschenegen und andere Reitervölker leben, und darüber hinaus, bis hin zu den Ländern der Riesen."

Feridun war schon wieder in die Beschriftung der einzelnen Städte vertieft und fuhr mit dem Finger die Route nach, die sie von Tus aus genommen hatten. „Hier", murmelte er, „Nischapur, dann Damghan, hier in den Bergen wurde das Ungeheuer Zahak angekettet, danach Rey, Karadsch, Qazvin, hier ist Rascht, schließlich das Meer, der Überfall durch die Straßenräuber, dann Ardabil und schließlich Barda." Dann studierte er penibel all die anderen Gegenden, die er nicht bereist hatte und malte sich Geschichten aus von fernen Königreichen und ihren Helden, von Monstern, die besiegt werden mussten, und Städten, die gegen Feinde verteidigt wurden, von Söhnen und Vätern, Prinzen und Prinzessinnen, hinterhältigen Verrätern und treuen Freunden. Die Karte faszinierte den Jungen so sehr, dass er darum bat, am nächsten Tag wiederzukommen, um sie sich abzuzeichnen.

4

Die kleine Zitadelle von Barda war nicht groß genug, um allen Eroberern komfortabel Platz zu bieten. Das musste sie auch nicht, denn die Rus benutzten die gesamte Stadt als Hauptquartier und als Stützpunkt für Plünderungen in den angrenzenden Gebieten. Immer wieder zogen Gruppen von Kriegern wie eine Heimsuchung für mehrere Tage entweder flussaufwärts oder landeinwärts und kehrten stets schwer bepackt mit Kriegsbeute zurück. Für ihre Ausfälle ins Landesinnere hatten sie alle reittauglichen Pferde in der Stadt konfisziert, was selbstverständlich zu großem Unmut bei ihren ursprünglichen Besitzern führte. Um sie zu besänftigen, wies Sveneld an, ihnen einen kleinen, aber dennoch nicht ganz unbeträchtlichen Anteil an der Beute der ersten Raubzüge auszuzahlen. Im Vergleich zu dem, was die Rus anhäuften, waren es geringe Summen und Sveneld zog es vor, die Bardaner nicht unnötig zu verärgern. Die oghusischen Piraten, die mit ihnen von den der Stadt Itil vorgelagerten Inseln hierher gekommen waren, zogen es vor, die Kura entlang auf ihren Schiffen auf Beutezug zu gehen. Gleichzeitig konnten Yabghu und seine Männer in Mubaraki auf die Schiffe der Rus aufpassen – gegen Bezahlung, versteht sich.

Viele der Rus, die dauerhaft in Barda zu bleiben gedachten, hatten sich mittlerweile in den Karawansereien und Gasthäusern, aber auch in einigen der schönsten Privathäusern der Stadt einquartiert. Deren Besitzer waren alles andere als zufrieden mit der Situation, sahen aber keine Möglichkeit, sich von der Präsenz der Besatzer in ihren eigenen vier Wänden zu befreien. Sveneld hatte angeordnet, die Rechte der Einwohner weitgehend zu respektieren und die meisten hielten sich auch daran. Ausgerechnet Drifa scherte das Abkommen mit den Bardanern herzlich wenig. Sie hatte es sich in den Kopf gesetzt, ihr Lager just in eine Moschee zu verlegen und war durch nichts und niemanden von ihrem Vorhaben abzubringen. Ihr gefiel das Gebäude mit der hohen Decke, den Ornamenten, den weichen Teppichen und den Sonnenstrahlen, die durch bunte Glasfenster hineindrangen. Angeblich beflügelte das Licht ihre seherische Gabe. Nicht zuletzt war es in der Moschee angenehm kühl.

„Das werden die Leute nicht dulden", prophezeite Zizak mit ernster Stimme. „Wenn sie das tut, gehen die Leute auf die Straße, egal wie sehr Sveneld ihnen mit Gewalt droht. Und sie werden Drifa töten."

„Na, da kann ich ihnen nur viel Erfolg wünschen! Aber so weit wird es schon nicht kommen", wiegelte Wigbjorg ab. „Es gibt noch genügend andere Gotteshäuser, oder?"

„Du verstehst das nicht. Diese Orte sind den Gläubigen wirklich heilig. Drifa wird dort ihre Götterbilder schnitzen und irgendwelche Rituale abhalten und womöglich auch noch Hähne opfern."

„Dann soll sie das halt woanders tun!"

„Genau das haben Sveneld und Haraldr ihr auch gesagt. Glaubst du, sie hört auf deren Rat?"

„Drifa? Hören? Nein, ganz bestimmt nicht. Eher reißt sie hunderte von Menschen in den Tod."

187

„Sie ist mir unheimlich."

„Sie ist allen unheimlich, genau deswegen gibt sie sich so, wie sie sich eben gibt, in ihrem völlig bescheuerten Tigerfellmantel. Aber ich traue ihrem Theater nicht. Sie weiß ganz genau, was sie tut, und ich frage mich schon die ganze Zeit, was sie eigentlich vorhat."

„Die Leute hier sagen, sie sei von Dämonen besessen oder sie selber sei sogar ein Dämon. Ich höre die Leute über sie reden. Manche sagen, sie habe einen Tierschwanz, darüber hinaus verstecke sie Hörner unter ihrer Kappe. Die weiße Dämonin, so nennen sie sie."

„Du weißt, dass sie genauso wenig eine Dämonin ist wie du oder ich. Sie drückt sich mit ihrem Getue um die Arbeit, wenn du mich fragst und macht sich wichtig. Und irgendwann wird ihr die Macht, die sie jetzt schon ausübt, nicht mehr genug sein. Sie wird mehr wollen."

„Warum hören Sveneld und Haraldr dann auf sie?"

„Sie sind leichtgläubig. Gute Anführer, aber leichtgläubig. Wie die meisten Männer."

Zizak lachte auf. „Hast du übrigens gehört, dass der oberste Imam der Stadt zu Sveneld gekommen ist und versucht hat, ihn zu bekehren?"

„Zu was zu bekehren?"

„Zu seinem Glauben, zum Islam! Ich habe für ihn übersetzt, deswegen weiß ich es. Er hat Sveneld von ihrem Propheten erzählt und von Gott und dem Paradies nach dem Tod. Und dass sie euch hier akzeptieren würden, wenn ihr alle zu seiner Religion übertreten würdet."

„Und? Geht das überhaupt? Und was ist dieses Paradies?"

„Das ist wie Walhall, nur ohne Kämpfen."

„Klingt in Ordnung."

„Hör zu! Sveneld fand die Erzählungen des Imams erst ganz interessant. Aber dann hat ihm der Imam gesagt, als Muslime dürften sie kein Bier oder Met mehr trinken. Du kannst Dir nicht vorstellen, wie schnell Sveneld den Mann wieder vor die Tür gesetzt hat!"

„Doch, das kann ich mir lebhaft vorstellen!", sagte Wigbjorg lachend. Die beiden Frauen kehrten gerade von einer weiteren Schachstunde im Geschäft des Kaufmanns Abas zurück.

„Der Junge gefällt mir", hatte Wigbjorg ihrer Dienerin zuvor erklärt. „Er ist höflich, nimmt aber kein Blatt vor den Mund." Sie zog ihren Waffengürtel fester, an dem nun stets das Ulfberht-Schwert hing, das sie gegen die Karte und ein paar ihrer erbeuteten Goldmünzen eingetauscht hatte. Die Männer hatten sie wegen ihrer Karte verlacht, wegen des Schwertes würden sie es nicht tun. *Diese Männer*, dachte sie, *sind verbohrt und lassen nichts Neues an sich heran.* Wigbjorg dagegen hatte ihre Neugier an sich entdeckt. Heute zum Beispiel hatte sie mit Hilfe von Zizaks Übersetzung den Aufpasser des Jungen, Rutbil, befragt. Sie hatte herausgefunden, dass der Mann aus einem Land viele Tagesreisen weit im Osten kam, was ihre Neugier angefacht hatte. Und so hatte sie nachgefragt: „Gibt es bei euch Riesen, die euch um das Doppelte übertreffen? Oder habt ihr von solchen Wesen schon gehört?"

Der Afghane hatte den Kopf geschüttelt. „Nicht dass ich wüsste. Nicht bei uns. Ihr Rus seid die größten Menschen, die ich je gesehen habe. Aber ich habe gehört, dass es vor langer, langer Zeit Riesen gegeben haben soll. Und manchmal erzählt man sich, dass es sie hoch im Norden noch geben soll, dort, wo ihr herkommt. Wir nennen sie Diw."

„Diw? Wie einen Dämon? Wie Diw-e Sepid?"

„Genauso. Dämonen sind riesig. Du hast von unserem Spitznamen für eure Zauberin gehört?"

Wigbjorg hatte die Frage bejaht.

Rutbil hatte im Gegenzug weitergefragt: „Gibt es denn bei euch Riesen? Und warum fragst du ausgerechnet mich?"

„Es heißt, weit im Osten gebe es ein Land, Utgard, in dem Riesen leben. Sie würden von einem König namens Utgard-loki beherrscht. Hast du diese Namen schon einmal gehört?"

„Utgard-was? Nein. Im Norden, wo es immer kalt ist, vielleicht, aber nicht bei uns. Bei uns leben Menschen."

Feridun hatte der Unterhaltung mit großem Interesse zugehört. „Ich glaube, Riesen leben immer an den Orten, von denen man nichts weiß."

„Da hast du etwas ganz Schlaues gesagt", hatte Zizak ihm geantwortet.

Eben jene Unterhaltung ließ sich Wigbjorg wieder durch den Kopf gehen, als sie nun mit Zizak durch die Straßen in Richtung des Hammams ging. Sie hatte diese Einrichtung in den vergangenen Wochen schätzen gelernt.

„Hier kann man es gut aushalten", seufzte sie beim Anblick des Badehauses. „Ich würde gerne hier bleiben."

„Du willst in Barda bleiben?", fragte Zizak sie überrascht. Eigentlich war sie davon ausgegangen, dass es Wigbjorg zurück nach Kænugard zog.

„Vielleicht. Warum auch nicht? Wenn nichts dazwischen kommt. Ich werde es mir zumindest überlegen."

„Ich dachte, du wolltest heimkehren und den Platz deines Onkels einnehmen?"

Wigbjorg wandte sich zu ihr um und sah ihr ins Gesicht. „Ich hatte in den letzten Wochen viel Zeit zum Nachdenken. Irgendwann wird es Zeit, seinen Platz zu finden und sich zur Ruhe zu setzen. Ich habe mir überlegt, dass ich als Händlerin bessere Chancen habe, als Frau ernst genommen zu werden, als im Rat in Kænugard."

„Das heißt, ich bleibe auch hier." Zizak hatte nicht gefragt, sie hatte es festgestellt.

„Möchtest du das denn?"

„Was glaubst du? Hier bin ich näher bei meinen Leuten. Es gibt Bäder und anständiges Essen. Und vielleicht kann ich eines Tages sogar in meine Heimat zurück." Mit diesen Worten nahm Zizak die wenigen Stufen, die zum Eingang des Hammams führten und hielt Wigbjorg die Tür auf.

Nur wenige Tage später stand Haraldr neben Sveneld auf der Stadtmauer. Es war Nachmittag, einer der hoffentlich letzten heißen Tage dieses Spätsommers. Es hatte lange nicht geregnet und das Land war trocken und staubig. Der feine Staub wurde vom Wind aufgewirbelt, drang überall ein, trocknete die Haut aus und verkrustete die Nasenlöcher. Haraldr war gerade wieder dabei, sich die Kruste aus der Nase zu pulen. Doch neuer Staub würde in Windeseile nachkommen. Und eben eine solche Staubwolke hatte die beiden Männer an diesem Nachmittag auf die Stadtmauer geführt. Es war eine ungewöhnlich große Wolke davon, die hinter den Hügeln zu sehen war, konzentrierter, als die übliche Dunstglocke, die sich bei manchem Wetter über die Landschaft legte, und sie bewegte sich. Einer der Krieger, der an diesem Tag auf der Mauer als Wachposten eingeteilt war, hatte sie darauf aufmerksam gemacht und die beiden Anführer waren im Nu auf einen der Befestigungstürme geeilt. Dort standen sie nun und sahen auf die gelblich-braune Staubwolke herab, deren Ursache allmählich sichtbar wurde.

„Da ist eine ganze Armee im Anmarsch", stellte Haraldr nüchtern fest.

Sveneld stimmte ihm zu. „Das dürften tausende Soldaten sein."

„Aber wir haben die Stadt mit ihrer Befestigung. Wir werden Barda halten, kein Problem!"

„Das sollten wir besser."

„Denk daran: Wir haben Geiseln. Eine ganze Stadt voll. Kannst du ihre Standarte erkennen?"

„Wahrscheinlich mehr Soldaten aus Ardabil, von ihrem König geschickt. Er will seine Stadt zurück."

Die Truppen Marzubans begannen, rund um die Stadt ein Lager zu errichten, in ausreichender Entfernung, um vor Pfeilen geschützt zu sein, aber nah genug, um mit ihren Leuten den Kreis um die Stadt vollständig schließen zu können. Sie arbeiteten schnell, befestigten ihr Lager mit Gräben, Erdhügeln und Palisaden. Offensichtlich waren sie gut geübt in dem, was sie taten. Die zweite Belagerung Bardas in diesem Jahr hatte begonnen.

١٧

Eine aufgebrachte Menschenmenge wälzte sich wie eine
Sturmflut durch die Straßen und Gassen Bardas. Die Männer
und Frauen reckten ihre Fäuste und skandierten laut wütende Parolen. Einige waren mit Knüppeln, Stöcken und sogar
Messern bewaffnet, viele trugen Steine in der Hand. Bis jetzt
hatten die Drohungen der Eroberer ihre Wirkung nicht ver-
fehlt, aber nun hatte sich etwas geändert. Schon lange hatte
es in der Stadt langsam, aber unaufhaltsam gegärt; die erneute Belagerung zehrte an Nerven und Vorräten, aber diese
grausige Zauberin mit ihrem Stab hatte das Fass schließlich
zum Überlaufen gebracht. Augenzeugen berichteten von
Drifa, die sich zum Unmut der Muslime der Stadt in einer
der schönsten und ältesten Moscheen eingerichtet und dort
ihre holzgeschnitzten Götzenstatuen aufgestellt hatte, dass
sie ihnen in dem Gotteshaus nicht nur Hähne, sondern auch
ein Ferkel geopfert und dessen Blut verspritzt hatte. Der
Skandal war perfekt, die Nachricht verbreitete sich wie ein
Lauffeuer durch die Stadt, wobei sie zunehmend ausgesch-
mückt wurde. Am Ende waren es ganze Schweineherden
oder sogar Menschen, die angeblich den Göttern der Nordmänner oder den Schlangen, die angeblich aus ihren Schultern oder – einer neuen Version zufolge – wie ein Tierschwanz aus ihrem Rückgrat wuchsen, geopfert worden wa-

ren, aber das machte auch kaum mehr einen Unterschied. Egal, welche Version sie gehört hatten, in diesem Punkt waren sich alle Einwohner Bardas, gleich welcher Religion, einig: die Seherin war zu weit gegangen. Und der schon lange schwelende Zorn brach sich seine Bahn. Es waren die einfachen Bürger der Stadt, die Handwerker, Hilfsarbeiter und Lebensmittelverkäufer, die es in ihrer Wut auf die Straßen gezogen hatte. Die reichen Kaufleute hingegen hatten sich in ihren Häusern und Geschäften verbarrikadiert. Vorneweg, noch vor den Geistlichen, die den Zug anführten, und mit am lautesten brüllend, ging natürlich der Schmied Kaveh, immer noch in seine Lederschürze gekleidet und seinen Streitkolben schwenkend. Die Menge war auf dem Weg zur besagten Moschee und beschimpfte die Rus, die sie unterwegs antrafen, welche wiederum ihre Schwerter zückten. Noch war es nicht zu tätlichen Angriffen gekommen, zu fokussiert war die Menge darauf, die Zauberin selber zu fassen, aber lange würde der Marsch nicht mehr friedlich bleiben. Schon bald flogen die ersten Steine. Während die Nordmänner versuchten, sich auf die Steinewerfer zu stürzen, wurden diese von der Menge geschützt, was erst zu unzähligen Handgemengen, dann zu bewaffneten Scharmützeln und schließlich zu ausgewachsenen Straßenschlachten führte. Die Bardaner waren in der Überzahl, doch die Rus waren ihnen an Kampferfahrung bei Weitem überlegen. Rutbil, der sich die Ereignisse bis zu diesem Zeitpunkt aus sicherer Entfernung angesehen hatte, flüchtete jetzt in die Seitengassen, um über Umwege zurück in die Herberge zu Babak und Feridun zu gelangen, die im Innenhof des Hauses auf ihn warteten.

„Eine Revolution, eine Schlacht, da draußen findet ein Gemetzel statt", erklärte er ihnen, gleichzeitig nach Atem und nach Worten ringend.

„Wie entsetzlich!", rief Feridun entsetzt.

„Wer gewinnt?", fragte sein Vater deutlich ruhiger.

„Ich weiß es nicht", entgegnete Rutbil. „Die Rus sind skrupellos, hacken auf jeden ein, der im Wege steht, Frauen, Männer, Kinder, Alte, egal. Viele Menschen flüchten sich in die Häuser."

„Also behalten die Rus die Oberhand", stellte Babak fest.

„Ich sagte doch, ich weiß es nicht. Der harte Kern ist noch unterwegs zu dieser Moschee. Wer weiß, was dort geschehen wird?"

„Was sollen wir machen?" Feridun sah abwechselnd zu seinem Vater und zu Rutbil.

Es war Babak, der antwortete: „Wir machen erst einmal gar nichts. Wir bleiben hier und warten ab, wie die Dinge sich entwickeln. Und sobald wir können, machen wir, dass wir hier wegkommen. Das hätten wir schon viel früher tun sollen. Du hattest Recht, Rutbil."

Unterdes war das Gros der Demonstranten an seinem Ziel angelangt. Sveneld, Haraldr und zwei Dutzend andere Krieger hatten sich vor dem Eingang der Moschee aufgebaut. Drifa stand ausnahmsweise nicht in der ersten Reihe; sie hatte sich vor dem Ansturm zurückgezogen. Ihr weißblonder Schopf unter ihrer hohen Kappe war hinter den Kriegern in der Tür des Gebäudes zu erkennen. Kaveh spuckte aus, als er sie sah.

„Halt!" Svenelds durchaus nicht leise Stimme vermochte sich kaum gegen den Lärm durchzusetzen, den die Demonstrierenden veranstalteten. Dennoch hielt die Menschenmenge an, und sei es nur, weil sie an ihrem Ziel angekommen war. Kaveh und die Geistlichen sahen sich Auge in Auge den Anführern der Rus gegenüber stehen.

„Was wollt ihr?", fragte Sveneld. Er hatte inzwischen einen weiteren Übersetzer gefunden, Gleb, einen großen, mit dem Alter etwas in die Breite gegangenen Waräger, der schon seit einiger Zeit in Barda lebte, Handel trieb und die arranische Sprache beherrschte. Gleb wiederholte die Frage in der Sprache der Bardaner mit seiner sonoren Stimme, obwohl man ihm ansah, dass er sich unwohl in seiner Haut fühlte, und übersetzte deren Antworten.

Mehrere Männer erhoben gleichzeitig die Stimme, aber schließlich war es der Imam, der das Wort führte. Es war der gleiche Mann, den Sveneld vor einigen Tagen vor die Tür gesetzt hatte: „Wir wollen die Zauberin. Sie hat mit ihren heidnischen Riten unseren heiligen Ort beschmutzt."

„Dafür möchten wir uns entschuldigen. Es geschah gewiss ohne Absicht. Aber wir werden niemanden der Unsrigen ausliefern."

„Wir wissen eure Entschuldigung zu schätzen, aber sie ist uns nicht genug. Wir wollen die Übeltäterin bestraft sehen."

„Das ist leider nicht möglich. Wie gesagt, wir werden niemals…"

Sobald Gleb den ersten Satz übersetzt hatte, schwoll der wütende Lärm der Menschenmenge wieder an. Es war klar, dass sie so leicht nicht zu besänftigen sein würde. Haraldr trat vor, um die Worte Svenelds zu unterstreichen. Dabei sah er den Anführern der Aufständischen in die Augen, einem nach dem anderen. Doch dann machte er einen gewaltigen Fehler: er zog sein Schwert. Das hatte genau die gleiche Wirkung, als habe er zum Angriff gerufen, allerdings nicht bei seinen eigenen Leuten. Die Menge setzte sich wieder in Bewegung, Kaveh voraneweg, der sich mit seinem Streitkolben auf Haraldr stürzte. Dieser stach zu, rutschte jedoch mit seinem Schwert an der schweren, durch jahrelangen Gebrauch vor dem Amboss hart gewordenen Lederschürze ab und schaffte es nicht mehr rechtzeitig, sein Schwert wieder hochzuziehen. Der Schmied schlug mit seiner Keule so hart zu, dass Haraldrs Schädelknochen laut und für die Umstehenden vernehmlich knackten. Es war ein grässliches Geräusch. Leblos sackte Haraldr in sich zusammen.

Die übrigen Nordmänner hatten in dem Moment, in dem die Menge erneut auf sie zuströmte, ebenfalls ihre Waffen gezogen. Mehrere Männer stürzten sich auf die anderen Anführer. In wenigen Augenblicken war die Treppe vor der Moschee von Scharmützeln übersät, Zweikämpfe zunächst, die sich in Windeseile zu Straßenschlachten entwickelten. Die Bardaner waren den Rus zahlenmäßig überlegen, letztere aber waren die erfahreneren Kämpfer. Viele der Protestierenden hatten sich nur provisorisch bewaffnet, oftmals nur mit Werkzeugen, Stöcken oder Steinen. Obwohl sie in der Unterzahl waren, gewannen die Rus im Laufe des Tages die Oberhand. Es gelang ihnen unter massivem Einsatz von Gewalt, den Aufstand in den Straßen Bardas niederzuschlagen.

Rutbil, der an diesem Abend von seinem letzten Erkundungsgang in den Straßen der Stadt zurückgekehrt war, berichtete Babak und Feridun von den Ereignissen.

„Der Aufstand ist niedergeschlagen?", wiederholte Babak dessen vorangegangenen Satz. „Nach deinen Berichten scheint mir ‚niedergemetzelt' der passendere Begriff zu sein."

Rutbil nickte. „Ich habe niemals zuvor Menschen so wüten sehen. Diese, diese Eindringlinge sind außer sich vor Wut. Keiner kann sagen, wie viele Tote es gegeben hat. Hunderte wahrscheinlich. Die Anwohner haben gerade erst angefangen, die Toten und Verletzten von den Straßen zu schaffen. Überall suchen Menschen nach ihren Angehörigen. Es ist schrecklich!"

„Tote auf den Straßen? Hunderte?" Feridun war ernsthaft erschrocken. Er versuchte, sich die von Rutbil beschriebenen Szenen vor Augen zu führen, aber er konnte sich so viel Leid nicht vorstellen. Und das sollten Wigbjorgs und Zizaks Leute getan haben? „Sind wir auch in Gefahr, *Agha*?", fragte er seinen Vater.

„Im Moment nicht", beruhigte dieser ihn, obwohl er sich selber gar nicht so sicher war.

„Und die weißhaarige Zauberin?", erkundigte sich der Junge. „Was ist mit ihr? Haben sie sie erwischt? Wegen ihr hat es doch angefangen, oder?"

„Wie ich hörte, ist sie entkommen. Hat sich gleich verkrochen, sagt man. Aber diesen Schmied, den mit der Keule, den haben die Nordmänner gefangen genommen, zusammen mit den Geistlichen, die den Protestzug angeführt haben. Angeblich hat er einen ihrer Anführer erschlagen."

Feridun hob erschrocken die Hand zum Mund. „Was werden sie nun mit ihnen machen?"

„Das kann man sich denken, oder?" Rutbil fuhr sich mit der Daumenspitze quer über den Hals.

„Und was sollen wir jetzt tun? Sollten wir nicht fliehen? Lass uns hier weggehen, jetzt sofort!", sagte Feridun an seinen Vater gewandt. Er hatte jetzt wieder richtige Angst, die sich in seinen entsetzten Augen spiegelte, zum ersten Mal seit Wochen.

„Wie denn? Wir können nur abwarten, bis sich die Lage beruhigt hat. Und dann, sobald sich eine Möglichkeit ergibt, sollten wir in der Tat so schnell wie möglich weg von hier."

Doch so einfach sollte es für sie nicht werden. Schon am nächsten Mittag, noch bevor die meisten der tags zuvor Getöteten von ihren Familien gefunden, gewaschen und für die Bestattung hergerichtet werden konnten, wurde ein neuer Erlass verkündet und ging von Haus zu Haus und von Mund zu Mund: Die Eroberer wollten Rache! Rache für den Aufstand, Rache für den Ungehorsam, Rache für die Toten. Alle Einwohner von Barda hatten drei Tage Zeit, ihre Sachen zu packen und die Stadt zu verlassen, allerdings nur gegen ein hohes Lösegeld in Form einer beträchtlichen Geldsumme oder des gesamten Besitzes samt Haus und Einrichtung. Wer nicht bereit oder in der Lage war, es zu zahlen, würde gefangen genommen, hingerichtet oder in die Sklaverei verkauft werden.

„Aber meinen die das ernst?" Feridun konnte gar nicht fassen, was er da gehört hatte. Das konnte doch alles nicht wahr sein!

Sein Vater saß zusammengesunken auf einem Kissen. Er sah viel älter aus, als Feridun ihn jemals gesehen hatte. „Ich fürchte ja."

„Aber wir haben hier gar kein Haus und keine Einrichtungsgegenstände, die wir ihnen überlassen können!"

„Und auch nicht genug Geld."

„Es reicht wirklich nicht, *Agha*?"

Babak schüttelte den Kopf.

„Was ist mit all den Sachen, die du gekauft hast, um sie mit nach Hause zu nehmen."

„Das sind alles Güter, die es hier im Überfluss gibt. Sie stammen teils von den Nordmännern selber. Das wird sie nicht zufriedenstellen." Er fuhr sich mit der Hand über das Gesicht. Er sah schrecklich müde aus, dachte Feridun, bevor er seinen Vater sagen hörte: „Ach, wären wir doch bloß schon geflohen, als wir die ersten Gerüchte hörten!"

Die Dreitagesfrist war schnell verstrichen. Babak war zusammen mit Rutbil zu den Rus gegangen, hatte Angebote gemacht, zu handeln versucht und schließlich gebettelt, aber wie befürchtet reichten ihre Ersparnisse und Besitztümer in Barda nicht aus, um sich freizukaufen. Sie erwägten die Flucht, aber die Stadttore waren rund um die Uhr auf das Strengste bewacht. Nur wer das hohe Lösegeld aufbringen konnte, wurde aus der Stadt gelassen. Die reichen Händler, die neben dem geforderten Lösegeld auch ihre eigenen Lasttiere besaßen, darunter auch der Kaufmann Abas, hatten Barda zusammen mit ihren Familien und Dienern in langen Karawanen verlassen. Jedes ihrer Packtiere wurde einzeln auf blinde Passagiere und besonders wertvolle Gegenstände überprüft. Außerhalb der Stadttore stießen die Flüchtigen auf die Truppen Marzubans, die Barda noch immer belagerten, wenn auch – aufgrund der angespannten Lage in anderen Teilen des Landes – recht halbherzig. Außer dass die Lebensmittel in der Stadt wieder einmal immer knapper wurden, hatte die Belagerung keinen großen Einfluss auf die Situation in der Stadt. Immer wieder schafften es Gruppen von nordischen Kriegern mit einer Mischung aus waghalsigem Mut, Überraschungseffekt und unverschämtem Glück die

Belagerungsreihen zu durchbrechen und Dörfer in der Umgebung zu plündern und so und wichtige Versorgungsgüter in die Stadt zu schaffen. Marzuban hatte zwischenzeitlich einen Teil seiner Truppen abziehen lassen, um an irgendeiner anderen Front im Süden zu kämpfen, einen Aufstand niederzuschlagen oder Ähnliches. So genau konnte das keiner der Soldaten vor den Stadtmauern sagen. Der Herrscher von Arran hatte zuletzt seinen Sohn geschickt, um die Belagerung fortzusetzen und dieser führte nun das Kommando über die verbliebenen Belagerungstruppen. Für die Menschen innerhalb der Stadtmauern änderte das nichts. Wer sich jetzt noch in der Stadt befand, und das waren viele, konnte nur hoffen. Sie versuchten sich zu verstecken. Manche hingegen wehrten sich, kämpften mit der Kraft ihrer Verzweiflung, und wurden im Gegenzug gnadenlos niedergemetzelt.

Auch Feridun, Babak und Rutbil hatten versucht, sich in einer kleinen Kammer auf dem Dach des Hauses, in das sie sich eingemietet hatten, zu verstecken: eine Dachluke führte zu einem kleinen hölzernen Verschlag, der sich auf dem Hausdach befand. Es war nutzlos geblieben: die Patrouillen der Rus, die von Haus zu Haus gingen und jedes Gebäude durchsuchten, hatten sie im Handumdrehen gefunden. Fast jedes Haus besaß eine solche Dachkammer; wahrscheinlich war die Wahl des Verstecks nicht die geschickteste gewesen. Aber was hätten sie sonst tun können? Krieger mit Schwertern hatten sie aus ihrem Unterschlupf brutal die Treppe hinab getrieben. Feridun hatte sich an die Hand seines Vater geklammert, die er um nichts in der Welt loslassen wollte. Mit einem strengen Blick hatte Babak seinen Diener Rutbil, der schon die Faust geballt hatte, davon abgehalten, sie mit Gewalt zu verteidigen wollen, hätte der Kampf doch mit dessen sicheren Tod geendet. Zusammen mit hunderten anderer ebenso verängstigter Gefangener, von denen die Rus sich noch Lösegeld erhofften, wurden in die Festung gebracht und dort in eine Reihe von Zimmern im obersten Stockwerk gesperrt. Und wieder hieß es: „Ihr könnt euch freikaufen. Ihr oder eure Familien zuhause. Wir haben Zeit. Aber wer nicht zahlt, stirbt."

Um die Mauern der Festung heulte ein inzwischen herbstlicher Sturm, nun nicht mehr staubig, denn es hatte tags zuvor endlich geregnet, aber Feridun und Rutbil standen auf der dem Wind abgewandten Seite am Fenster und schauten auf die Stadt hinunter. Die verwinkelten Gassen, die Barda zwischen den Häusern wie ein krummes Spinnennetz durchzogen, wirkten wie ausgestorben. Auf dem Marktplatz standen vereinzelte Karren herum, leer, manche umgeworfen. Feridun konnte aus der Ferne erkennen, dass unter einem davon ein Bein hervorlugte. Wenn er sich ein bisschen aus dem Fenster lehnte, konnte er erkennen, wie am Rande der Stadt auf einer Freifläche eine Konstruktion aus Holz errichtet wurde. Es sah aus wie ein Schiff; dabei machte das gar keinen Sinn, mitten auf dem Land, innerhalb der Stadtmauern, fernab des Flusses. Schließlich errichteten die Männer sogar einen Mast und befestigten ein Segel daran. Diese Besatzer waren schon verrückt. Feridun konnte sich keinen Reim darauf machen. Immerhin lenkten seine Beobachtungen ihn von seiner eigenen Situation ab.

„Hört mich doch an!", konnte er seinen Vater hinter sich in dem überfüllten Raum zum wiederholten Mal flehen hören. Er richtete sich an die Wächter, die mit Sicherheit hinter der geschlossenen Tür standen. „Das ist alles, was ich euch geben kann, wir sind nicht von hier. Wir kommen aus Tus, das ist weit weg." Er bekam keine Antwort, ebensowenig wie die anderen Gefangenen, die ähnliche Bitten vorbrachten, manche wütend, manche verzweifelt. Menschen weinten, stumm oder in lautem Wehklagen. Offenbar sollten sie hier alle schmoren, bis sie bereit waren, das verlangte Lösegeld irgendwie aufzutreiben. Oder sie würden in die Sklaverei verkauft werden. Davor graute es Babak am meisten. Alles hätte er getan, absolut alles, um seinem Sohn dieses Schicksal zu ersparen. Wieder und wieder verfluchte er sich dafür, die Stadt nicht schnell genug verlassen, ja seinen Sohn überhaupt auf diese gefährliche Reise mitgenommen zu haben. Oft hockten sie zusammen an de Mauer gelehnt auf dem Boden und dachten sie gemeinsam an Feriduns Mutter und seine kleine Schwester Schirin. Sie träumten davon, sie eines Tages wieder in die Arme schließen zu können. Dann weinte Feridun und bezweifelte, dass er sie jemals wiedersehen würde. Irgendwann, wenn sie genug geweint hatten, kamen sie zur Ruhe. Feridun hörte seinen Vater im Schlaf ihren Namen murmeln: „Rudabeh!" Den Kopf an die Schulter seines im Sitzen eingenickten Vaters gelehnt und den heulenden Hunger in seinem Magen ignorierend, schlief auch er beinahe ein. Er hörte sich selbst im Halbschlaf murmeln: „Wenn wir doch wenigstens ein Schachspiel hier hätten", was ihm selbst im Dämmerzustand irgendwie absurd vorkam, als ob Schachspielen irgendetwas an ihrer Situation ändern würde. Er dachte im Halbschlaf an die Nachmittage, die er in Abas' Laden mit Wigbjorg gespielt hatte. Und mit einem Mal war er wieder hellwach. „Wigbjorg", rief er aus und sprang auf.

Babak, Rutbil und einige der anderen Gefangenen rührten sich und sahen ihn unverständig an.

„Wigbjorg, die Frau, mit der ich immer Schach gespielt habe. Sie wird uns helfen!" Er rannte zur schweren Eichentür, die das Zimmer, in dem sie gefangen waren, verschloss, und hämmerte mit den Fäusten dagegen. „Holt Wigbjorg, lasst mich mit Wigbjorg sprechen. Hört ihr? Ich muss mit Wigbjorg sprechen!"

Rutbil sah zu dem Jungen und schüttelte resigniert den Kopf. „Mach dir keine Hoffnungen", sagte er leise. „Sie sind alle weiße Dämonen."

Aber Feridun hörte ihn nicht.

ᛒ

Der Tod Haraldrs hatte die Krieger zutiefst erzürnt. Sie alle, Sveneld vorneweg, hatten wie die Berserker getobt und ihren Zorn an der aufständischen Bevölkerung ausgelassen. Warum auch, sagten sie, hatten diese Leute rebellieren müssen?

„Wir waren wirklich bereit, mit ihnen zusammen zu leben, nicht wahr? Zu bleiben, um diese Stadt zu einem blühenden Handelsstützpunkt zu machen. Und dann töten sie einfach Haraldr, einen Jarl!" Sveneld trug offenbar noch so viel Restgewissen in sich, dass er meinte, das Massaker und die Geiselnahme hunderter Bewohner rechtfertigen zu müssen.

„Vergiss nicht, Barda war bereits ein blühendes Handelszentrum bevor wir kamen", erwiderte Wigbjorg. „Und du selbst hattest Drifa gewarnt, es nicht zu übertreiben. Am Ende ist sie für all das hier verantwortlich, wenn du mich fragst. Wir hätten sie besser kontrollieren müssen." Sie wandte den Kopf, um auf die verwaisten Häuser um sie herum zu weisen. „Wo steckt sie eigentlich?"

„Keine Ahnung. Ich nehme an, sie bereitet Haraldrs Bestattung vor."

Wigbjorg nickte matt. Ihr Onkel, immerhin ein Jarl und ehrenhaft im Kampf gefallen, würde in einer fürstlichen Zeremonie beigesetzt werden. Natürlich würde die Seherin die Vorbereitungen beaufsichtigen und seine Einäscherung zelebrieren. Irgendjemand würde wahrscheinlich schon mit dem Brauen des Sjaund-Biers begonnen haben. Es gab viel zu tun, aber sie war froh, sich nicht selber darum kümmern zu müssen. Wigbjorg trauerte um ihren Onkel, auch wenn sie ihre Trauer nicht nach außen kehrte. Haraldr war ein Aufschneider gewesen, hatte gern viel getrunken, war laut, jovial, bisweilen aufbrausend und immer schnell mit dem Schwert. Zu schnell manchmal, wie seine letzten Minuten bewiesen hatten. Aber Wigbjorg hatte ihn dennoch gemocht. Er hatte sie an ihren verstorbenen Vater erinnert, im Guten wie im Schlechten. Jetzt war auch dessen Bruder Haraldr tot. Sie hätte sich freuen können, war sie nun doch ihrem Ziel, das erste weibliche Mitglied des Rates zu werden, ein Stückchen näher gekommen. Aber hier in Barda machte das nun auch keinen Unterschied mehr. Sie hatte sogar mit dem Gedanken gespielt, hier zu bleiben und ein ruhiges Leben zu beginnen. Das Massaker an der Bevölkerung hatte sie enttäuscht; so hatte sie sich den Feldzug nicht vorgestellt. Klar, sie hatte auch zuvor schon Menschen getötet, mehrfach, sie war eine Kriegerin, keine Frage, aber das Ausmaß der Gewalt vom Vortag kam ihr einfach unverhältnismäßig, ja unnötig vor. Sie waren aufgebrochen, um Reichtum zu finden und hatten doch nur eine blühende Handelsmetropole zerstört. Wigbjorg wollte erobern, aber nicht zerstören. Immerhin hatte sich damit für sie die Frage erledigt, ob sie bleiben oder nach Kænugard zurückkehren sollte. Hier hielt sie jetzt nichts mehr.

Haraldr war ein Jarl gewesen, ein Edelmann. Entsprechend stand ihm auch eine pompöse Bestattungszeremonie zu, die seinen Übergang in das Reich der gefallenen Krieger, nach Walhall, feierte. Dort, in Odins Halle, die aus Speeren und Schilden erbaut war, würde er gewiss mit seinen Vorfahren und ehemaligen Kampfgefährten zechen. Doch zunächst musste sein irdischer Körper den Flammen übergeben werden, so dass Haraldr, getragen vom Rauch des Feuers, die Reise ins Jenseits antreten konnte. Um die Zeremonie zu bezahlen, war sein angehäufter Besitz in drei Teil aufgeteilt worden: Ein Drittel ging an Wigbjorg als engste Angehörige, ein weiteres Drittel wurde in das Brauen großer Mengen Sjaund-Biers zu seinem Gedenken investiert und der Rest war für die eigentliche Zeremonie, das Totengewand und die Grabbeigaben bestimmt. Im Normalfall hätten sie ihm für seine letzte Reise seine Schnigge geopfert. Nun waren sie aber von – wenn auch wenigen – Belagerern eingeschlossen und ihre Schiffe lagen nahe dem Dorf Mubaraki am Ufer der Kura. Daher hatte Drifa einigen Männern befohlen, aus Holzplanken und Dachsparren eine Bootsattrappe zu bauen. Als Ort hatte sie ihnen ein Stück Brachland, einen größeren Hinterhof eigentlich, an der Nordseite der Stadt zugewiesen. Die Männer hatten ihrerseits einigen zufällig ausgewählten Bardanern befohlen, ihnen beim Bau des falschen Schiffs, das eigentlich ein Scheiterhaufen war, zu helfen, beziehungsweise den anstrengenden Teil der Arbeit zu erledigen: das Material zu besorgen, herbei zu tragen und in Form zu sägen. Die Konstruktion ähnelte durchaus einem auf Stützen aufgebocktem Schiff, ohne Sitzbänke zwar, jedoch mit einem hoch aufgerichteten Mast und einem symbolischen Segel daran, aus feinstem Tuch, das von einem der Tuchhändler stammte, der bei den Aufständen getötet worden war. Unter dem vermeintlichen Schiffsrumpf waren trockene Zweige und Reisig wie für einen Scheiterhaufen aufgeschichtet, rund herum waren grob aus Holz gehauene, menschenähnliche Statuen aufgestellt, denen Drifa die angedeuteten Gesichter und Attribute von Göttern eingeschnitzt hatte. Vier Tage nach Haraldrs Tod waren sie damit fertig geworden, am fünften Tag konnte die Zeremonie beginnen. Alle Krieger der Rus, die für diesen Tag nicht als Wachen bestimmt waren, nahmen daran teil. Schon früh hatten sie begonnen, Wein und Bier zu trinken. Wigbjorg als nahe Verwandte des Toten stand in der ersten Reihe. Immer wieder nahm auch sie einen kräftigen Schluck aus dem umhergereichten Krug. Im Rausch waren sie der Welt der Götter und Geister nahe. Zizak hatte sich zurückgezogen und verfolgte die Zeremonie aus weitestmöglicher Ferne. Ihr behagte das bevorstehende Menschenopfer nicht und das hatte sie Wigbjorg auch wissen lassen.

„Nun stell dich mal nicht so an! Der Mann wäre doch sowieso hingerichtet worden", hatte diese erwidert.

„Das ist etwas anderes und wer sagt überhaupt, dass ich das gutheiße. Es ist einfach die Art, wie es passiert. Drifa als Hohepriesterin, das viele Blut, die Opfer, und alle sind betrunken..."

Glücklicherweise hatte das Wetter sich deutlich abgekühlt, so dass der Leichnam an diesem Tag in einem nicht allzu schlechten Zustand war. Die Haut hatte begonnen, sich zu verfärben, was jedoch größtenteils durch die kostbaren Kleider verdeckt wurde. Zumindest im Freien war der Geruch erträglich. Der Tote wurde auf einem bunt gemusterten, geknüpften Teppich und auf seidene Kissen gestützt im Sitzen aufgebahrt. Er war in seine besten Kleider gehüllt, dazu in einen Damastmantel und eine Kappe aus Zobelfell. Neben ihm lagen sein Schwert und eine Axt, am Gürtel trug er seinen Dolch. Drifa stand, hoch aufgerichtet wie eine Königin, mitten auf dem Platz, direkt neben dem Scheiterhaufen. Wieder trug sie ihren Tigerfellmantel, dazu eine neue, hohe Kappe aus Zobelfell, die der des Verstorbenen auf dem Scheiterhaufen nicht unähnlich war. Diener brachten ihr Krüge mit Wein, Schalen mit Früchten, mit Brot, Fleisch, Zwiebeln, Kräutern und Weihrauch, die sie neben ihn in den Schiffsrumpf legte. Eine Prozession von Männern, die Schilde und Holzstäbe trugen, brachte an Stricken Opfertiere herbei: ein Schaf, einen Hund, eine Henne und einen Hahn. Ganz am Ende des Umzugs brachten sie Kaveh, den Schmied, der Haraldr erschlagen hatte. Zwei Männer mussten ihn führen, denn sie hatten ihn auf Drifas Befehl hin geblendet. Sie hatten versucht, ihm Wein einzuflößen, um ihn gefügiger zu machen, vielleicht auch aus Mitleid und um seine Schmerzen zu dämpfen, aber er hatte vehement abgelehnt. Die Völve tötete eines der Opfertiere nach dem anderen, zuerst das Schaf, dann den Hund und zuletzt den Hahn und die Henne, mit ihrem Messer, indem sie ihnen die Kehle durchtrennte, und ließ die Kadaver in das Holzschiff hinein werfen. Dazu deklamierte sie lauthals:

„Vieh stirbt und Freunde sterben,
genauso stirbt man selbst.
Aber eines weiß ich, das niemals stirbt:
Das Urteil über jeden Toten."

Dann stand Drifa vor Kaveh. Sie ließ sich den Strick reichen, mit dem zuvor der Hund festgebunden war, legte ihn um den Hals des Schmieds und knüpfte die beiden Enden durch Schlaufen in die entgegengesetzte Richtungen zu beiden Seiten. Auf ihr Zeichen hin zogen die beiden Männer, die Kaveh zum Scheiterhaufen geführt hatten, an dem Strick und würgten ihn. Gleichzeitig stieß die Seherin ihm mit ihrem Messer zwischen die Rippen und – hoffentlich – direkt ins Herz. So starb Kaveh. Sein Leichnam wurde am unteren Ende des Scheiterhaufens abgelegt, unweit der Opfertiere.

Am Rande des Opferplatzes war ein kleines Feuer entzündet worden, das derart angeordnet war, dass viele lange Hölzer daraus emporragten, die man dem Feuer entnehmen konnte. Sveneld ging darauf zu, nahm einen brennenden Holzscheit heraus, der lang genug war, dass man ihn tragen konnte, schritt rückwärts zum Scheiterhaufen und steckte den brennenden Scheit in die darunter aufgeschichteten, trockenen Zweige. Sofort züngelten kleine Flammen darin. Dann traten die anderen Edelleute sowie Haraldrs Freunde und Verwandte, darunter auch Wigbjorg, vor und taten es ihm gleich. Rasch griff das Feuer um sich und bald stand der ganze Scheiterhaufen in Flammen, verschlang zuerst in einem kurzen Aufblitzen das Segel, dann das Holz mitsamt der Körper der toten Menschen und Tiere. Ein furchtbarer Gestank verbreitete sich über den Platz, ließ die Umstehenden husten und würgen, doch dann trug eine kräftige Windböe den Rauch empor, fachte die Flammen an und nahm auch den Gestank mit sich und wehte ihn hinaus über die Stadtmauern. Wigbjorg musste lächeln. Das war ein gutes Omen.

Die Götter waren Haraldr gewogen. Es dauerte kaum mehr als eine Stunde, bis der Schiffsbau und alles, was darinnen lag, zu Asche verbrannt war. Den Rest des Tages tranken und aßen die Rus zu Haraldrs Ehren, hielten Lobreden auf dessen Tapferkeit und malten sich aus, wie er jetzt ebenfalls an Odins Tafel feierte.

Als der Kopfschmerz am nächsten Morgen abgeklungen und die Asche abgekühlt war, befahlen sie einigen Gefangenen, einen Erdhügel über der Stätte aufzuhäufen. Er war nicht sehr groß, nicht so groß wie der, den sie ihm in der freien Natur errichtet hätten. Man tat, was unter den gegebenen Umständen möglich war. Als nächste Verwandte hatte Wigbjorg die Inschrift auf dem Runenstein in Auftrag gegeben. Solange diese Stele stand, würde man Haraldr nicht vergessen:

„Wigbjorg hat diesen Stein errichtet
im Andenken an ihren Vaterbruder Haraldr,
der Ingvars Waffenbruder war.
Er reiste wagemutig in die Ferne, um Gold zu finden,
und gab den Adlern im Osten Nahrung.
Er starb im Süden im Særkland."

Sieben Tage nach dem Tod Haraldrs und zwei Tage nach dessen Einäscherung begingen sie den Sjaund für den Toten und tranken das Sjaund-Bier in seinem Andenken. Wieder hielten sie Lobreden und brachten Trinksprüche auf den Verstorbenen aus. Sveneld versuchte sich sogar in der Dichtkunst:

„Haraldr war einer der Besten,
Zuhaus wie in der Fremde.

Gut war er zu seinen Knechten.
Im Særkland fiel er am Ende,
Befehlshaber seines Gefolges,
Der beste unter den Jarls."

Erst nachdem das Leichenbier getrunken und die letzte Ansprache gehalten war, konnte Wigbjorg offiziell den Platz und
damit auch das Erbe ihres kinderlosen Onkels antreten. Ganz
anders, als sie es sich erhofft hatte, war sie ihrem Ziel einen
großen Schritt näher gekommen. Hier, weitab vom Hof
König Ingvars, war es fraglich, ob sie tatsächlich in seinen Rat
berufen werden würde, aber immerhin war sie jetzt eine
Jarlfru, und das als *Ringkvinna*, als unverheiratete Kriegerin,
und damit einem Jarl so gut wie gleichgestellt – eine
Tatsache, die sich unmittelbar auf ihre Autorität auswirkte.
Und das sollte sich bald schon als wichtig erweisen.

„Und warum hat mich bis jetzt niemand informiert?", fragte
sie aufgebracht.

Ihr Gegenüber, ein junger Krieger, der zwar eine große
Streitaxt, aber noch Mühe mit seiner Gesichtsbehaarung hatte, zuckte mit den Schultern, hatte aber aufgrund Wigbjorgs
neuen Titels den Anstand, zumindest leicht betreten zu Boden zu blicken. „Es ist doch bloß einer von den Gefangenen",
sagte er. „Ein kleiner Junge nur. "

„Aber er hat ausdrücklich nach mir verlangt. Also hätte
mir jemand Bescheid sagen können, nicht wahr?"

„Seit Tagen nervt er uns damit, dass er dich sprechen will.
Es ist doch nicht wichtig …"

„Wenn es mich betrifft, entscheide ich, was wichtig ist. Verstanden?"

Der junge Mann nickte.

„Bring mich zu ihm!", verlangte Wigbjorg. Und zu Zizak gewandt: „Bitte begleite mich!"

Der Weg zur Festung war nicht weit. Wigbjorg wartete mit Zizak in einer der Hallen im Erdgeschoss, in der ein wärmendes Feuer entzündet war. So langsam wurde es auch hier im Seidenland empfindlich kühl. Sie stellte sich mit dem Rücken ans Feuer. „Bring den Jungen und dessen Vater her!", befahl sie dem jungen Krieger.

Zizak beugte sich zu ihr und flüsterte ihr etwas zu.

„Ach ja, und auch ihren Diener, in Ordnung?", ergänzte Wigbjorg.

Die drei Gefangenen sahen erschreckend blass aus, abgemagert, verängstigt. Als der Junge die Kriegerin und ihre Dienerin sah, leuchtete Hoffnung in seinem Gesicht auf und er rannte auf sie zu. Kurz vor ihr blieb er jedoch abrupt stehen und sah zu ihr auf.

„Wie geht es dir, Feridun?", fragte Wigbjorg. Sie nahm seine Hände in die ihren. Sie waren eiskalt.

Der Junge erzählte, wie es ihnen seit ihrer letzten Begegnung ergangen war, besonders seit dem Aufstand und dessen Niederschlagung. Zizak übersetzte.

Wigbjorg hörte aufmerksam zu. „Bringt den Dreien hier etwas zu essen und Wein! Lasst sie sich am Feuer wärmen. Danach sind sie frei, sich in der Stadt zu bewegen und sich eine Unterkunft zu suchen. Sie stehen unter meinem persönlichen Schutz", verkündete sie. Und zu Zizak sagte sie: „Sag ihnen, sie sollen, wenn sie in der Stadt belästigt werden, sagen, dass sie zu meinem Gefolge gehören. Und sag ihnen auch, dass sie mich wissen lassen sollen, wo sie untergekommen sind. Ich möchte schließlich", sie lächelte Feridun zu, „die Schachstunden wieder aufnehmen."

Ein zunächst milder, dann immer kälterer Herbst machte schließlich einem strengen Winter Platz, der mit seinen eisigen Stürmen den Wintern in Kænugard in nicht viel nachstand, auch wenn er deutlich später als dort begonnen hatte. Außerdem war das Klima in Arran trockener, die Eiseskälte konnte sich nicht in den feuchten Kleidern einnisten und kroch einem dadurch nicht so schnell in die Knochen. Aber der wärmenden Feuer bedurfte es allemal. Mittlerweile waren die Rus schon seit mehreren Monaten in Barda und hatten sowohl aus der Stadt selber, als auch mit überraschenden Überfällen in die Umgebung, eine beträchtliche Beute angehäuft. Die Belagerung durch die Resttruppen Marzubans hatte die Vorstöße der Nordmänner ein wenig gedämpft, aber immer wieder gelangen ihnen mit einer kleinen, aber schnellen Truppe ein Ausfall und die erfolgreiche Rückkehr in die Stadt. Bei der letzten Offensive dieser Art hatte Drifa die Belagerer mit einer dichten, schwarzen und bestialisch stinkenden Rauchwolke zu behindern versucht (von der Wigbjorg gar nicht wissen wollte, wie sie zustande gebracht hatte), was die Soldaten aus Ardabil zumindest für einen kurzen Zeitraum abgelenkt hatte – genug für einen Ausfall. Leider hatte sich der Wind zu einem späteren Zeitraum gedreht und ein Teil des Rauchs war in die Stadt gedrungen. Die Kriegerin hatte sich zu der Zeit auf den Stadtmauern befunden, um die feindlichen Linien zu beobachten. Der Gestank war wirklich widerwärtig gewesen und hatte sie würgen lassen. Bei Einbruch der Nacht dann hatte sie eine plötzliche Müdigkeit und ein unwiderstehliches Bedürfnis nach Schlaf überkommen. Sie war früh zu Bett gegangen und sofort eingeschlafen. Die Nacht jedoch war für sie unruhig gewesen, geplagt von eigenartigen Träumen hatte sie sich hin und her geworfen und war bei Tagesanbruch schweißüberströmt aufgewacht. Sie konnte sich an jede Einzelheit ihres Traumes erinnern. Sveneld war in Gefahr! Sie musste ihn warnen.

„Du musst mich warnen, sagst du? Wovor?", fragte dieser, als Wigbjorg ihn schließlich gefunden hatte.

„Drømde mik en drøm i nat – Ich träumte einen Traum des Nachts. Und ich weiß, dass dieser Traum eine Warnung war. Niemals zuvor habe ich so lebhaft, so realistisch geträumt."

„Was hast du denn geträumt?"

„Eigentlich waren es zwei Träume, zwei Geschichten, aber sie betreffen beide dich und sie gehören zusammen, da bin ich mir sicher."

„Dann erzähl!"

„Ich träumte, wir gingen zusammen durch die Straßen von Barda und du unterhieltest dich mit einigen Geschäftsleuten vor einem Laden. Da legte sich mit einem Mal Nebel über die Straße und ein Rudel Wölfe kam auf uns zugerannt; sie knurrten und fletschten die Zähne. Alle anderen Menschen waren plötzlich im Nebel verschwunden. Und dann griffen die Wölfe dich an, schnappten nach dir, zerrten an deinen Kleidern und wollten dich zerfleischen. Ich zog mein Schwert und hieb einen der Wölfe entzwei. Daraufhin sprangen die

Tiere mich an, es wurden immer mehr und ich konnte mich kaum gegen sie wehren, schaffte es aber schließlich, sie abzuschütteln. Dann bin ich aufgewacht. Mir war klar, dass der Traum eine Warnung war, dass er mir zeigte, dass du in Gefahr bist und ich dich warnen muss."

Sveneld stimmte ihr zu. „Dass Träume über Wolfsangriffe von drohender Gefahr künden, ist allgemein bekannt. Aber worin besteht nun diese Gefahr?"

„Das musste mir der nächste Traum zeigen. Ich bin wieder eingeschlafen und konnte mich nach dem Aufwachen auch an den zweiten Traum gut erinnern. Ich sah wieder dich, auf einem Pferd reiten. Das Pferd scheute und schüttelte dich ab. Beinahe hätte es dich niedergetrampelt! Du kamst gerade nur so davon. Dann kam Drifa und tötete das Pferd. Ich sah es verwesen, sah seine Knochen, seinen Schädel auf der Erde liegen. Du gingst hin und schobst den Schädel mit dem Fuß beiseite. Da kam eine schwarze Schlange aus der Augenhöhle des Pferds gekrochen, schnellte auf dich zu und biss dich. Du brachst sofort zusammen und dann bin ich wieder aufgewacht. Was mag das nur bedeuten?"

„Ich soll mich vor Schlangen hüten? Vor Pferden? Vor Schädeln? Keine Ahnung, aber danke, dass du mir davon berichtet hast. Ich werde Drifa fragen, was sie davon hält."

„Ausgerechnet Drifa? Man sollte meinen, dass…"

„Du magst sie nicht, aber sie ist unsere Seherin", unterbrach Sveneld sie. „Sie hat Fehler gemacht, aber Traumdeutung fällt nun wirklich in ihren Aufgabenbereich."

Am nächsten Tag sah Wigbjorg, wie ein Diener Svenelds dessen Hengst, ein schönes Tier von hohem Wuchs, das er sich

216

aus einem der Ställe der Stadt genommen und es zu seinem Eigentum erklärt hatte, am Zaumzeug die Straße entlang führte. Sie entdeckte Sveneld einige Meter davor, in gebührendem Abstand. Sie gesellte sich zu ihm, wies mit dem Kopf auf das Tier und fragte: „Und, was hat Drifa dir gesagt? Ist es das Pferd?"

„Sie hatte eine Vision und hat mir deinen Traum bestätigt. Ich soll mich vor meinem Pferd hüten. Und weißt du was? Genau die gleiche Prophezeiung wurde auch schon Helge von Holmgard gemacht, dem Ziehvater Ingvars. Seit diesem Tag ritt er nur noch auf einem Maultier, niemals mehr auf einem Pferd. Drifa hat mit das gleiche geraten. Die Pferde hier im Særkland", er zeigte auf das Prachtexemplar hinter ihm, „sind mir sowieso zu groß gewachsen. Wenn man hinunter fällt, fällt man richtig tief, nicht wahr? Möchtest du es haben?"

„Wenn du sicher sein möchtest, gib das Pferd lieber seinem ursprünglichen Besitzer oder dessen Familie zurück", antwortete sie.

„Ich werde es gegen ein Maultier eintauschen, denke ich. Wie König Helge. Oder noch sicherer, gegen einen Esel."

۱۹

Zur Wintersonnenwende, in der Nacht vom 30. Azar auf den 1. Dey, feierten die verbliebenen freien Einwohner von Barda das Jalda-Fest, beinahe genauso, wie Feridun es aus Tus gewohnt war. Alle Arraner begingen das Fest gleichermaßen: Muslime, Juden, Zoroastrier und Christen. Der Junge war etwas traurig, weil sie ja eigentlich zu Jalda wieder in Tus bei seiner Mutter und seiner Schwester hatten sein wollen. Auf der anderen Seite war er froh, der grässlichen Festung entkommen zu sein. Er dachte an all die armen Menschen, die immer noch in der kalten Festung ausharren mussten. Er lebte jetzt wieder mit seinem Vater und Rutbil im Obergeschoss eines großen Hauses zur Untermiete. Sogar einen Großteil ihrer Sachen hatten sie zurückerhalten. Außerdem hatte Babak über seinen Sorgen völlig vergessen, den Buchführungsunterricht und die Rechenstunden wieder aufzunehmen. Feridun dachte nicht im Traum daran ihn daran zu erinnern.

Die Jalda-Tafel fiel in diesem Jahr um Einiges kleiner aus, als er es von zuhause gewohnt war. Üblicherweise hatten die Familien eigens für das Wintersonnenwendfest allerlei Obst in speziellen, luftdicht verschlossenen Tonkrügen aufbewahrt, in denen sie bis in den Winter hinein konserviert wurden: Trauben, Birnen, Gurken und sogar ganze Wassermelonen. Die hatten sie hier nicht, dafür aber immerhin Granatäpfel, Nüsse, Pistazien, Wassermelonenkerne, Rosinen, andere getrocknete Früchte und Halva aus Grieß, Sesam und Honig. Hier in Barda buken sie zu Jalda überdies noch gesüßte Brotlaibe in Form von Menschen oder Tieren. Zu Essen gab es an diesem Abend darüber hinaus gebratene Auberginen mit Joghurt. Sie hätten auch gerne ein Hühnchen dazu gehabt, Babak war aber nicht bereit gewesen, den absurd hohen Schwarzmarktpreis dafür zu bezahlen. Die verschiedenen Lebensmittel, die sie an diesem Abend verzehrten und denen kühlende und erhitzende Attribute zugesprochen wurden, symbolisierten die Ausgewogenheit, die sie sich für ihre Gesundheit, das Wetter und überhaupt das Leben für das kommende Jahr erhofften. Wobei sie sich für das kommende Jahr in erster Linie die Flucht aus Barda und die Rückkehr nach Tus erhofften. Rutbil hatte in Babaks Auftrag Wein besorgt – es war ein Wunder, dass er überhaupt noch welchen gefunden hatte, denn die Nordmänner horteten den Alkohol für ihre eigenen Feiern, obgleich sie Bier und Met vorzogen. Bald stand offenbar wieder eines ihrer großen Feste bevor, Jul nannten sie es. Wahrscheinlich, so spekulierten die Städter, handelte es sich dabei um eine Art von Jalda-Fest. Es klang schließlich auch so ähnlich. Sie hofften nur, das diese schreckliche weiße Dämonin zur Feier nicht wieder irgendwelchen Gefangenen die Kehle durchtrennte. Und mit Sicherheit würden die Nordmänner viel trinken. Schon brauten sie an einem eigenen Bier für ihr Fest, in das sie offenbar getrocknete Holunderbeeren mischten. Nur dass sie dazu offenbar die falschen Beeren gepflückt hatten. Rutbil hatte die Rus im Herbst dabei beobachtet, wie sie die Beeren des Zwergholunders ernteten, der in der Stadt und in ihrer Umgebung reichlich wuchs. Jeder wusste doch, dass Zwergholunder, anders als Schwarzholunder, giftig war, oder? Er war nützlich bei Schlangenbissen, aber doch nicht als Getränk, und erst recht nicht in solchen Mengen. Jedenfalls hatte es niemand für nötig gehalten, die Eroberer darauf aufmerksam zu machen. Warum auch? Sie würden es schon noch merken, oder auch nicht. Es hätte sowieso niemand anders das für weinverwöhnte Gaumen grässlich schmeckende Gebräu der Nordmänner getrunken. Babak zog persischen Wein vor, so auch Rutbil. In Barda hatte sich ein regelrechter Schwarzmarkt für Wein entwickelt. Die Preise für alle Lebensmittel waren seit der erneuten Belagerung in die Höhe geschossen. Nun gab es auch schon kein Salz mehr zu kaufen. Salz war nicht nur zum Kochen wichtig, sondern diente auch zum Pökeln und Haltbarmachen von Lebensmitteln für den größtenteils noch bevorstehenden Winter. Das Fehlen von Salz könnte zum echten Problem werden. Doch darüber wollte sich in der heutigen Nacht niemand den Kopf zerbrechen.

Draußen auf den Plätzen und in den Höfen brannten Freudenfeuer. Feridun, Babak und Rutbil hatten sich eine Zeitlang dort bei ihren Nachbarn aufgehalten, die sich mit Tänzen um das Feuer wärmten, hatten sich jedoch bald vor der nächtlichen Kälte ins Innere geflüchtet. Das Zimmer wurde von einem Kohlebecken geheizt, das unterhalb des flachen Tischchens stand, um das sie herum saßen und unter dem sie ihre Beine wärmten, und war von mehreren Öllampen erhellt. Rutbil füllte sie regelmäßig nach, denn sie sollten – ebenso wie die Freudenfeuer in den Straßen – die ganze Nacht über bis zum Morgengrauen brennen, so wie auch sie bis zum Tagesanbruch wachten, um der Sonne in ihrem Kampf gegen die winterliche Dunkelheit zu helfen. Sie sollte auch ihnen helfen, diesen Albtraum zu überwinden. Feridun blieb so lange wie möglich mit den Erwachsenen auf, doch ihm fehlte die musikalische Begleitung seiner Mutter, die bei solchen Gelegenheiten stets die Laute spielte und dazu sang. Babak rezitierte stattdessen Gedichte und erzählte Geschichten. Dabei naschten sie von den süßen Früchten und köstlich gerösteten Nüssen auf dem Tisch zwischen ihnen. Die Nüsse symbolisierten den erhofften Wohlstand für das kommende Jahr. Erst nach dreifacher Aufforderung brachten Feridun und Babak auch Rutbil dazu, ein Märchen aus seiner Heimat zu erzählen:

„Es war einmal, oder auch nicht, ein Bauer, der mit seinen drei Söhnen in einem kleinen Dorf lebte und seine Felder bestellte. Der Bauer war sehr alt und merkte, wie ihn langsam die Kräfte verließen. Eines Tages rief er seine drei Söhne an sein Krankenbett und sagte zu ihnen: ‚Meine lieben Söhne, ich bin alt und krank. Bald müsst ihr ohne mich leben und für euch sorgen. Aber sorgt euch nicht, denn ihr könnt euch glücklich schätzen. Tief in unserem Ackerland ist ein Schatz versteckt. Wo er sich jedoch befindet, das werde ich euch nicht sagen. Ihr musst tief in der Erde graben, um den Schatz zu finden. Wenn ihr ihn dann gefunden habt, werdet ihr wirklich reich sein.'

Die drei Söhne des Bauern waren begierig, den Schatz zu finden. Sie einigten sich darauf, das Land in drei gleiche Teile aufzuteilen und begannen zu graben. Sie gruben und gruben, aber sie fanden keinen Schatz. Enttäuscht kehrten sie zu ihrem Vater zurück und berichteten ihm, dass sie das ganze Feld umgegraben, aber nichts gefunden hätten.

Der Vater antwortete ihnen: ‚Und doch ist er da. Ihr müsst die ganze Erde noch einmal umgraben und dann noch einmal und noch einmal. Wenn ihr das tut, werdet ihr den Schatz sicher finden.‘

Der älteste Sohn wurde ärgerlich. ‚Das ist viel zu viel Arbeit, und ich bin müde vom ganzen Graben. Ich werde es nicht noch einmal tun. Ich sage euch, hier gibt es keinen Schatz!‘

Die beiden anderen Söhne jedoch taten, was der Vater ihnen gesagt hatte, und pflügten den Boden immer wieder um. Aber sie fanden immer noch keinen Schatz. Wieder gingen sie zu ihrem alten Vater.

Er antwortete ihnen: ‚Der Schatz ist da. Ihr könnt ihn nur nicht sehen, weil ich euch den Schlüssel dazu noch nicht gegeben habe. Ihr werdet ihn im Schuppen finden, aber ihr müsst selber danach suchen.‘

Die beiden Söhne gingen also auf der Suche nach dem Schlüssel in den Schuppen. Sie fanden jedoch nichts, was einem Schlüssel auch nur ähnelte, sondern nur Weizensamen für die Aussaat. Der zweite Sohn rief: ‚Hier ist kein Schlüssel und kein Schatz. Der alte Mann ist verrückt geworden!‘

Der jüngste Sohn jedoch wusste, dass sein Vater weise war und sie nicht ohne Grund in den Schuppen geschickt hätte. Er beschloss, da der Boden schon so gut umgepflügt war, die Saat auszubringen. So säte der jüngste Sohn ganz allein den Weizen aus. Im folgenden Jahr – der Vater war mittlerweile verstorben – waren die Felder voll von goldgelbem Weizen, der dicht und hoch stand; die Ähren waren prall von dicken Weizenkörnern. Der jüngste Sohn verkaufte den Weizen und wurde bald sehr reich, im Gegensatz zu seinen beiden älteren Brüdern. Und er erkannte, dass sein Vater ihm wirklich einen großen Schatz mitgegeben hatte: die Erfahrung, dass Faulheit, Ungeduld und Gier nichts taugten; eine gute Idee jedoch, ebenso wie Hartnäckigkeit, harte Arbeit und Geduld, zum Erfolg führen."

„Eine schöne Erzählung", lobte ihn Babak und nahm sich eine Handvoll Pistazien. „Und so lehrreich. Ein mit Weisheit gefülltes Herz gleicht einem reichen Schatz. Das Märchen solltest du mal den Nordmännern erzählen!"

Rutbil musste lachen. „Als ob die mir zuhören würden! Die halte ich uns lieber so weit wie möglich vom Leib. Aber jetzt ist, finde ich, Feridun mit dem Erzählen an der Reihe."

„Ich wollte eigentlich gerade vorschlagen, eine Partie Schach zu spielen." Der Junge zeigte auf das Schachspiel in der Zimmerecke.

„Jetzt? Ist heute Nacht nicht eher Zeit für Erzählungen? Außerdem sind wir zu Dritt."

„Schach hat uns immerhin das Leben gerettet, wie ihr euch sicherlich erinnern könnt", erwiderte der Junge ernst.

Babak sah seinen Sohn belustigt an: „Ohne Schach wärst du erst gar nicht auf diese Reise mitgekommen, wie auch du dich mit Sicherheit erinnern kannst."

„Da hast du Recht, *Agha dschun*. Ich mag besonders Geschichten über Könige, Helden und Monster. Aber ich kenne keine, die du nicht schon gehört hättest."

„Dann denk dir welche aus. Oder nimm die Erzählungen, die du kennst und variiere sie, gestalte sie aus, verbinde sie miteinander!"

„Ich werde darüber nachdenken."

Er hatte sich eine Geschichte ausgedacht, die all seine liebsten Protagonisten beinhaltete, darunter natürlich den Helden

Feridun, den Schützen Arasch, den tapferen Schmied, der den Zahak besiegt hatte und den er in Ehren des hingerichteten Bardaner Schmieds Kaveh nannte. Alle zusammen befreiten eine Stadt von ihren Besatzern, trieben sie zurück in ihr Land und besiegten nebenbei noch ein paar Ungeheuer, die er sich fantasievoll ausmalte. Irgendwann war er eingeschlafen, am Tisch auf dem Sitzkissen unter der Decke eingerollt. Am frühen Morgen erwachte Feridun vom triumphierenden Geheul der Feiernden in der Stadt. Die Sonne war auch nach dieser längsten Nacht des Jahres wieder aufgegangen und hatte die Dunkelheit besiegt.

„Til árs ok friðar!"

„Auf ein gutes Jahr und Eintracht!"

„Auf ein gutes Jahr und die Wiederkehr der Sonne!"

„Auf Freyr und diesen Eber!"

Das Jalda-Fest der Einheimischen war schon seit einigen Tagen vorüber. Nun war es an den Eroberern, ihr Winterfest zu feiern, das der Sonne, der großen Himmelskerze, zum Sieg über den Winter verhelfen und ein fruchtbares, erfolgreiches Jahr einleiten sollte: Jul. Die große Halle im Erdgeschoss war zu einem Bankettsaal umfunktioniert worden. In der Mitte des Saals und an beiden Enden knisterten große Feuer, die das Prasseln des Regens draußen kaum zu übertönen vermochten. Fackeln und Öllampen tauchten den Saal in ein gedämpftes, jedoch rauchgeschwängertes Licht, nicht festlich, aber gemütlich. Es roch nach frischem Brot, gebratenem Fleisch und nach den Kräutern, mit denen es gewürzt war. Die Mehrzahl der Rus hatte sich in die Halle gedrängt, deren Boden mit sauberem und trockenem Stroh ausgelegt war, und saß jetzt dicht an dicht auf eigens gezimmerten Bänken und an langen Tischen. Die Mitte des Saals, dort wo das zentrale Feuer brannte, war frei von Tischen. Dafür war dort der soeben im Trinkspruch erwähnte Eber angebunden, Freyrs heiliges Tier. Drei Seile spannten sich von seinem Hals in entgegengesetzte Richtungen und machten es dem kräftigen Tier unmöglich, sich von seinem Platz fortzubewegen. Den ganzen Nachmittag lang hatte der Eber getobt, aber nun waren seine Kräfte am Ende und er war ruhiger geworden, blickte aber immer noch nervös auf die vielen Menschen um ihn herum. Dazu hatte er auch allen Grund, denn viele seiner Artgenossen lagen gebraten auf den Tischen. Ihm war ein anderes, in der Konsequenz aber nicht unähnliches Schicksal beschieden.

Zwei Männer traten an den Eber heran, schnitten seine Fesseln durch, und führten ihn so, mit an beiden Seiten straff gespannten Seilenden – ein wenig so, wie sie den Schmied erdrosselt hatten – durch den Saal. Wer wollte, konnte dem Borstentier eine Hand auflegen und ein Gelübde für das kommende Jahr leisten. Die meisten Krieger gelobten ihrem Heerführer oder König Ingvar die Treue, gelobten Tapferkeit und Heldenmut. Manche nahmen das Ritual auch weniger ernst und gelobten, den ersten Platz beim nächsten Schwimmwettbewerb zu machen, im kommenden Jahr mehr Bier zu trinken, als jemals zuvor, oder ein Dutzend Kinder zu zeugen. Niemand war zu einem Gelübde gezwungen und es musste noch nicht einmal für alle vernehmlich ausgesprochen werden. Zizak bemerkte, dass Wigbjorg etwas vor sich hin murmelte, es aber im allgemeinen Lärm unterging. Anschließend trat Drifa an den Eber heran und deklarierte laut, so dass es alle hörten:

„Aus dem Stall führe nun einen deiner Wölfe hinaus,

Mit meinem Eber sollst du ihn laufen lassen.

Denn nur langsam trottet mein Eber auf der Straße der Götter,

Und kein edles Ross soll seinetwegen ermüden."

Dann begleitete die Völve die beiden Männer und das Tier ins Freie, in den strömenden Regen, um ihn Freyr zu opfern. Als die Türen sich kurz öffneten, war zu hören, dass der Sturm draußen zugenommen hatte.

„Die Nacht ist rau", stellte einer der Älteren fest und stellte seinen Bierkrug ab. „Odins Wilde Jagd hat begonnen."

Sein Gegenüber stimmte ihm zu. „Der Göttervater zieht mit den Geistern umher. Die Tore zur Unterwelt stehen in diesen Nächten offen."

„Fürchtest du dich etwa?"

„Fürchten, ich? Wo denkst du hin? Wir haben schließlich Essen für die Geister vor die Tür und auf die Gräber gestellt. Selbst für Odins Pferd Sleipnir steht ein Trog bereit. Wir haben keinen Grund, uns zu ängstigen!"

Sie alle hatten dem Bier, ein eigens für das Julfest gebrautes und mit Holunderbeeren aromatisiertes Starkbier, bereits gut zugesprochen. Sie mussten es tun, sie hatten keine Wahl; es war Teil des Rituals. Im nüchternen Zustand waren die Rauhnächte mit ihren umhergehenden Geistern womöglich gefährlich. Berauschte Menschen war vor ihnen geschützt. Immer wieder stand einer der Feiernden auf und brachte einen Trinkspruch aus oder erzählte eine Anekdote. Schon wurde die Aussprache der Redenden undeutlicher, so auch die Svenelds, der jetzt aufstand und anfing, mit großen Gesten ein ganz offensichtlich im Stegreif selbst gereimtes Gedicht zu deklamieren. Offenbar hatte seine gedichtete Eloge auf Haraldr, die er zu dessen Beerdigung vorgetragen hatte, ihn dazu inspiriert, es erneut zu versuchen:

„Freunde!
An der Tafel erlangen wir
der Krieger Glück
im Festsaal hier.
Reichtum für den Augenblick
ist ein Trost,
doch ohne Großmut and'rerseits
bleibet nur des Menschen Geiz.
Großzügig mit Ehr' zu wirken…"

Jemand kicherte. „Hast wohl vom Skaldenmet getrunken, was?"

„Ja, aber bestimmt nicht von dem richtigen!", rief ein anderer.

Jetzt lachten alle in der Halle, selbst Sveneld.

„Erzähl doch die Geschichte vom Skaldenmet!", forderte der Mann, der ihn unterbrochen hatte. „Interessanter als deine Gedichte ist sie allemal!"

„Lasst Wigbjorg erzählen!", lallte Sveneld und setzte sich wieder hin. „Sie kann das besser als ich."

„Erzähl, erzähl!"

„Wieso ausgerechnet ich?", fragte sie zurück.

„Weil ich es dir sage!", antwortete Sveneld.

„Na gut." Wigbjorg stand langsam auf. Es wurde ruhig in der Halle. Nur das Knistern des Feuers und der Regen außerhalb waren zu hören. Sie begann zu erzählen: „Einst brauten die Götter einen Trank in einem großen Fass. Es war ein ganz besonderes Getränk, aus ihrem Speichel gebraut. Und in eben jenem Fass, in der Spucke der Götter, wuchs ein Junge heran: Kvasir der Weise, der bald besser zu sprechen wusste als alle

Menschen, Zwerge und Götter, besser sogar als Odin. Aber die Zwerge Fjalar und Galar gönnten ihm dieses Talent nicht und wollten die Gabe für sich selber nutzen. Sie nahmen Kvasir gefangen, hängten ihn an den Füßen auf und töteten ihn wie ein Opfertier, schnitten ihm die Kehle durch und fingen sein Blut in drei großen Kesseln auf. Das Blut vermengten sie mit Honig und daraus brauten sie Met, den Skaldenmet nämlich, den Met der Dichter. Denn jeder, der auch nur einen kleinen Schluck vom blutroten Skaldenmet trank, konnte mit einem Mal die schönsten Gedichte verfassen, die treffendsten Metaphern und das schönste Versmaß finden. Die beiden Zwergenbrüder konnten nun zwar exzellent dichten und wussten sich aus allen Problemen, in die sie immer wieder gerieten, herauszureden, waren in ihrem Inneren aber immer noch grausam und verschlagen. Eines Nachts töteten sie aus Habgier den Frostriesen Gilling. Als dessen Frau die Leiche ihres Gatten fand, brach sie in ein heftiges Wehklagen aus, das so laut war und so viele Neugierige anzulocken drohte, dass sie auch seine Frau mit einem Stein erschlugen. Der Sohn des Paars aber, Suttung war sein Name, verfolgte die beiden Zwerge. Die Schritte des Riesen waren viel länger als die der Zwerge und so hatte er sie bald eingeholt und gefangen. Er setzte sie auf einem Felsen im Meer aus, die immer wieder von hohen Wellen überspült wurde. Fjalar und Galar mussten sich an den Felsen klammern und drohten, in die Fluten gespült zu werden. Sie flehten und schmeichelten, bettelten und krochen zu Kreuze. Suttung jedoch war so wütend, dass alles gut zureden nichts half, und so boten sie ihm schließlich in Todesangst den Skaldenmet als Wiedergutmachung für den Tod seiner Eltern an. Der

Frostriese willigte ein, die Zwerge verrieten ihm das Versteck, an dem sie den Blutmet aufbewahrten, und so nahm Suttung die drei mit blutrotem Met gefüllten Kessel an sich und brachte sie nach Hause zu seiner Tochter Gunnlöd, mit der zusammen er im Berg Hnitbjörg lebte. Hier hätte er sich nun in Frieden mit seiner Familie der Dichtkunst widmen können, aber er konnte seine nunmehr eloquente Zunge nicht im Zaum halten. Bald schon hatte sich die Nachricht, der Frostriese habe den Zaubermet versteckt, bis zu den Asen herumgesprochen. Odin horchte auf. Eine solche Gabe sollte den Göttern gehören, nicht irgendwelchen Riesen. Schließlich war der von den Zwergen getötete Kvasir ihre Schöpfung gewesen, gewachsen aus ihrem Speichel. Odin ersann, so wie es seine Art ist, einen gerissenen Plan und ging in der Verkleidung eines sterblichen Menschen zu Suttungs Bruder Baugi und stellte sich ihm unter dem Namen Bölverk als einfacher Mann vor. Baugi war Bauer, hatte viele Knechte und stand mit seinen Feldern kurz vor der Ernte. Odin veranlasste mit einer List, die des Loki würdig gewesen wäre, einen Streit unter den Arbeitern, so dass sie sich alle gegenseitig töteten. Jetzt, ohne Knechte, blieb Baugi nichts anderes übrig als Odin als Erntehelfer einzustellen. Die Feldarbeit war für den starken Gott kein Problem und er erledigte die Arbeit Vieler in kürzester Zeit. Als er seinen Lohn erhalten sollte, bat er Baugi stattdessen um einen Schluck des Skaldenmets, den dessen Bruder verwahrte. Baugi ging zu seinem Bruder in dessen Wohnstatt im Berg und bat ihn um einen Schluck des Tranks, aber Suttung verweigerte ihn ihm. Nun fühlte sich nicht nur Odin, sondern auch Baugi vor den Kopf gestoßen. Zusammen drillten die beiden mit einem Bohrer einen langen, engen Tunnel in den Berg, der in Suttungs Wohnung hineinführte. Der Riese Baugi passte nicht hindurch, aber Odin konnte sich in eine Schlange verwandeln und sich hindurch winden. Dort allerdings saß Suttungs Tochter Gunnlöd, bewachte einsam den Kessel und träumte von mehr Freiheit. Beim Anblick der Schlange erschrak sie zunächst, doch dann verwandelte das Tier sich in einen stattlichen Gott, der nach dem Skaldenmet verlangte. Gunnlöd bot ihm drei Schluck von dem Met an; als Gegenleistung sollte Odin drei Nächte mit ihr verbringen. Der Göttervater willigte nur allzu gerne ein und nach drei wahrscheinlich ziemlich anstrengenden Liebesnächten mit der schönen und kräftigen Frostriesin (an dieser Stelle johlten die Zuhörer und machten allerlei rüde Kommentare) bot sie ihm wie versprochen drei Mundvoll von dem Skaldenmet an. Odins Schlucke jedoch waren die eines Gottes, nicht die eines Sterblichen, und er trank alle drei Kessel völlig aus, mit jedem Zug einen. Dann verwandelte er sich in einen Adler und verließ die Höhle durch den Eingang. Dort wurde er allerdings von Suttung gesehen, der sich daraufhin ebenfalls in einen Adler verwandelte und die Verfolgung aufnahm. Der Adler Odin flog zügig, doch der Riesenadler war ebenfalls schnell. Tag und Nacht flog der Göttervater mit aller Kraft, schwer von all dem Met in seinem Bauch, immer entlang der Regenbogenbrücke Bifröst, die Midgard mit Asgard verbindet. Er musste so rasch wie möglich die Götterburg Asgard erreichen; dort würde er in Sicherheit sein. Langsam holte Suttung auf. Odin strengte sich noch mehr an. Schon sah er die gewaltigen Mauern der Burg in der Ferne, sah sie immer näher kommen und konnte schließlich ein im Burghof stehendes Fass ausmachen. Hoch über dem Fass spie Odin im Sturzflug den Skaldenmet aus seinem Schnabel in das Gefäß. Seitdem ist der kostbare Trank im Besitz der Götter. Doch in der Aufregung der Verfolgungsjagd schied Odin in Adlergestalt auch vom anderen Ende her etwas von dem Met aus, nämlich als Vogelmist. (Diverse Zuhörer kommentierten den Satz mit entsprechenden Geräuschen.) Dieser ekle Trank landete außerhalb der Burg. Jeder konnte sich davon bedienen. Das ist der Met der Reimer, der die schlechten und mittelmäßigen Dichter inspiriert, denn er ist voller Mist. Nur den wahren Dichtern gönnt Odin einen Schluck vom echten Skaldenmet."

„Na, dann wissen wir ja, was Sveneld so in seinem Krug hat!"

„Hör schon auf, kannst du etwa besser dichten?"

„Trinken wir lieber noch vom Julebier! Das ist jedenfalls sicher."

Die ersten Feiernden übergaben sich im Morgengrauen. Das war an sich nichts Ungewöhnliches nach einer durchzechten Nacht, wenn sich nicht noch quälende Bauchschmerzen und starker Durchfall dazugesellt hätten. Und zwar bei allen, die das Julfest gefeiert hatten. Sveneld konnte sich kaum auf den Beinen halten. Wigbjorg wurde von Zizak, die in der Nacht bedient und nicht von dem Bier getrunken hatte, auf dem Weg zum Nachttopf gestützt. Wer noch Kraft für Humor aufbringen konnte, machte Witze über diesen „Skaldenmet zweiter Wahl", die jedoch nicht überall gut ankamen.

Auch den Bardanern entging natürlich keinesfalls, dass es ihren Eroberern nicht gut ging. Hunderte von Menschen mit heftigen Magenkrämpfen und Durchfall waren nicht zu übersehen oder zu überhören. Vom Geruch ganz zu schweigen, der wie ein Pesthauch von der Zitadelle her in die Gassen zog. Die Bürger rümpften die Nasen. Ihr Mitleid hielt sich in Grenzen.

„Nun ja, Zwergholunder ist eben giftig. Hätten sie ihn mal nicht in ihr Bier gemischt!"

„Sie kennen die Pflanze nicht. Ich habe gehört, bei ihnen im Norden wachse nur essbarer Holunder."

„So ein Pech aber auch!"

Das war natürlich eine Gelegenheit, sich von der ungeliebten Fremdherrschaft zu befreien, die man sich nicht entgehen lassen konnte. Im Handumdrehen waren die geschwächten Wächter am Tor und auf der Stadtmauer überwältigt. Die verbliebenen freien Bürger von Barda öffneten die Tore ihrer Stadt und ließen die Truppen aus Ardabil hinein. Dann zogen sie zur Festung, um die dort Gefangenen freizulassen. Hier stießen sie zwar auf Widerstand, aber auch der war zu überwinden. Die Aussicht auf ein Ende der Besatzung gab ihnen frischen Mut und neue Energie. Die bereits geschwächten Rus waren von dem plötzlichen Eindringen der Soldaten so überrascht, dass sie einige Momente brauchten, um sich zu formieren und ihre Verteidigung zu organisieren. An allen Ecken und Enden wurden unverständliche Befehle gebrüllt. Krieger rafften sich mit scheinbar letzter Kraft auf. Aber ans Aufgeben dachte keiner von ihnen.

Die befreiten Gefangenen strömten in die Straßen und vermischten sich mit anderen kämpfenden Zivilisten und den Soldaten Marzubans. Es kam zu kleineren Scharmützeln und Straßenschlachten, bei denen Bardaner zunächst die Oberhand zu behalten schienen. Doch mit einem Mal rafften sich die Nordmänner unter der wiedererlangten Führung ihres Oberhaupts wieder auf und formierten sich.

Vom Dach ihres Hauses aus konnte Feridun die Schlacht in den Straßen verfolgen. Gegen den Willen Babaks hatte sich Rutbil den Kämpfern angeschlossen. Er musste jetzt irgendwo dort unten sein. Feridun hielt nach seinem treuen Freund Ausschau, konnte ihn aber nirgends entdecken. Stattdessen sah er, wie der Anführer der Rus mit einem schrecklichen Kriegsschrei und auf einem Esel reitend (was ziemlich komisch ausgesehen hätte, wenn die Lage nicht so ernst gewesen wäre) seine Leute anführte, die überwiegend zu Fuß auf den Marktplatz stürmten und gegen das dortige Gros der Soldaten zum Gegenangriff übergingen. Das Hauptgeschehen fand nun dort statt, auf offenem Platz. In den engen Straßen und Gassen hielten sich nur noch vereinzelt Kämpfer auf. Die Arraner wurden von dem plötzlichen Gegenangriff überrascht. Die Nordmänner kämpften wie die Berserker, hielten einander den Rücken frei und hielten ihre Reihen geschlossen. Die einfachen Bürger waren solcher schieren Gewalt nicht gewachsen, aber die Soldaten hielten dem Angriff tapfer stand. Feridun konnte ihren Hauptmann erkennen; er hatte gehört, dass er der Sohn des Herrschers Marzuban sei. Soweit er das in dem blutigen Getümmel erkennen konnte, schlug er sich alles andere als schlecht. Er ritt auf einem ungewöhnlichen Reittier, einem safrangelben Palomino mit rosenfarbener Scheckung, und trug nicht nur ein großes Schwert in der einen, sondern auch einen Streitkolben in der anderen Hand und benutzte die beiden Waffen synchron und mit fließenden Bewegungen, während er sein Pferd nur mit den Schenkeln lenkte und gleichzeitig noch seine Männer befehligte. Schließlich gelang es seinen Truppen, einen Teil der Rus auf dem Marktplatz einzukreisen. Damit begann ein unerbittliches Gemetzel. Feridun meinte zu sehen, dass einige der eingekesselten Nordmänner sich in ihr eigenes Schwert stürzten, um nicht gefangen genommen zu werden. Er sah noch, wie die Zauberin, die weiße Dämonin, deren hagere Größe, ungewöhnliche Kleidung und langes weißes Haar von hier oben aus gut auszumachen waren, in der Schlacht fiel: Sie hatte offenbar ihren Stab verloren, den sie immer bei sich trug. Dann hatte sie versucht, dem Pferd des Hauptmanns einen Dolch in den Hals zu rammen und war dafür von dessen Reiter mit dem Schwert durchbohrt worden. Mit einer Mischung aus Grauen und Faszination beobachtete er das Geschehen. Kurz darauf holte ihn sein Vater vom Dach herunter. „Du hast genug gesehen", erklärte er, blickte schaudernd auf das Schlachtfeld hinunter und zog den Jungen hinter sich zurück ins Haus.

Feridun sorgte sich vor allen Dingen um Rutbil. Natürlich war er auf Seiten der Arraner, aber insgeheim hoffte er auch, dass Wigbjorg überleben würde. Immerhin hatte sie die drei aus der Festung gerettet. Er hatte zwischendurch immer mal wieder gemeint, ihren Zopf unter einem der Helme erkennen zu können, war sich aber nicht sicher. Hoffentlich würden alle drei, Rutbil Wigbjorg und natürlich Zizak, die er auch ins Herz geschlossen hatte, überleben.

Was Feridun nun nicht mehr beobachten konnte, war eine große Gruppe der nordischen Krieger, vielleicht die Hälfte derer, die in Barda geblieben waren, vielleicht sogar weniger, die sich in die nunmehr verwaiste Festung retteten und sich dort verbarrikadierten.

Die Arraner, Bürger und Soldaten gemeinsam, hatten Barda zurückerobert, mit Ausnahme der Festung, die sie nun belagerten. Der Hauptmann saß von seinem Pferd ab und tätschelte ihm die Schnauze. Er übergab sein Tier einem Untergebenen: „Sieh zu, dass er gut versorgt wird!" Dann machte er sich daran, die Gefallenen zu inspizieren. Ärzte kümmerten sich bereits um die Verletzten. Die Arraner selber hatten einige Verluste gemacht, aber der Großteil der Leichen auf dem Marktplatz und in den umliegenden Straßen gehörten zu den Eroberern. Er wies seine Leute an, die Rüstungen und Schwerter, die von außergewöhnlicher Qualität waren, an sich zu nehmen und die Leichen der Feinde auf Karren einzusammeln und aus der Stadt zu schaffen. Die Kämpfer hatten alle einen äußerst ungesunden Eindruck gemacht; es war besser, sie so schnell wie möglich wegzubringen. Nicht, dass sich in der Stadt noch Seuchen ausbreiteten!

„Hauptmann", wurde er angesprochen. „Unter den toten Kriegern sind auch Frauen."

„Den Eindruck hatte ich auch. Eine von ihnen hat versucht, mein Pferd zu schächten. Eine lange, dünne Person mit weißem Haar. Ich habe sie getötet. Das muss die Zauberin gewesen sein, von der unsere Informanten gesprochen haben. Die weiße Dämonin. Habt ihr sie gefunden?"

„Das haben wir. Sie liegt dort drüben." Der Mann zeigte mit seinem Daumen über seine Schulter hinter sich.

Der Hauptmann ließ es sich nicht nehmen, diese eigenartige Frau, von der die ganze Stadt munkelte, selber zu inspizieren. Entgegen der Gerüchte hatte sie weder Hörner noch Schlangen, die aus ihrem Körper wuchsen und machte einen doch recht menschlichen Eindruck. Sie trug einen sehr kostbaren Mantel aus Tigerfell, der nicht allzu viel Blut abbekommen hatte. Er beschloss, ihn an sich zu nehmen. Dazu suchte er sich unter den eingesammelten Waffen einen Vendelhelm nach Art der Nordmänner sowie ein Schwert aus, das am Griff mit der Darstellung eines Seeungeheuers verziert war. Die übrigen Waffen konnten seine Leute unter sich aufteilen.

Am Abend kehrte Rutbil endlich in das Haus zurück, das er mit Babak und Feridun bewohnte, sehr zu deren Erleichterung. Der Afghane war müde und verschwitzt, aber immer noch aufgekratzt. Er konnte viel von dem, das sich am heutigen Tag in der Stadt ereignet hatte, aus erster Hand berichten. Er war stolz, sich an der Befreiung Bardas beteiligt zu haben. Feridun löcherte ihn aufgeregt mit Fragen, über den Verlauf der Schlacht, über die Waffen, ob er Wigbjorg oder Zizak gesehen habe. Das hatte er nicht. Er konnte aber davon berichten, wie ein Teil der Rus in die Festung geflohen sei und dass die Belagerung in der Stadt daher noch nicht vorbei sei. „Wir haben fast gewonnen, aber noch nicht ganz", sagte er. „Aber warte nur ab, bald holen wir auch die Festung zurück."

Babak dachte, dass er persönlich ganz gut auf eine erneute Begegnung mit der Festung verzichten könne, in der sie über eine Woche lang eingesperrt gewesen waren. Aber er hielt seine Überlegungen für sich. Rutbil identifizierte sich derart mit den Bürgern von Barda, dass er ihm diesen Triumph nicht nehmen wollte.

Schließlich erzählte Rutbil ausführlich, wie er persönlich dem Hauptmann begegnet sei. Er war voll der Bewunderung: „Er ist ein großer Kämpfer und ist gerecht zu seinen Leuten. Alle Soldaten, mit denen ich gesprochen habe, loben ihn in den höchsten Tönen. Als sie die Stadt stürmten, soll er gesagt haben: ‚Ein weiser Mann geht nicht freiwillig zum Höllentor, noch gibt er sein Fleisch einem wilden Löwen. Aber es ist meine Aufgabe, diese weißen Dämonen zu besiegen und die Stadt zu retten.' Und er hat ein Pferd wie ich noch keines gesehen habe."

„Das habe ich auch gesehen, vom Dach aus."

„Wirklich? Es hat ganz ungewöhnliche Farben. Er nennt es ‚Blitz'."

„Und wie heißt der Hauptmann? Ist er wirklich der Sohn des Herrschers?"

„Das ist er. Sein Name ist Rostam. Rostam ibn Marzuban."

„Das war's dann wohl."

„Wir müssen hier weg!"

„Haben wir eine Chance?"

„Wir müssen es versuchen."

Die Stimmung auf der Festung war getrübt. Die meisten der Krieger, die sich hier verschanzt hatten, waren inzwischen über die schlimmsten Symptome ihrer Vergiftung hinweggekommen. Doch noch immer waren sie geschwächt. Dazu kam der Tod vieler ihrer Freunde und Kameraden, den sie von der Festung aus hatten beobachten müssen. Immerhin waren sie im Schwertersturm gestorben und würden in die Festhalle Odins einziehen. Auch Drifa. Oder wohin auch immer eine Völve im Jenseits ging.

Wigbjorg stand neben Sveneld auf dem Turm der Festung und schaute auf die Soldaten unter ihnen herab, die sie jetzt wieder belagerten. Wortkarg planten sie ihr weiteres Vorgehen. Ihnen beiden war die Flucht vor den Soldaten gelungen, Sveneld auf seinem Esel und Wigbjorg zu Fuß durch enge Gassen. Knapp die Hälfte von ihnen hatte den gestrigen Tag überlebt. Was für ein Ende für ein Julfest!

„Ich hoffe, unsere Wellenrösser liegen noch an der Kura."

„Vor zwei Wochen taten sie das. Ich habe einige Leute zur Wache dagelassen und sie angewiesen, die Schiffe abfahrtbereit zu halten. Yabghu und seine Oghusen zum Beispiel. Dafür haben sie Mubaraki als Hauptquartier genutzt."

„Falls sie nicht geflüchtet sind oder getötet wurden."

„Die sind zäh. Wir müssen es auf jeden Fall versuchen. Aber in der Dunkelheit."

„Heute Nacht?"

„Heute Nacht."

„Wir machen den Schweinskopf."

„Daran dachte ich auch."

Der Schweinskopf war eine bewährte Angriffsformation, eine keilförmige Schlachtordnung mit einem Anführer an der Spitze, mit der man die feindlichen Linien in einem Überraschungsangriff durchbrechen konnte. Allerdings durfte man dem Feind keine Zeit geben, einen Flankenangriff zu organisieren. Geschwindigkeit war der entscheidende Schlüssel. Das Manöver war riskant und ließ wenig Möglichkeiten für einen erneuten Rückzug zu, war aber ideal für einen plötzlichen Ausfall.

Wigbjorg wandte sich von der Brüstung ab. „Ich sage den anderen Bescheid, dass sie sich für heute Nacht bereitmachen sollen."

„Wir sollten so viel wie möglich mitnehmen, jeder soviel wie er tragen kann."

„Oder sie."

Sveneld ignorierte den Einwurf. „Wir wollen doch nicht, dass die ganze Aktion umsonst war. Der Großteil der Beute befindet sich hier im Keller der Festung. Wir sollten die kostbarsten Stücke auswählen, die sich am besten tragen lassen."

„Versteht sich von selbst. Sklaven? Einige der Männer haben sich hier in der Stadt eine Frau genommen."

„Sie sollen sie hier lassen. Zu riskant. Dazu fehlt uns die Zeit. Sklaven können wir uns unterwegs noch holen."

„Weiß noch nicht, ob ich das möchte. Freust du dich auf zuhause?"

„Frag mich das nochmal, wenn wir es hier herausgeschafft haben und wir am Fluss noch genügend von unseren Schiffen für die Rückfahrt antreffen."

„Wie du sagtest, die Oghusen sollten eigentlich darauf aufgepasst haben. Genug gezahlt haben wir ihnen ja. Sie dürften in der Zeit auch ganz gute Beute gemacht haben."

Wigbjorg stieg die Turmtreppen hinunter, um die Sichtung und Verteilung der Beute zu organisieren. Anschließend hatte sie eine weitere wichtige Aufgabe zu erledigen. Sie suchte nach Zizak und fand sie bei der Versorgung der Verwundeten helfend: die Chasarin kniete auf dem Boden am provisorischen Lager einer Kriegerin, die eine tiefe Wunde in der Schulter hatte. Wigbjorg rief ihre Dienerin beim Namen. „Ich muss mit dir sprechen", sagte sie quer durch die Halle.

Zizak verknotete den Verband, stand auf und ging zu ihr. „Wie kann ich dir helfen?"

„Wir müssen hier weg. Lange werden wir hier drin nicht durchhalten."

„Wann?"

„Heute Nacht."

„Soll ich die Sachen packen?"

„Darum würde ich dich bitten. Aber das ist nicht das, was ich dir eigentlich sagen wollte. Du brauchst nur meine Sachen zu packen. Wenn du möchtest, kannst du hierbleiben.

Du findest bestimmt einen Weg, nach Itil zu gelangen, zu deinen Leuten, zu deiner Familie."

„Du lässt mich frei?"

„Ja."

„Ich könnte mit dir nach Itil fahren und dort von Bord gehen."

„Was wir heute Nacht vorhaben, ist viel zu gefährlich. Du würdest es vielleicht nicht überleben."

„Und du?"

„Ich fürchte den Tod nicht."

„Jeder fürchtet ihn."

„Aber du kannst hierbleiben. Du hast die Wahl. Du warst eine Dienerin, eine Sklavin. Du bist Chasarin. Niemand wird dir etwas zuleide tun. Ich dagegen muss flüchten, nach allem, was wir mit dieser Stadt gemacht haben."

„Du bereust es?"

„Ich heiße es nicht gut."

„Dann wünsche ich dir alles Gute auf dem Heimweg. Ich hoffe, du schaffst es!" Sie wollte ihre langjährige Herrin umarmen, zögerte dann aber. Offensichtlich fiel es Wigbjorg immer noch schwer, ihre Gefühle zu zeigen.

„Danke", sagte Wigbjorg nur. Sie war gerade im Begriff, sich abzuwenden, da fiel Zizak noch etwas ein: „Was hast du eigentlich dem Eber auf dem Julfest gelobt?"

„Dass ich dich freilassen werde."

Zizak nickte. „Ich danke dir!", sagte sie. Dann drehte Wigbjorg sich endgültig um und ging davon.

Sie warteten bis zur zweiten Hälfte der Nacht, der Zeit, zu der die Wachen am unaufmerksamsten waren und die Schlafenden am tiefsten schlummerten. Mit der Kraft der Verzweiflung überrannten die Rus in einem spektakulären Ausfall die Linien der Belagerer. Die Spitze des ‚Schweinskopfs' durchbrach die dünnen Schlachtreihen der Verteidiger und rieb sie mit der breiter werdenden Aufstellung nachfolgender Krieger auf, so dass die allermeisten von ihnen es durch die Linien der Arraner schafften. Sie trugen dabei so viel Beute in Bündeln auf ihren Rücken, wie sie ohne Einbußen ihrer Kampfkraft nur konnten: viele, viele Silberdirhams, dazu kostbare Stoffe und Gewürze, die besten Waffen, ein wenig Gold und Edelsteine. Durch den plötzlichen Überraschungsangriff gelang es ihnen, bis zur Kura vorzudringen, wo sie ihre Schiffe in tadellosem Zustand vorzufinden hofften. Die von der langen Belagerung und dem Kampf müden Truppen aus Ardabil hatten sich in der Zwischenzeit aufgerappelt, sich neu formiert und waren ihnen auf den Fersen. Ihnen würde nicht viel Zeit bleiben. Sie würden erneut kämpfen müssen.

Die Last auf ihrem Rücken wurde ihr schwer, doch Wigbjorg rannte, ihr kostbares Ulfberht-Schwert fest umklammert. Sie hatte mehrere Soldaten auf dem Weg aus der Stadt damit getötet oder verletzt – so genau konnte sie das nicht sagen. Ihr Nebenmann hatte den Ausfall nicht überlebt, er und mehrere andere. Doch das Gros der Krieger hatte es geschafft – bis jetzt. Sie waren fast am Lauf der Kura angekommen. Wenn sie ihre Schiffe hier finden würden, wären sie gerettet. Und in der Tat, bald konnten sie die ersten Masten hinter dem Schilfdickicht erkennen. Es lagen weniger Schiffe am Ufer als ursprünglich vorhanden, weniger noch als sie gehofft hatten. Aber sie selber waren auch weniger geworden; es musste eben reichen. Die Oghusen waren wahrscheinlich mit einigen ihrer Schniggen auf Raubzug gegangen. Oder sie hatten sie an die Arraner verkauft, argwöhnte Sveneld. Aber jetzt war nicht die Zeit zum Diskutieren.

„Lasst die Boote zu Wasser!", rief Sveneld den am Ufer Wache Haltenden von Weitem zu. „Beeilung! Macht schnell!" Und zu den mit ihm Flüchtenden gewandt sagte er: „Teilt euch auf die Schiffe auf, die abfahrtbereit sind. Nach Möglichkeit in der Formation, in der wir hierher gesegelt sind. Kapitäne! Jeder übernimmt die Verantwortung für ein Schiff und dessen Bemannung. An die Ruder! Und keinen Streit!"

Die Schiffe waren in Windeseile zu Wasser gelassen. Die Rus waren noch nicht ganz alle an Bord gegangen, als die ersten Pfeile der hinter ihnen her eilenden Truppen die kalte Nachtluft durchschnitten. Die meisten blieben im Holz der Boote stecken, einige jedoch fanden mit einem dumpfen Geräusch ihr menschliches Ziel, gefolgt von Schmerzensschreien und lauten Flüchen.

„An die Ruder! Los! Alle an die Ruder!"

Die Rus verbrachten einige Wochen im nördlichen Chasarischen Meer bei den Oghusen, um sich von den vergangenen Strapazen zu erholen und um auf besseres Wetter zu warten. Die Oghusen waren als reiche Männer heimgekehrt. Anschließend setzten die Rus ihre Reise auf den Flüssen des Chasarenreichs und des Wilden Felds fort. Sie mussten mit aller Kraft gegen die Strömung der Wolga anrudern. Von dem hier vor Monaten ausgesetzten Unruhestifter Farulf war weit und breit keine Spur zu sehen. Die aufreibende Landpassage zwischen Tanais und Wolga gestaltete sich dieses Mal einfacher, da noch Schnee lag und sie ihre Boote wie Schlitten ziehen konnten. Ein oder zwei kleinere Überfälle der Petschenegen im Wilden Feld, entlang den Stromschnellen des Dnepr wehrten die Rus ohne große Verluste ab. Jetzt, im Spätwinter, war noch nicht die Zeit für ihre Angriffskampagnen. Es wurde bereits Frühling, als die Reste der vor einem Jahr aufgebrochenen Expedition schließlich Kænugard erreichten. Von ursprünglich achthundert Kriegern fanden nur knapp dreihundert ihren Weg zurück nach Kænugard, der Hauptstadt Gardarikis, darunter ihr Anführer Sveneld sowie die Kriegerin und nun auch Jarlfru Wigbjorg. Trotz des überhasteten Aufbruchs kehrten die Überlebenden des Raubzugs nach Særkland als reiche Leute wieder. Nicht übermäßig reich zwar, aber wohlhabend und angesehen. Viel war indes auch hier in Gardariki geschehen. Svenelds Frau hatte in der Zeit seiner Abwesenheit einen zweiten Sohn zur Welt gebracht, etwa zur gleichen Zeit, zu der Königin Helga ihrem Mann König Ingvar den lang ersehnten Thronfolger schenkte, den kleinen Swatoslaw. Er war der erste Erbe des Herrscherhauses, der einen slawischen und keinen skandinavischen Namen mehr trug. Doch gleich im darauf folgenden Jahr war König Ingvar bei der Eintreibung seiner Tributforderung von den benachbarten Drewlanen erschlagen worden. Der kleine Swatoslaw hatte daraufhin noch in der Wiege die Krone geerbt, während seine Mutter Helga die Regentschaft über die Kiewer Rus übernahm. Wigbjorg, die nun als Jarl zwar offiziell dem Rat angehörte, aber dort eher belächelt wurde, trat daraufhin in ihre Dienste und baute so

ihren Einfluss aus. Die Königin war keine einfache Dienst-
herrin. Um die Mörder ihres Mannes zu bestrafen, ließ Helga
die Anführer der Drewlanen bei lebendigem Leibe begraben
oder verbrennen und brannte ihre Hauptstadt nieder, indem
sie Vögel als lebende Brandbomben in die überwiegend aus
Holz gebaute Siedlung fliegen ließ. In diese Welt, keineswegs
friedlicher als die, die sie gerade verlassen hatten, waren die
Raubzügler im Jahr 944 der christlichen Zeitrechnung wieder
zurückgekehrt. Denn auch diese Neuerung, der christliche
Kalender, fand mit einem Mal Einzug in das Reich der Kiewer
Rus: nach ihrer Rache an den Mördern ihres Mannes fühlte
sich die Königin plötzlich zu einer neuen Religion
hingezogen, die die alten Götter ablehnte und nur noch einen
einzigen verehrte: dem Christentum. Zehn Jahre nach dem
Tod ihres Mannes ließ sie sich in Konstantinopel taufen. Ihren
eigenen Sohn Swatoslaw, der Jahre später von den verfeindeten Petschenegen bei den Stromschnellen des Dnepr
getötet werden würde (obwohl Sveneld ihn eindringlich vor
den Gefahren gewarnt hatte), versuchte sie noch erfolglos zu
bekehren, doch bei vielen anderen Menschen in ihrem Land
hatte sie Erfolg. Noch heute wird Helga in der orthodoxen
Kirche als Heilige Olga verehrt.

Die ehemalige Sklavin Zizak fand bald eine Mitreisegelegenheit von Barda nach Itil und begann ein neues Leben im Land
ihrer Herkunft. Ihre Eltern und Geschwister fand sie nicht
mehr vor, aber zwei Cousins und deren Familien, die ihr beim
Neuanfang halfen.

Keiner von ihnen hörte jemals wieder vom Jungen Feridun. Viele andere Menschen in Persien und darüber hinaus dafür umso mehr.

٢٣

Endlich, endlich brachen sie auf. Feridun hatte den Tag der Abreise kaum abwarten können. Wie sehr sehnte er sich nach Tus, nach seiner Mutter, nach seinen Freunden, ja sogar nach seiner kleinen Schwester. Nach der Befreiung der Stadt von den Besatzern hatte sich wieder ein reger Verkehr zwischen Barda und Ardabil entwickelt und es war kein Problem gewesen, eine passende und sichere Mitreisegelegenheit zu finden. Feridun, Babak und Rutbil packten ihre Sachen auf einige Maultiere, die sie von ihrer Karawane hatten mieten können. Ein paar ihrer Tauschwaren hatten sie verloren, das meiste jedoch behalten oder wiedererlangt. Die vergangenen Monate in Barda mit ihren stetig steigenden Schwarzmarktpreisen waren teuer gewesen und nun mussten sie die Karawanen und Chans auf ihrer Rückreise bezahlen. Einen Teil davon würden sie unterwegs mit dem Verkauf von Pelzen aus Barda bestreiten können. Wahrscheinlich würden sie von der Reise sogar einen kleinen Gewinn erzielen, allerdings weit weniger, als Babak sich ursprünglich erhofft hatte. Aber an Geld dachte er jetzt nicht mehr. Er wollte nur noch sich und die Seinen sicher nach Hause bringen.

Die Reiseroute entsprach der der Hinreise, nur eben in umgekehrter Abfolge. Feridun fragte nun gezielt in jeder

Stadt und beim Anblick jeder Ruine, die sie sahen, nach den lokalen Legenden und Sagen. Abends machte er sich Notizen und hatte schnell eine beachtliche Sammlung an Legenden, Motiven, Namen und Geschichtsfragmenten gesammelt, die er zusammen mit der Karte, die Abas ihm in seinem Laden gezeigt hatte und die er so gut er konnte abgezeichnet hatte, in einer Ledermappe aufbewahrte. Immer wieder fügte er mit Sorgfalt die Details seiner eigenen Reise hinzu. Natürlich spielte Feridun immer noch täglich Schach mit seinem Vater, der immer noch meistens gewann. Aber eben nicht immer.

Sie passierten erneut Rascht, Qazvin, Karadsch, Rey, Damghan und Nischapur. In Rey traf Feridun einen Jungen etwa in seinem Alter, der ähnliche Interessen hatte. Seine Name war Miskawaih. Feridun erzählte ihm von seinen Erlebnissen in Barda, von der Eroberung und Belagerung, von den Nordmännern und ihren Waffen, von Wigbjorg und der schrecklichen Zauberin, und von der Schlacht, die er vom Dach des Hauses aus hatte beobachten können. Miskawaih hörte aufmerksam zu und unterbrach ihn immer wieder, um Fragen zu stellen. Später sollte aus dem Jungen aus Rey ein bekannter Philosoph und Geschichtsschreiber werden, der auch die Ereignisse in Barda für die Nachwelt niederschrieb.

Feridun bewunderte die mit Liebe zum Detail angelegten persischen Paradiesgärten nach dem langen Winter in Barda um so mehr und verbrachte in den Städten, die sie durchquerten, so viel Zeit wie möglich darin; so ausgiebig und enthusiastisch, dass Rutbil ihm eines Tages den Spitznamen Firdausi, „Paradiesischer", verlieh.

Es war beinahe Nouruz, als sie endlich Tus erreichten und Feridun seine Mutter und Schwester wieder in die Arme schließen konnte. Ihre Sorge war enorm gewesen, denn eigentlich hätten sie zu Jalda wieder zurück sein wollen. Sie hatte vor Kummer an Gewicht verloren und in ihrem Haar zeigten sich plötzlich die ersten grauen Strähnchen. Doch ihr Lachen beim Anblick ihrer nun wieder vereinten Familie verjüngte sie wieder. Alle Verwandten, Nachbarn und Freunde kamen, um mit den glücklich Heimgekehrten zu feiern und ihre außergewöhnlichen Geschichten zu hören. Navid und Daqiqi hingen geradezu an Feriduns Lippen, als er ihnen von seinen Abenteuern berichtete, von den fernen Städten und außergewöhnlichen Menschen, die er kennen gelernt hatte, ihnen seine Landkarte zeigte und ihnen von den Burgen, Königen, wilden Drachen, furchterregenden Dämonen, fremdartigen Zauberinnen und mutigen Kriegern erzählte. So wurde es das größte und glücklichste Nouruzfest, das die Stadt Tus je gesehen hatte.

Epilog: Schahnameh

Jahre später begann Firdausi mit der Niederschrift der Schahnameh, des Buchs der Könige. Viele Geschichten und Legenden, die er in seiner Jugend gehört und zu sammeln begonnen hatte, ließ er darin einfließen. Er hatte lange mit der Idee, die gesamte Geschichte der persischen Könige in Versform zu verfassen, gehadert. Zu enorm schien ihm das Projekt, zu vermessen. Er hatte schon früher versuchsweise mit ein paar ersten Zeilen begonnen, das Projekt dann aber schnell wieder ruhen lassen, bis ihm eines Nachts sein alter Freund Daqiqi im Traum erschienen war. Auch er hatte an einer poetischen Königschronik gearbeitet, sehr viel ernsthafter als Firdausi. Beide Freunde hatten lange Abende über Politik, Geschichte und Kultur diskutiert und waren sich in vielen Dingen einig gewesen. Sie beide lehnten den anwachsenden Einfluss der arabischen Sprache auf das Persische und die ebenfalls zunehmende Kontrolle des Islam auf weite Teile des kulturellen Lebens in Persien ab. Der aus einer zoroastrischen Familie stammende Daqiqi hatte seine Meinung dazu sehr öffentlich geäußert und war eines Tages ermordet aufgefunden worden, was Firdausi tief bestürzt hatte. Angeblich hatte ihn einer seiner Sklaven im Streit getötet, aber Firdausi glaubte nicht daran. Es war Mord gewesen, ein politischer Mord. Und nur Wochen nach dessen Tod war sein Freund ihm im Traum erschienen: „Führe meine Arbeit fort, Firdausi, hörst du? Du musst meine Arbeit fortführen und das Buch der Könige schreiben!"

251

Was hätte Firdausi also anderes tun können? Die Aufzeichnungen aus seiner Jugend halfen ihm dabei. Um 977 unserer Zeitrechnung begann er mit seiner Arbeit. Er konnte sich dabei auf die großzügige finanzielle Unterstützung des samanidischen Prinzen Mansur stützen, die ihm ein derartig zeitraubendes Projekt erst ermöglichte. Dreißig Jahre arbeitete Firdausi an dem aus 60.000 Versen bestehenden monumentalen Werk, das er ausschließlich auf Persisch – ohne die damals schon weit verbreiteten arabischen Lehnwörter – verfasste. Damit etablierte er die persische Sprache als gleichwertige literarische Schriftsprache.

Oft dachte Firdausi noch an die Ereignisse, die er als Junge in Barda erlebt hatte, an die Dinge, die er gesehen und die Menschen, die er kennen und zu schätzen gelernt hatte. Aber auch an die, die ihm einen Schrecken eingejagt hatten, so wie die Zauberin Drifa, *Div-e Sepid*, die weiße Dämonin. In seiner Schahnameh wird der mörderische weiße Dämon, der die Bevölkerung tyrannisiert, Zauberkräfte und seherische Fähigkeiten besitzt, seine Gegner blendet und der in den Miniaturen oft mit weiblichen Merkmalen dargestellt wird, vom tapferen Rostam getötet, der auf seinem safran- und rosenfarbenem Pferd *Rachsch*, „Blitz", reitet, einen Tigerfellmantel trägt und ein Schwert namens *Nahang* („Seedrache") führt. Den tragischen Helden Kaveh, der damals von Drifa hingerichtet worden war, und dessen Streitkolben in Form eines Stierkopfs flocht er als Namensgeber des Schmieds in die Erzählung um das Monster Zahak ein.

Firdausi beendete sein Werk wie folgt:

„Paläste gar verfallen in der Zeiten Lauf.
Der Wind nagt auch am Bauwerk aus Basalt.
Doch den poet'schen Bau, den ich lyrisch schuf,
wird widersteh'n des Wetters Macht.
Drei Jahrzehnte litt ich, damit neu erschallt
der Perser Sprache, und mein Werk ist vollbracht."

Nachwort

Seit ich dieses Buch geschrieben habe, ist viel geschehen. Das alte Kænugard ist natürlich Kiew, die Hauptstadt der Ukraine. Die Kiewer Rus sind Teil der frühen ukrainischen Geschichte. Die Bezeichnung „Rus" für die Waräger, die Wolgawikinger, die als Händler kamen, das Plündern angrenzender Gebiete aber nicht sein lassen konnten, doch ziemlich rasch in der lokalen Bevölkerung aufgingen, ist eine historische Eigenbezeichnung dieser Nordmänner und -frauen. Auf gar keinen Fall ist der Begriff „Rus" ein Hinweis darauf, dass – wie gewisse Kreise behaupten – die Ukraine ein Teil Russlands sei; im Gegenteil, Russland hat von den Kiewer Rus wahrscheinlich den Namen übernommen. Staatstreuen russischen Historikern gefällt dies überhaupt nicht, weswegen sie behaupten, dass die Rus gar nicht, wie in vielen Quellen belegt, aus Skandinavien, sondern aus einem Gebiet östlich der Ukraine, also aus dem heutigen Russland stammten, und Kiew gründeten, wofür es nicht den geringsten Beweis gibt. In jenen Kreisen wird diese Theorie als Teil einer pseudo-historischen Begründung für die Invasion der Ukraine durch Russland angesehen. Von solch einer die Tatsachen völlig verdrehenden Vereinnahmung der Geschichte möchte ich mich klar distanzieren.

Über Firdausis Kindheit und Jugend ist so gut wie nichts bekannt. Selbst sein richtiger Name ist nicht sicher belegt. Der Autor und Geschichtsschreiber al-Bundari (ca. 1190–1242), der die Schahnameh ins Arabische übersetzte, gab seinen Namen als Mansur ibn Hassan („Sohn des Hassan") an, beides arabische Namen. Das ist möglich, aber es ist nicht sehr wahrscheinlich, dass diese Namen tatsächlich als Rufnamen Verwendung fanden. Bis heute ist es im Iran üblich, dass Personen einen offiziellen muslimischen, oftmals arabischen, Namen tragen und im Alltag einen in keinem Dokument eingetragenen persischen Rufnamen benutzen. Das ist natürlich Spekulation und daher sind der Name Feridun und der Spitzname seines Vaters, Babak, frei erfunden.

Firdausis Reise nach Barda ist ebenfalls völlig fiktiv. Die Eroberung und Besetzung der Stadt durch die Rus im Jahr 943/44[8] dagegen ist historisch und in verschiedenen zeitgenössischen Quellen belegt, unter anderem bei Miskawaih, der die Ereignisse detailliert beschreibt. Dazu gehören auch Details wie etwa der Aufstand der Einwohner gegen die Rus und dessen Niederschlagung, das Blenden eines lokalen Anführers, die plötzliche Durchfallerkrankung der Besatzer, die Selbsttötung einiger der eingekesselten Rus oder dass ihr Befehlshaber auf einem Esel in die letzte Schlacht ritt.

Bizarrerweise wissen wir weit weniger über die vorchristliche Religion der Wikinger und der Waräger, als man gemeinhin denken mag. Die schriftliche Überlieferung Nordeuropas beginnt erst nach der Christianisierung und ist daher im Rückblick oft ideologisch gefärbt. Ein Großteil der Information über den Glauben im vorchristlichen Nordeuropa stammt aus der isländischen Edda des 13. Jahrhunderts, also dreihundert Jahre nach der hier behandelten Zeit, und auch geographisch weit entfernt. Inwieweit man die Erzählungen der Edda auf die Glaubenswelten der gesamten Wi-

---

8 Deutlich späteren Quellen zufolge wird alternativ das Jahr 945 erwähnt, dadurch ist dieses Datum manchmal noch in der Sekundärliteratur zu finden.

kingerzeit übertragen kann, ist zurecht sehr umstritten. Alle hier zitierten Rituale, Inschriften und Sagen gehen jedoch auf historische Quellen zurück, auch wenn manche von ihnen mit Vorsicht zu genießen sind. Wurde Tierblut, zum Beispiel, tatsächlich wie Weihwasser verspritzt oder ist das bereits eine christliche Bearbeitung, um die alten Gepflogenheiten zu diskreditieren? Wir wissen es nicht. Viel beachtet sind die Beobachtungen des arabischen Reiseschriftstellers Ibn Fadlan, der Anfang des 10. Jahrhunderts eine Zeitlang bei den Wolgawikingern verbrachte und beispielsweise die detaillierte Beschreibung einer fürstlichen Bestattung hinterlassen hat. Überdies finden die Rus Erwähnung in den Schriften von Ibn Fadlans Zeitgenossen Ibn Rustah, Ibn Masudi und Ibn Hawqal, des etwas früher lebenden Ibn Chordadhbeh und vieler weiterer, jüngerer persischer, arabischer und byzantinischer Geschichtsschreiber in den darauf folgenden Jahrhunderten.

Inwieweit weibliche Kriegerinnen unter den Wikingern üblich waren, ist ebenfalls weiterhin umstritten. Legenden erwähnen Schildmaide und die Berichte über Bestattungen einflussreicher Frauen mit Waffen als Grabbeigaben wurden in den letzten Jahren weithin publiziert. Leider sind sie kein abschließender Beweis dafür, dass Frauen auch tatsächlich regelmäßig gekämpft haben. Ich beziehe mich daher lieber auf den byzantinischen Bericht von Johannes Skylitzes aus dem 11. Jahrhundert, der die Existenz von Frauen unter den warägischen Kriegern mit großem Erstaunen erwähnt. Alle Indizien zusammen genommen, und auch in Hinblick auf die (zugegebenermaßen wenigen) Tatsachen, die über das altnordische Erbrecht bekannt sind, kann meines Erachtens davon ausgegangen werden, dass es zumindest vereinzelt Kriegerinnen unter den Wolgawikingern gegeben hat.

Bei den Beschreibungen der Städte habe ich mich so weit wie möglich an zeitgenössische Reiseberichte gehalten, insbesondere an das „Buch der Routen und Reiche" von al-Istachri aus dem 10. Jahrhundert. Im folgenden Personen-, Sach- und Ortsregister werde ich im Einzelnen aufführen, wo historische Fakten aufhören und die Fiktion beginnt.

Personenregister

Adarvan: Zoroastrischer Karawanenbegleiter und Geschichtenerzähler, ein fiktiver Charakter. Sein Name bedeutet „Beschützer des Feuers".

Alexios, Symeon und Johannes: Drei fiktive byzantinische Reisende. Der Name Symeon bezieht sich jedoch auf den byzantinischen Historiker Symeon Logothete, der im 10. Jahrhundert eine Weltgeschichte von der Schöpfung bis zum Jahr 948 verfasste.

Alp: Händler aus Turfan, ein fiktiver Charakter, doch seine Beschreibung entspricht einer chinesischen Abbildung eines Botschafters aus Kucha (im heutigen Xinjiang) aus dem 7. Jahrhundert.

Arasch: Mythischer Bogenschütze der persischen Mythologie, Bruder des iranischen Königs Kai Kawus, der das Reich seines Bruders durch einen unwahrscheinlich langen Pfeilschuss vor den verfeindeten Turanern schützte.

Babak = Hassan: Vater Feriduns, welcher laut dem Geschichtsschreiber al-Bundari Mansur ibn Hassan geheißen habe; demnach müsste der Name seines Vaters Hassan sei. Ich habe ihm den Spitznamen Babak gegeben. Babak bedeutet „Väterchen", ist aber auch ein eigenständiger Vorname, so zum Beispiel von Babak Chorramdin, einem aserbaidschanischen Volkshelden aus dem 9. Jahrhundert. Über den

Vater Firdausis ist nur bekannt, dass er ein *Dehqan* war, ein zum Landadel gehörender Landbesitzer und Verwalter.

Daqiqi: Eigentlich Abu Mansur Muhammad ibn Ahmad Daqiqi (ca. 935-977), persischer Dichter und Zeitgenosse Firdausis aus dessen Heimatstadt Tus oder Umgebung, wahrscheinlich Zoroastrier. Daqiqi hatte mit dem Verfassen eines monumentalen Königsepos, der Ur-Schahnameh, begonnen, wurde jedoch schon kurz darauf im Jahr 977 ermordet. Firdausi setzte sein Werk fort.

Drifa: Fiktive warägische Seherin, Völve (oder Völva: „Frau mit Stab"). Ihre Beschreibung beruht auf der Beschreibung der Völve Thorbjörg aus der Erikssaga aus dem 13. Jahrhundert und der einer „Todesengel" genannten Zeremonienmeisterin einer Wikingerbestattung an der Wolga aus den Schilderungen Ibn Fadlans aus dem 10. Jahrhundert.

Feridun = Mansur = Firdausi: Feridun und Mansur sind die fiktiven Namen des historischen persischen Dichters Firdausi (ca. 935 oder 940-1020). Über Firdausis Kindheit und Jugend ist so gut wie nichts bekannt. Als Dichter des iranischen Königsepos' Schahnameh gilt er als einer der bedeutendsten Vertreter der klassischen persischen Literatur.

Haraldr: Fiktiver Edelmann (Jarl) der Kiewer Rus. Es existiert tatsächlich ein Runenstein, der Gripsholm-Stein in Schweden, einer der sogenannten Særkland Runensteine, dessen Inschrift lautet: „Tola hat diesen Stein errichtet im Andenken an ihren Sohn Haraldr, Ingvars (Waffen-)Bruder war. Er reiste wagemutig weit, um Gold zu finden, und gab den Adlern im Osten Nahrung. Er starb im Süden im Særkland."

Allerdings ist mit dem auf dem Runenstein erwähnten Ingvar nicht Ingvar von Kiew, sondern Ingvar der Weitgereiste gemeint, der ein Jahrhundert später einen Raubzug in die Kaukasusregion unternahm.

Helga / Olga von Kiew: Ehefrau Ingvars von Kiew und Mutter seines einzigen überlebenden Sohns Swatoslaw, der noch in der Wiege den Thron bestieg. Gleich mehrere, wenn auch spätere Quellen (die Nestorchronik und die Olafssage) legen nahe, dass Helga in jungen Jahren eine Priesterin der Freya und sogar als eine Völve, eine Seherin, galt. Helga, die im Zuge der Übernahme slawischer Namen und Gebräuche mit der Zeit vermehrt Olga genannt wird, konvertierte zum Christentum, rächte sich grausam an den Mördern ihres Mannes und dem Volk der Drewlanen, ließ sich 955 in Konstantinopel taufen und wird in der orthodoxen Kirche als Heilige Olga verehrt. Sie starb im Jahr 969. Ob sie und ihr Mann sich selber eher Helga und Ingvar oder Olga und I(n)gor nannten oder je nach Adressat zwischen den verschiedenen Varianten wechselten, ist unbekannt, da die Quellen überwiegend jüngeren Datums sind. Ich habe mich im vorliegenden Kontext für die älteren, nordischen Namensformen entschieden. Ihr Sohn Swatoslaw war der erste Herrscher der Kiewer Rus, der einen eindeutig slawischen Namen trug.

Ingvar / Igor von Kiew: Warägischer König der Kiewer Rus (ca. 880?-945), Sohn Ruriks und Nachfolger des Königs Helge / Oleg von Nowgorod, der nach Ruriks Tod die Regentschaft für den bei der Thronübernahme minderjährigen Ingvar übernahm. Ingvar wurde bei dem Versuch, mehr Tribut als üblich von den benachbarten Drewlanen einzufordern, von diesen erschlagen.

Kaveh: Der heldenhafte Schmied aus der Schahnameh, der den Zahak besiegt, ist eine mythische Figur, um die auch schon vor Firdausi Legenden kursierten. Mit seiner Lederschürze als Fahne führt er den Aufstand gegen den Unterdrücker an. Den rebellischen Schmied in Barda ebenfalls Kaveh zu nennen und Firdausi so einige Ideen für seine Version der Legende zu geben, stammt aus meiner Feder und ist völlig fiktiv.

Marzuban ibn Muhammad: Der sallaridische Herrscher eroberte Aserbaidschan, darunter die Städte Tabris und Ardabil, und weitete seinen Einfluss bis nach Arran aus, hatte aber immer wieder mit Aufständen im eigenen Land und Intrigen am Hof zu kämpfen. Er starb 957.

Miskawaih: Abu Ali Ahmad ibn Muhammad ibn Yaqub ibn Miskawaih (932-1030) war ein persischer Historiker und Philosoph aus der Stadt Rey. Er beschrieb unter anderem die Belagerung und Eroberung Bardas. Er berichtet, wie die Rus lieber Selbstmord begehen als sich gefangen nehmen zu lassen. Von ihm stammt auch die Aussage, dass muslimische Truppen die Schwerter getöteter nordischer Krieger wegen ihrer hervorragenden Qualität an sich nahmen.

Rostam: Manchmal auch Rustam geschrieben, ist er einer der größten Helden der Schahnameh. Er muss viele Aufgaben erledigen, verteidigt sein Land Iran gegen die Mächte der Finsternis und tötet den Weißen Dämon aus dem Norden. Rostam trägt einen Tigerfellmantel, einen Streitkolben, ein Schwert namens *Nahang* („Seedrache") und reitet auf seinem treuen Pferd *Rachsch* („Blitz"), das als safranfarben mit rosenfarbigen Flecken beschrieben wird. Für den fiktiven aserbaidschanischen Heerführer in diesem Buch, der seinen Namen trägt, habe ich mich dennoch von einer historischen Figur inspirieren lassen: Marzuban bin Rustam, in manchen Quellen verwirrenderweise Rustam ibn al-Marzuban genannt, herrschte von 979 bis 986 über Teile Nordirans. Er ist dennoch nicht der Sohn unseres Marzuban ibn Muhammad. Ich bitte darum, mir diese Freiheit, die ich zu nehmen erlaubt habe, zu entschuldigen.

Rudabeh: Im vorliegenden Roman die Mutter Feriduns/Firdausis, in dessen Schahnameh die Mutter Rostams.

Rudaki: Als einer der ersten Dichter in neupersischer Sprache lebte Rudaki von etwa 859 bis 940 in Chorasan (Ostiran/Zentralasien). Besonders seine Fabeln sind bekannt und werden von Firdausi in der Schahnameh erwähnt.

Rutbil: Der afghanische Diener ist frei erfunden. Sein Namensvetter Rutbil Shah gründete im 7. Jahrhundert die Dynastie der Zunbil in Zabulistan, Afghanistan.

Sveneld: Der Heerführer der Rus diente den Rurikiden Ingvar von Kiew, seiner Frau Helga, deren Sohn Swatoslaw und wiederum dessen Sohn Jaropolk. Sveneld lebte etwa von 920 bis 970. Historiker vermuten, dass er der Anführer des Raubzugs in das Kaspische Meer und nach Barda war. Sveneld wird in der Nestorchronik (12. Jahrhundert) als enorm reicher und einflussreicher Feldherr des 10. Jahrhunderts ausführlich erwähnt. Die Chronik berichtet weiter, dass Sveneld König Swatoslaw vor den Stromschnellen des Dnepr warnte, der König den Rat ausschlug und bei dem Versuch, die Stromschnellen zu umgehen, bei einem Angriff der Petschenegen getötet wurde.

Swatoslaw I: Sohn Ingvars und Helgas von Kiew. Swatoslaw (943 – 972) war der erste Herrscher der Kiewer Rus, der einen eindeutig slawischen Namen trug. Er bedeutet „Der das Licht anbetet". Er widerstand zeitlebens den Bekehrungsversuchen seiner Mutter, die zum Christentum konvertiert war, und hielt an den alten Göttern fest. Swatoslaw wurde bei den Stromschnellen des Dnepr von den Petschenegen getötet.

Symeon: siehe Alexios, Symeon und Johannes

Wigbjorg: Die Figur der Kriegerin ist fiktiv. Ihr Name jedoch, Wigbjorg (auch Webiorg oder Veborg) ist der einer legendären Schildmaid aus dem 8. Jahrhundert, die vom dänischen Historiker Saxo Grammaticus (ca. 1150 – 1220) erwähnt wird.

Yabghu: Fiktiver Anführer der oghusischen Piraten im Kaspischen Meer. Sein Name bedeutet einfach „Anführer" in alttürkischer Sprache.

Zizak: Die Chasarin ist eine frei erfundene Figur. Keine historische Quelle der Zeit befasst sich mit der Lebensgeschichte von Sklaven. Sklaverei galt in allen in diesem Buch beschriebenen Kulturen als normal und wurde nicht angezweifelt. Wie gut oder grausam Sklavinnen und Sklaven von ihren jeweiligen Herren behandelt wurden, war individuell sicherlich unterschiedlich; grundsätzlich galten sie jedoch als Privatbesitz ohne eigene Rechte.

Sachregister

Agha dschun: Respekt- und liebevolle Anrede für den Vater im Persischen

Dehqan: ein zum Landadel gehörender Landbesitzer und Verwalter in Persien

Div: Dämon oder Monster in der persischen Mythologie. Divs werden in Miniaturen oft mit Hörnern und Fangzähnen abgebildet, mit weißer, grauer oder rötlicher Haut. In Miniaturen haben sie oft auch weibliche Brüste. Der Div-e Sepid, der „weiße Dämon", ist in der Schahnameh der Anführer der Divs, der Zauberkräfte und seherische Fähigkeiten besitzt und den Getreuen des Königs ihre Sehkraft nimmt.

Farsang: Altpersisch Parasang, alte iranische Längeneinheit, etwa 5 Kilometer

Hnefatafl: Das Brettspiel mit dem altnordischen Namen für "Königsbrett" war dem Schach nicht unähnlich, wurde aber von vier Seiten gespielt, mit einem zentral aufgestellten König, der sich gegen seine von außen angreifenden Gegner verteidigen muss. Hnefatafl wurde von den Wikingern in ganz Nordeuropa, von England bis in die Ukraine, verbreitet.

Jalda: Altiranisches Fest zur Wintersonnenwende

Jarl: altnordischer Fürstentitel

Julfest / Jul: Vorchristliches nordeuropäisches Winterfest, das im Zuge der Christianisierung mit Weihnachten gleichgesetzt wurde. Wie genau es in vorchristlicher Zeit gefeiert wurde, ist nur fragmentarisch belegt. Ein besonders für den Anlass gebrautes Julebier gehörte aber wahrscheinlich schon dazu, wie auch nach der Christianisierung und bis heute.

Karkadan: Einhorn der persischen Mythologie

Nouruz: Persisches Fest zur Frühlingstagundnachtgleiche

Rus: siehe Waräger

Schahnameh: Das „Buch der Könige" des Dichters Firdausi erzählt die mythische Geschichte der iranischen Könige in Form eines monumentalen epischen Gedichts von fast 60.000 Versen in persischer Sprache. Für die Niederschrift benötigte Firdausi dreißig Jahre.

Schnigge: Ein kleiner Langschiffstyp, der sich gut zur Schifffahrt in flachen Gewässern eignet. Er wurde sowohl von den Wikingern als auch später von der Hanse als Kriegsschiff verwendet und ist auch für die Flussschifffahrt geeignet.

Simorgh: Ein mythischer Riesenvogel der persischen Mythologie, dem Vogel Phönix nicht unähnlich, jedoch mit Nachkommen. Er spielt in Firdausis Schahnameh eine entscheidende Rolle.

Stierkopfkeule: Streitkolben in Form eines gehörnten Stierkopfs haben eine lange Tradition im Iran. Sie sind ein Ausdruck von Macht und Autorität. In der Schahnameh besiegt der Held Feridun das Monster Zahak mit Hilfe eines stierköpfigen Streitkolbens.

Ulfberht: Berühmte Schmiede, eventuell im fränkischen Raum, die vom 8. bis zum 11. Jahrhundert besonders begehrte Schwerter schmiedete, deren Klinge mit der Inschrift +VLFBERHT+ oder +VLFBERH+T versehen war. Die Markenschwerter waren so begehrt, besonders bei den Wikingern, dass zahlreiche Fälschungen im Umlauf waren. Die meisten Ulfberht-Schwerter wurden in Skandinavien gefunden, einige Exemplare aber auch in Osteuropa und dem Kaukasus. Sie wurden aus besonders hochwertigem Tiegelstahl geschmiedet, der wahrscheinlich aus Persien oder Afghanistan stammte.

Völve: Auch Völva: „Frau mit Stab", Zauberin und Seherin des vorchristlichen Skandinaviens.

Waräger: Bezeichnung für die Wikinger in Osteuropa, die entlang der Flüsse Dnepr, Duna, Don und Wolga siedelten, meist synonym gebraucht mit dem Wort „Rus". Allerdings bezeichnet „Rus" eher die in Osteuropa heimisch gewordenen Siedler, die sich mit der dortigen Bevölkerung vermischten, während sich Waräger auf Fremde aus dem Norden bezieht, aber die Abgrenzung der beiden Termini ist vage.

Zahak: Der Begriff Zahak (oder Zahhak) bezeichnet ursprünglich einen mythologischen Drachen mit drei Köpfen. In Firdausis Schahnameh wird er zum Namen eines Königs, dem durch einen Pakt mit dem teuflischen Ahriman eine

Schlange auf jeder Schulter wächst. Diese Schlangen verlangen nach Menschenopfern, wenn sie den König nicht töten sollen, denn sie verzehren jeden Tag jeweils ein menschliches Gehirn. Der zum Monster gewordene König wird schließlich mit Hilfe des Schmieds Kaveh von Feridun besiegt und für alle Zeiten in einer Höhle unter dem Berg Damawand angekettet.

Zwergholunder: Der kleinere Verwandte des Schwarzholunders kommt besonders im Kaukasus und Nahen Osten vor und ist im Gegensatz zu seinem ähnlich aussehenden Namensvetter in allen seinen Teilen giftig, besonders die Fruchtsamen. Wie die Rus sich ihre von zeitgenössischen Autoren beschriebene Durchfallerkrankung tatsächlich zuzogen, ist allerdings unbekannt. Der Geograph Ibn Hawqal (943 – 988) vermutet eine absichtliche Vergiftung durch die Bürger Bardas. Auch eine Amöbenruhr durch verunreinigtes Obst oder Gemüse oder durch verdorbenes Trinkwasser kann in Betracht gezogen werden.

Ortsregister

Ardabil: Hauptstadt der Provinz Aserbaidschan

Arran: Historische Region in der heutigen Republik Aserbaidschan

Barda: Hauptstadt Arrans, bedeutender Handelsplatz, das heutige Bərdə in Aserbaidschan

Byzantinisches Meer: Das Schwarze Meer

Chasarisches Meer: Das Kaspische Meer

Damawand („rauchender Berg"): höchster Berg im Iran im Norden des Landes, der mythische Ort, an dem der monströse Zahak für alle Zeiten in einer Höhle angekettet ist.

Damghan: Stadt im Norden Irans, bekannt für seine Glaswaren

Dnepr: ursprünglich Danaper, schiffbarer Fluss, der Kiew mit dem Schwarzen Meer verbindet

Gardariki: altnordische Bezeichnung für das Gebiet der Kiewer Rus

Holmgard / Nygard: zwei altnordische Bezeichnungen für Nowgorod

Itil (auch Atil): Hauptstadt des Chasarenreichs an der Mündung der Wolga in das Kaspische Meer. Den Fluss Wolga selber bezeichneten die Chasaren ebenfalls als Itil oder Atil.

Kænugard: altnordischer Name für Kiew. Die arabische Bezeichnung lautete Kuyaba, abgeleitet vom byzantinisch-griechischen Kioba.

Kura: kaukasischer Fluss, der im Kaspischen Meer mündet.

Maiotis: Antiker Name für das Asowsche Meer, ein Nebenmeer des Schwarzen Meers.

Merw: Zentralasiatische Oasenstadt und wichtige Station auf der Seidenstraße von der Bronzezeit bis ins Hochmittelalter-

Miklagard: siehe Stanbulin

Mubaraki: Name des an der Kura gelegenen Dorfes, an dem die Rus mit ihren Schiffen anlegen, um von dort nach Barda zu gelangen

Nischapur: bedeutende Handelsstadt und Zentrum der Wissensvermittlung in Chorasan, wichtige Station auf der Seidenstraße, berühmt für seinen Wein und Teppiche.

Nygard: siehe Holmgard

Rey: Eines der bedeutendsten politischen und geistigen Zentren Irans im Mittelalter, an der Seidenstraße nahe Teheran gelegen. Von hier aus zweigte eine kleinere Handelsstraße nach Norden zu den Chasaren ab.

Sarkel: Chasarische Festung und Grenzstadt am Don (Tanais)

Særkland („Seidenland"): Altnordisches Wort für Persien, später auch für den gesamten Nahen Osten.

Stanbulin / Miklagard / Tacht-e Rum / Konstantinopel: Die unter vielen Namen bekannte Metropole und Hauptstadt von Byzanz, die wir heute als Istanbul kennen. Die byzantinischen Kaiser hielten sich ab dem Ende des 10. Jahrhunderts, also wenige Jahrzehnte nach den Ereignissen in diesem Buch, die sogenannte Warägergarde, eine aus Wikingern bestehende persönliche Leibgarde.

Tacht-e Rum: siehe Stanbulin

Tanais: Antiker Name des Flusses Don, der ins Schwarze Meer mündet.

Tauris: Antiker Name der Halbinsel Krim

Terter (auch Tartar): Nebenfluss der Kura, an dem die Stadt Barda liegt.

Turan: In der Schahnameh die Bezeichnung des Steppenlands jenseits des Iran, in dem verfeindete Stämme leben.

Turfan (auch Turpan): Oasenstadt an der Seidenstraße in der heutigen Autonomen Region Xinjiang, berühmt für seine Rosinen.

Tus: Stadt im Nordosten des Iran, Heimatstadt Firdausis

Wildes Feld: Bezeichnung der Rus für den westlichen Teil der Eurasischen Steppe, südlich der Kiewer Rus, und Heimat verfeindeter Steppenvölker wie der Petschenegen.

Danksagung

Mein herzlichster Dank gilt meinem iranischen Mann Manoocher, der mich überhaupt auf die Idee zu diesem Roman gebracht hat, indem er mich, die ich zur Hälfte aus Skandinavien stamme und ihn um Einiges überrage, scherzhaft, aber zärtlich als „mein Div-e Sepid" bezeichnete. Den übrigen Mitgliedern meiner Familie, zuallererst meiner Tochter Clara für moralische und meinem Vater für lektorische Unterstützung, gilt ebenfalls mein besonderer Dank. Ganz besonders erwähnen möchte ich an dieser Stelle auch die Autorin Mehrnousch Zaeri-Esfahani, die mir mit vielen wertvollen Tips und Anmerkungen eine große Hilfe war.

Danke!

Zu guter Letzt

Hat Ihnen der Roman gefallen? Dann würde ich mich sehr freuen, wenn Sie, zum Beispiel bei Ihrem Onlinehändler, bei Goodreads oder einer anderen Bücherplattform, eine Rezension verfassen könnten.

Vielleicht haben Sie sogar Lust bekommen, ein weiteres Buch von mir zu lesen?

„Die Spur des Emirs" handelt von der Sehnsucht nach dem richtigen Leben, von der miteinander verwobenen Geschichte Apuliens und des Nahen Ostens und nicht zuletzt von der Suche nach verschollen geglaubten Überlieferungen.

„Die drei Betrüger" beschreibt die Suche nach dem gleichnamigen legendären ketzerischen Traktat, das den Protagonisten durch das vom Dreißigjährigen Krieg gezeichnete Europa des 17. Jahrhunderts führt.

„Der Augenzeuge" beschreibt das abenteuerliche und kühne Leben des iranisch-französischen Fotojournalisten Manoocher Deghati vor dem Hintergrund der letzten fünfzig Jahre Weltgeschichte.

„Rebellion" spielt in der Bronzezeit im Süden der Iberischen Halbinsel: Das Leben ist hart für die Bauern, die im Herrschaftsbereich von Iltir ihre Fronarbeit verrichten müssen. In der streng hierarchisch geregelten Gesellschaft hat jeder seinen festen Platz; Widerspruch wird streng bestraft. Der Priesterkönig und sein General sind weit entfernt von den Nöten des Volkes. Doch einige Bauern beginnen, ihre Lebensumstände zu hinterfragen, begehren auf, und werden in eine Situation getrieben, in der es kein Zurück mehr gibt.

„Rebellion" beruht auf den archäologischen Befunden der El Argar Kultur in Südspanien und ihrem jähen Ende. Von den Frauen und Männern, die zu diesem Ende beigetragen haben könnten, erzählt dieser Roman.

Mit „Werwesen" habe ich ein Jugendbuch für 10-14-Jährige geschrieben, das vom Aufwachsen, dem Respekt vor der Natur, sowie der Akzeptanz sich selber und anderen gegenüber handelt.

Und wenn Sie möchten, besuchen Sie doch meiner Website https://ursulajanssen.com.